AF190891

Bibliografische Informationen der Deutschen Nationalbibliothek:
Die Deutsche Nationalbibliothek verzeichnet diese Publikation in der Deutschen Nationalbibliografie; detaillierte bibliografische Daten sind im Internet über dnb.dnb.de abzurufen:

Die automatisierte Analyse des Werkes, um daraus Informationen insbesondere über Muster, Trends und Korrelationen gemäß §44b UrhG (>>Text und Data Mining<<) zu gewinnen, ist untersagt.

2. Auflage

Coverdesign: M.W. Aries

Verlag: BoD · Books on Demand GmbH,
In de Tarpen 42, 22848 Norderstedt
Druck: Libri Plureos GmbH,
Friedensallee 273, 22763 Hamburg

ISBN: 978-3-7693-0872-3

Be Mine

Du wirst mir gehören

M.W. Aries

Love x Hate

**Love in such a way that
it haunts the hate in others.**

Prolog

Ich denke oft an Brahms Sinfonie Nr. 4, sie handelt von Abschied, Trauer und der menschlichen Vergänglichkeit. Mein Leben lang hat mich der Tod und Leid begleitet. Schon früh starben meine Großeltern väterlicherseits und bald danach folgten andere Familienmitglieder.
Früh habe ich gelernt dass das Leben vergänglich ist und es jederzeit, ohne Vorwarnung, vorbei sein kann.

Oft wache ich schweißgebadet auf. Meine Albträume verfolgen mich. Jedoch sind es keine richtigen Albträume. Es ist meine Realität. Es ist mein Leben.
Vor nicht ganz fünf Monaten traf mich ein weiterer Tiefschlag in meinem Leben.
Es war Ende April, die Temperaturen stiegen tagsüber stetig und abends war es angenehm kühl. Jeden Abend saßen wir, die Schüler der Ballettschule, zusammen und haben uns ausgetauscht über den Unterricht, das Leben und auch über unsere Zukunftspläne nach unserer Ausbildung.
Das Leben hier in Paris war einfacher und leichter. Weit weg von meiner Familie, meiner Vergangenheit und meinem vorherigen Kummer, welcher mich erst hierher getrieben hatte.
Es war das Abschlussjahr und bald würden wir unsere Prüfungen ablegen und unserer Wege gehen.
Wir würden uns in alle möglichen Richtungen verstreuen und unser Leben fortführen.

Einen Tag vor den letzten Prüfungen, wir hatten gerade Unterricht, kam die Schulsekretärin zu uns ins Tanzstudio.
Sie wirkte besorgt und bat mich mit zukommen in das Büro des Direktors. Nach einer kurzen Unterhaltung mit meiner

Lehrerin, ein kaum hörbares Flüstern, folge ich ihr durch die langen Flure des modernen Gebäudes.

Mit jedem Schritt wurden meine Beine schwerer und mein Bauchgefühl sagte mir, etwas stimmte ganz und gar nicht. Sie hielt mir die Tür zu dem Büro auf und ich betrat das Reich von Schulrektor Dubois. Tiefe Furchen zierten sein Gesicht und Sorge war ihm ins Gesicht geschrieben.

>>Katherine<<, begann er unsicher vor sich hin zu stammeln. >> Bitte setz dich. Ich weiß leider nicht, wie ich dir das sagen soll. Dein Vater hat mich soeben angerufen. Heute Morgen wurde deine Mutter tot in einem Waldstück im Bundesstaat New York aufgefunden. Sie wurde erschossen. Dein Vater sitzt bereits im Flieger in die Staaten, um die Leiche überführen zu lassen.<<
In diesem Moment herrschte in meinem Kopf leere, ich konnte keinen klaren Gedanken fassen. Wer würde so etwas tun? Wer wäre zu so einer Tat fähig?
Die Stille in meinem Kopf hatte sich auf den Raum übertragen. Weder ich noch der Direktor gaben einen Ton von uns. Nervös tippte er mit seinen Fingern auf einer Stelle vor sich am Schreibtisch herum. Die Schwere dieser Stille schien uns zu erdrücken.

Nach ein paar Minuten nickte ich. Ich nickte einfach nur, stand auf und verließ stillschweigend das Büro des Schulleiters. Verwirrt blickte er mir hinterher.
Der Flur bis zum Ausgang erschien mir endlos. Die Tür schien sich immer weiter von mir zu entfernen. Ich schien hier gefangen zu sein.
Ich ging vorbei an meinem Klassenzimmer, in welchem ich zuvor noch für die Abschlussprüfungen probte. Meine Mitschüler standen an der Scheibe und beobachteten mich mitleidig. Sie wussten wohl bereits Bescheid.

Mit vorgehaltener Hand flüsterten sie sich zu und starrten mich mit großen Augen an.

Als ich endlich durch die große Türe an die frische Luft trat, lief ich einfach los. Ich rannte ohne Ziel.

Ich wollte einfach nur weg. Weg von hier, weg von der Realität. Jedoch kann man nicht vor der Realität fliehen. Sie holt einen immer ein. Niemand kann entkommen.

Nach einer halben Stunde brannten meine Lungen und der stechende Schmerz ließ mich anhalten. Dieser körperliche Schmerz ließ mich den emotionalen Schmerz für einen kurzen Moment vergessen.

Mit von den Tränen verschmierten Augen setzte ich mich unter einen der Bäume in dem Park, in dem ich gelandet bin.

Weit und breit war keine Menschenseele zu sehen.

Mit meinem Gesicht in den Händen vergraben, schluchzte ich. Ich weinte aus Kummer, Schmerz und um ehrlich zu sein auch aus Erleichterung. Und das machte mir am meisten Angst. Ich war erleichtert, meine Mutter nie wieder sehen zu müssen.

Eine Dunkelheit umgab mich und ich fühlte mich schuldig. Schuldig, weil ein Teil von mir froh darüber war, dass sie tot ist.

Kapitel 1

Kate

Es ist wieder einmal einer dieser Nächte. Diese verdammten Nächte, in denen ich kein Auge zubekomme. Die Lichter der Stadt schimmern durch die Gardinen meines Schlafzimmers und erhellen dieses in einem schummrigen Licht.

Der Regen prasselt beruhigend herab auf das Dachfenster über meinem Bett. Für den Herbst ist es bereits sehr kalt, stürmisch und regnerisch. Aber Regen ist nichts Neues hier in der Stadt.

Ich drehe mich zu dem Nachtisch zu meiner Rechten und schaue auf mein Handy. Das Display blendet mich und erst nach ein paar Sekunden gewöhnen sich meine Augen an die Helligkeit.

Es ist kurz nach drei Uhr morgens. Ob ich einfach aufstehen soll? Der Wecker klingelt bereits in zwei Stunden. Für mich ist sowieso nicht mehr an Schlaf zu denken.

Also schlage ich meine Seidenbettdecke zurück und setzte mich an die Bettkante.

Sobald meine Füße den Boden berühren, zucke ich zusammen, der Boden ist eiskalt.

Mein Körper ist müde, aber mein Geist ist hellwach. Nacht für Nacht fühle ich eine Unruhe in mir. Vermutlich kann ich deshalb nicht schlafen. Ich brauche etwas oder jemanden, der meine Unruhe ins Gleichgewicht bringt.

Ein dunkler Nebel liegt auf mir und ich kann ihn einfach nicht umgehen.

Ich schnappe mir den roten Seidenbademantel neben dem Bett und werfe ihn mir über um nicht komplett in der Kälte der Nacht zu stehen.

Von meinem Schlafzimmer aus hat man den perfekten Blick über die New Yorker Skyline und ihre Lichter. Es ist zwar noch ganz früh am Morgen, aber diese Stadt sieht immer lebendig aus. Nein, sie ist immer lebendig.
Um diese Zeit kehren Menschen zurück von Bars und Clubs. Andere machen sich bereit für die Arbeit oder sind noch am Arbeiten.
Gedankenversunken stehe ich am Fenster und beobachte die Lichter unter mir.
Bei so vielen Einwohnern kann jeder unsichtbar sein, sofern man es will. Es ist einfach, in so einer großen Stadt unterzutauchen. Anonym zu sein. Und das ist das einzige, was mir an dieser Stadt hier gefällt.
Seit etwa einer Woche bin ich wieder hier in der Stadt, in dieser Wohnung und ich fühle mich so einsam und leer wie noch nie zuvor.
Viele Erinnerungen kommen noch, die meisten sind keine guten.
Damals habe ich mein letztes Highschool Jahr hier beendet, an einer der renommiertesten Privatschulen hierzulande. Ich habe es gehasst. Alle waren so sehr von sich selbst Überzeugt,
überzeugt, die besten in allem zu sein und überzeugt davon, dass sich die Erde nur um deren mickrige Existenz dreht.
Eigentlich will ich gar nicht hier sein, aber meiner Karriere zuliebe bin ich nun mal. Es ist zu spät, einen Rückzieher zu machen. Nein, was sage ich da. Ich mache nie Rückzieher.

Das hier war immer mein Traum und diesen werde ich mir auch verwirklichen. Auch wenn dieser Ort mein persönlicher Albtraum ist.

Diese Stadt hat mich wieder in ihren Fängen und ich hoffe sie verschlingt mich nicht.

* * * * *

Langsam fängt der Himmel an zu dämmern und der Morgen kommt.Die Kaffeemaschine in der Küche ist am Arbeiten und erfüllt den großen Raum mit dem vertrauten Geruch von Kaffee. Instinktiv sauge ich diesen Geruch auf und hole mir mein Frühstück aus dem Kühlschrank.

Es ist wie jeden Tag, und ich meine wirklich jeden Tag ein Müsli mit Naturjoghurt und frischen Früchten. Dieses wird mir jeden Abend vorbereitet und bereitgestellt für den nächsten Morgen. Wie auf Autopilot schnappe ich mir die nun fertige Tasse schwarzen Kaffee, setze mich an den großen Tisch und fange an zu essen.

Nach zwei Löffeln schiebe ich die Schüssel vor mir weg und halte mir die Tasse an den Mund, um zu trinken. *Shit*. Ich bin wohl doch müder als gedacht. Mein ganzer Körper ist so übermüdet das meine Hand zu sehr gezittert hat und ich den Kaffee über meine nackten Beine verschüttet habe.

Schnell schnappe ich mir ein Küchentuch und trockne mich ab. Die verbrannten Stellen sind rot, geschwollen und schmerzen. Ein Blick auf die Uhr verrät mir, dass es nun bereits beinahe fünf Uhr morgens ist.schnell springe ich unter die Dusche und lasse das warme Wasser der Regendusche auf mich herab prasseln. Das warme Wasser ist wie Balsam auf meiner Seele.

Seitdem ich denken kann, musste ich immer in allem perfekt sein. Das war eine Voraussetzung meiner Eltern. Nein, es war eine Pflicht. Immer perfekt aussehen, perfekte Noten und natürlich ein makelloses Auftreten.

Mit den Jahren habe ich meine Morgenroutinen und mein Auftreten perfektioniert, um den Ansprüchen meiner Eltern gerecht zu werden. Oder eher, um wenigstens einmal Bestätigung von meinen Eltern zu erhalten. Denn mehr war von ihnen nicht zu erwarten.

Ich stehe seit Jahren jeden Morgen um fünf Uhr morgens auf, esse jeden Tag dasselbe Frühstück und dazu einen Kaffee. Natürlich nur ohne Zucker oder Milch. Ausschließlich schwarz. Nach einer exakt sechs minütigen Dusche, föhne ich mir die Haare. Danach mache ich Pflege Öl in die Enden und Bürste einmal komplett durch.

Wenn ich mit den Haaren fertig bin, kommt das Gesicht dran. Zuerst nutze ich einen Gesichtsroller, am Ende noch ein Serum für eine schöne Haut. Danach schminke ich mich. Für den Tag immer dezent. Ich nutze immer dieselben Produkte in derselben Reihenfolge.

Dieser Tag ist auch keine Ausnahme. Ich bestreite meine Morgenroutine wie jeden Tags aufs neue.
Zufrieden sehe ich in den beleuchteten Spiegel meines Ankleidezimmers. Mein Spiegelbild zeigt eine junge Frau mit langen, rabenschwarzen Haaren.

Ich lasse mein Handtuch fallen und stehe nun Nackt im Raum. Die leichten Verbrennungen von heute Morgen sind noch zu erkennen an meinen schlanken Beinen.
Ich nehme mir den Stapel an Kleidung auf der gepolsterten Bank in der Mitte und ziehe mich an.
Durch das Fenster kann ich erkennen, dass es draußen noch immer regnet und stürmt. Daher greife ich zu einem mit Fell gefütterten Mantel und hohen braunen Absatzstiefeln.
Schnappe mir meine Sporttasche und mache mich auf den Weg zum morgendlichen Training.
Wie jeden Morgen komme ich an vielen Gebäuden vorbei und unbekannte Gesichter streifen meinen Blick aus den Augenwinkeln. Die Anonymität in dieser Stadt lässt mich aufatmen. Sie beruhigt mich. Sie lässt mich, mich sicher fühlen.

Auch wenn ich diese Stadt hasse. Sie hat so ihre Vorteile. Nach etwa zehn Minuten erreiche ich das Tanzstudio inmitten der alten Gebäude nahe des Central Parks. Mein Vater ermahnt mich immer einen Fahrer zu nehmen, aber ich genieße diese kleinen Spaziergänge jeden Morgen.
Sie lassen mich herunterkommen und in diesen paar Minuten, in denen ich laufe, kann ich endlich mal abschalten und einfach nur das Geschehen um mich herum beobachten.
Meine morgendlichen Wege lassen mich aufatmen und den bedrückenden Räumen entkommen, in welche ich tagtäglich eingesperrt bin.
In diesen Momenten kann ich frische Luft einatmen. Auch wenn man das in New York eher nicht so nennen kann.

Wie immer bin ich die Erste vor Ort, daher suche ich in meiner Tasche nach dem Schlüssel zu der Tür vor mir, um in das Gebäude zu gelangen.

Aus dem Nichts spüre ich eine eisige Kälte im Nacken. So als würde mich irgendjemand beobachten. Hektisch drehe ich mich einmal um meine eigene Achse, kann aber niemanden sehen.

Etwas erleichtert seufzte ich auf und krame weiter in meiner Tasche.

>>Komm schon.<< murmle ich vor mich dahin und suche weiter nach meinem Schlüsselbund. *Gefunden.*

Zielsicher stecke ich den Schlüssel ins Schloss und betrete den mir vertrauten Eingangsbereich. Bereits früher hatte ich hier schon Unterrichtsstunden genommen.

Hier war mein Zufluchtsort. Ich konnte hier einfach ich sein und meinem Leben entkommen. Meinem scheinbar ach so perfekten Leben.

Viele Stunden habe ich hier in diesem einen Jahr verbracht.

Noch immer erinnere ich mich an die Unterrichtsstunden und an die anderen in meinem Kurs.

All die Gerüche und Eindrücke. An diesen Ort erinnere ich mich gerne.

Ich mache nach der Reihe die Lichter an, beginne mich bis auf meine Tanzkleidung zu entkleiden und binde meine Haare zusammen zu einem strengen Dutt.

Mit der Fernbedienung neben den Boxen mache ich Musik an und fange an, mich vor der Spiegelwand aufzuwärmen und zu dehnen.

Aus den Boxen ertönt klassische Musik, während ich meine Posen beobachte und versuche, diese zu perfektionieren.

Das hier, das Ballett ist mein Zufluchtsort und meine Zukunft.

Alec

Verdammt bin ich müde. Es ist noch nicht einmal hell
geworden und ich muss hier schon in der eisigen Kälte stehen
und mir den Arsch abfrieren. Wieder einmal.
Und warum? Weil mein Boss mir den Auftrag gegeben hat so
eine Kleine zu finden.
Die Hintergründe und Einzelheiten kenne ich nicht.
Es ist mein Befehl und ich hinterfrage keine Befehle. Der
Boss sagt es, ich führe es aus.
Ich stehe nun also um vier Uhr morgens auf dem Dach eines
Hochhauses und beobachte das Gebäude gegenüber. Laut
meiner Quellen sollte ich hier fündig werden.
Der Regen prasselt auf mich herab und lässt meine Kleidung
nass und klamm werden.

Seit etwa einer Stunde bin ich nun hier am Warten. Laut dem
Portier steht das Mädchen immer um fünf Uhr morgens auf
und verlässt gegen halb sieben Uhr das Gebäude. Zuerst
wollte er mir keine Informationen geben, aber wenn es um
Geld geht, werden die meisten Leute ganz schnell gesprächig.
Einmal mit einem Hunderter gewedelt und schon saß die
Zunge locker.
Ach? Das Licht gegenüber ging soeben an. Ein Blick auf
meine Uhr verrät mir, dass es noch viel zu früh ist.
Nach ein paar Minuten sehe ich Umrisse einer schlanken
Silhouette, welche sich grazil einen Bademantel überstreift.
Ich zünde mir eine Zigarette an und warte. Die Gardinen
werden zur Seite geschoben. *Bingo*. Sie ist es. Ich hole mein
Fernglas raus, um mehr von ihr sehen zu können.

Sie steht einfach nur mit leerem Blick an der Fensterfront und sieht hinunter auf die Stadt. Ihr Seidenbademantel umschmeichelt ihren schönen Körper.

Von dem, was ich bisher gesehen habe, kann ich verstehen, warum der Boss sie finden wollte. Die schlanke Figur, ihre langen schwarzen Haare und die helle Haut lassen sie schön und kühl wirken, aber auch zerbrechlich.

Sie ist der Inbegriff von Schönheit und Anmut.

Plötzlich verschwindet sie aus meinem Blickfeld, nur, um dann in der Küche nebenan wieder aufzutauchen. Wie ferngesteuert fängt sie an, in der Küche herumkramen. Ebenfalls in ihrem sehr knappen Bademantel.

Ich werde aus meinen Gedanken gerissen, als mein Handy läutet. >>Ja, Boss?<<

An der anderen Leitung meldet sich seine tiefe Stimme.

>>Ist sie es? Sag mir, du hast sie gefunden.<<, fragte er mich beinahe hoffnungsvoll.

Ich zünde mir noch eine Zigarette an. Er ist merkbar ungeduldig.

>>Sie ist es zweifellos. Soll ich ihr folgen?<<

>>Ja, folge ihr. Ich will wissen, was sie den Tag über so macht.<<, befiehlt er zufrieden.

>>Alles klar Boss.<<, Ich lege auf und beobachte wieder das geschehen mir gegenüber.

Ihre grazilen Bewegungen ziehen mich in ihren Bann. Ihr schönes Gesicht und ihr verdammter Körper. Dieser verdammte Körper lässt mich mir Sachen vorstellen, welche ich lieber für mich behalten sollte.

* * * * *

Ich sehe, wie sie bereits angezogen durch die Räume der Wohnung wandert.

Langsam sollte ich mich auf den Weg machen. Ich will sie ja nicht verlieren, wenn sie das Haus verlässt. Also bewege ich mich gemächlich Richtung Ausgang, um dort auf sie zu warten. Lange musste ich nicht warten, etwa zehn Minuten später kommt sie aus der Türe, gekleidet mit einem Mantel, hohen braunen Stiefeln und einer Sporttasche.

Mit einem Sicherheitsabstand von ein paar Metern folge ich ihr durch die vollen Straßen, an den Häusern vorbei bis in die Nähe des Central Parks. Kein einziges Mal sieht sie sich um oder sieht generell einen ihrer Mitmenschen an. Es ist so, als würde sie unsichtbar sein wollen.

Aber ihr ist wohl nicht klar, mit ihrer Präsenz und ihrem Aussehen ist sie keinesfalls Unsichtbar.

Gebannt folge ich ihr. Ihre Hüften hypnotisieren mich bei jedem Schritt. Fuck. Das ist nicht gut.

Ich fühle mich wie ein verdammter Spanner.

Nach etwa zehn Minuten sind wir wohl an ihrem angesteuerten Ziel angekommen.

Ein etwas älteres Gebäude mit großen schwarzen Bogenfenstern. Gespannt beobachte ich das Geschehen.

Hektisch fängt sie an, in ihrer Tasche zu wühlen. Was sie wohl sucht? Eventuell den Schlüssel? Plötzlich hält sie inne und sieht sich um.

Ihre schwarzen Haare wehen im Wind des Herbstes, während sie sich umsieht.

Ein paar Sekunden scheint sie ihre Umgebung zu begutachten und Ausschau zu halten, ehe sie weiter in ihrer Sporttasche wühlt.

Scheiße war das knapp. Gerade noch konnte ich mich hinter einer der Hausecken verstecken, ehe sie mich sehen konnte. Ob sie mich bemerkt hat? Kaum bin ich raus aus meiner Deckung, ist sie hinter der Tür verschwunden.

Instinktiv fische ich mein Smartphone aus meiner Jackentasche und tippe die Adresse in die Suchmaschine ein. Bingo, ein Ballettstudio. Ich mache einen Screenshot und schicke diesen an den Boss, mit der Information, dass sie dort ist.

Nun heißt es abwarten. Abwarten, was als nächstes passiert und wohin der heutige Tag uns führt.

Kate

Nach sechs Stunden Probe für den Auftritt morgen Abend bin ich erschöpft und wünsche mir nichts sehnlicher als Schlaf. Meine müden Augen werden mit jeder Sekunde schwerer und es wird beinahe unerträglich, diese geöffnet zu halten.

Meine Füße schmerzen und die Blasen brennen. Das ist das Leiden einer Tänzerin. Die Füße schmerzen jeden Tag und bluten teils auch durch aufgeplatzte Blasen auch. Aber dieser Schmerz lässt mich alles vergessen. Ich lebe für das Tanzen. Wenn ich tanze, fühle ich mich lebendig und vergesse alles um mich herum. Es war schon immer mein Traum beruflich Ballerina zu werden und dieser Traum hat sich nun endlich erfüllt nach all den tausend Stunden an Training und der harten Arbeit.
All die vielen Tränen zahlen sich nun endlich aus.
Bereits morgen Abend werde ich auf der Bühne stehen als Hauptdarstellerin des Nussknackers.
Aber egal wie müde ich bin, erst einmal steht heute noch die finale Kostümprobe im Theater an. Wieder einmal bin ich die letzte hier im Tanzstudio und nutze die Zeit um in Ruhe duschen zu gehen, da mir kaum Zeit bleibt bis zur Anprobe.Mein Mittagessen heute kann ich auch vergessen bei diesem strammen Zeitplan.
Mit grummelnden Magen stelle ich mich unter die Dusche und drehe das Wasser auf.
Waren das gerade Schritte? Erschrocken drehe ich das Wasser der Dusche ab und lausche in die Stille des Waschraumes. Werde ich nun etwa verrückt oder ist es der Schlafentzug? Bereits heute Morgen hatte ich das Gefühl, beobachtet zu werden und nun das.

Eine angespannte Stille heißt mich willkommen.
Nach ein paar Minuten der anhaltenden Stille entschließe ich
mich dazu, mich fertig abzuwaschen. Ich sollte heute wohl
eher schlafen gehen und meinen verlorenen Schlaf nachholen.
Mein Kopf spielt mir wohl schon Streiche.
Eine halbe Stunde später bin ich bereits auf dem Weg zu
meinem nächsten Ziel. Ich laufe durch die Straßen und bahne
mir einen Weg durch die Menschenmengen dieser
Millionenstadt.
Mein Weg führt mich Richtung des Theaters, an dem morgen
Abend die Premiere stattfindet. Durch den dicken Stoff
meines Mantels merke ich, wie mein Handy vibriert.
Ich fische es raus. Eine mir unbekannte Nummer ruft an. Nach
kurzem Überlegen drücke ich den Anrufer weg und verstaue
mein Handy wieder in meiner Manteltasche.

* * * * *

Schnellen Schrittes schlängele ich mich durch die
Menschenmassen und haste zu dem Theater. Das Gebäude ist
groß und Imposant.

Die Architektur lässt mich beindruckt zurück als das Gebäude
vor mir auftaucht und mich all die Muster in den Wänden
bestaunen lässt.
Ohne großartig Zeit zu verlieren laufe ich die vielen Treppen
hoch zu dem Eingang. Einer der Mitarbeiter öffnet mir die Türen
und ich stehe in einer ebenso imposanten Halle.
Von den meterhohen Decken hängen Kristallene Kronleuchter,
welche bestimmt ein Vermögen wert sind.

Erstaunt setzte ich meinen Weg fort zu den Umkleiden. Ich laufe durch die vielen Flure, welche einem Labyrinth gleichen, um an mein Ziel zu gelangen.

Es sind bereits einige Tänzer und Tänzerinnen vor Ort. Mitarbeiter und Kostümbildner laufen herum und gehen ihrer Arbeit nach.

>>Katherine, schön Sie zu sehen. Wie geht es Ihnen?<< Mr. Bennett kommt mir mit einem breiten Lächeln entgegen.

>>Bestens, vielen Dank der Nachfrage. Wie geht es Ihnen?<< Entgegne ich dem Leiter des Theaters.

Er legt seine Hand auf meine Schulter und dirigiert mich in Richtung der anderen. Die Blicke sind auf uns gerichtet.

>>Melanie, sei bitte so nett und kümmere dich um Katherine. Sie benötigt noch ihr Kostüm für morgen.<< Seine Stimme klingt sanft, während er sich an eine blonde Frau wendet.

Eilig nickt diese und holt ein Kistchen mit Nähzeug heraus un deutet mir mich auf das Podest zu stellen.

Zufrieden lässt mich Mr. Bennett los und geht zu einer Gruppe von Männern.

Alec

Verdammt.

Wieder einmal hätte sie mich fast erwischt. Aber ich konnte nicht anders, die Verlockung sie zu beobachten war einfach zu groß. Sie und ihren schönen Körper.

Ich hatte Stunden draußen auf sie gewartet. Als die anderen das Gebäude verlassen haben, habe ich mir Zutritt zum Tanzstudio verschafft und habe sie beobachtet.

Die offenen Duschen haben mir den perfekten Blick auf sie gewährt.

Wie sie nackt unter der Dusche stand, das Wasser auf sie herab prasselte und sie einfach das Gefühl genoss. Ihr zarter Körper ist einfach perfekt geformt.

Wenn ich nur daran denke, wird mein Schwanz direkt wieder hart.

Mein Verlangen nach ihr wird immer stärker und steigt scheinbar ins Unermessliche.

Fuck, das darf nie jemand erfahren.

* * * * *

Nach Stunden der Observierung sind wir wieder an ihrer Wohnung angelangt. Der Portier vor dem hohen Gebäude begrüßt Sie mit ihrem Nachnamen und öffnet ihr die schwere Holztür.

Sie betritt anmutig die Lobby und fährt mit dem Lift in das oberste Stockwerk des Gebäudes. Zu ihrer Penthouse Wohnung.

Ein paar Minuten später betrete auch ich die großzügig geschnittene Lobby und schlendere zu dem Portier. Es ist wieder derselbe wie heute Nacht. Scheinbar ist er der Nachtportier dieses Wohnkomplexes.

>>Guten Abend.<<, spreche ich den jungen Mann an, bevor ich vor seinem hölzernen Tresen stehen bleibe.
Er sieht kurz hoch und nickt mir zu. Lässig lehne ich mich an den Tresen und schaue ihn erwartungsvoll an. Mein Blick wandert zu seinem Namensschild.
>>Marvin. Ich darf Sie doch Marvin nennen, oder?<< Frech grinse ich den jungen Mann an.
>>Natürlich, Sir. Sind Sie wieder hier wegen Miss Park?<<
Mit einem verschmitzten Lächeln nicke ich. >>Exakt.<<
Gekonnt hole ich eine Visitenkarte aus meiner Jackentasche und halte sie Marvin entgegen. Dieser schaut sich irritiert die Karte zwischen meinen tätowierten Fingern an. >>Sir?<<, fragt er mich mit einem irritierten Blick.
>>Ich will wissen, wenn Miss Park das Gebäude verlässt. Egal zu welcher Nacht oder Tageszeit. Rufen Sie mich an <<, lasse ich ihn wissen und gebe ihm ein Zeichen, die Karte zu nehmen.

Er nimmt die Karte entgegen, nickt wieder und verstaut diese in seiner Sakkotasche.
Zufrieden verlasse ich das Gebäude durch die massive Eingangstüre und zünde mir eine Zigarette an.
Am besten bringe ich den Boss auf den neuesten Stand.
Also hole ich mein Handy raus und schicke ihm ein kurzes Update, während mich ein paar Leute beim Vorbeigehen mustern.
Solche Blicke bin ich bereits gewohnt, da ich relativ groß bin, trainiert und viele Tattoos habe. Gerade unauffällig bin ich nicht. Würde man mich auf der Straße sehen, könnte man denken, ich wäre Türsteher.

Naja, im Grunde genommen bin ich so was Ähnliches. Ich bin ein Handlanger und Bodyguard.

Ich mache meinen Job bereits seit knapp einem Jahr. Ich mache ihn gerne und der Boss behandelt mich gut. Wir sind mit der Zeit beinahe sowas wie Freunde geworden. Er hat mich letztes Jahr, nach der Rückkehr meines letzten Auslandseinsatzes, einfach auf der offenen Straße angesprochen und mich gefragt, ob ich einen Job suche. Dankbar nahm ich sein Angebot an, da ich keine andere Option hatte. Oder eine Zukunft.

Früher war ich in der Army und habe für mein Vaterland gekämpft. Bereits mit 18 Jahren bin ich damals beigetreten und habe meine Ausbildung begonnen. Ich bin gegangen, da mich hier nichts gehalten hat, keine Familie, keine Freunde und naja eben gar nichts.

Wenn man wie ich in einem Waisenhaus aufgewachsen ist, sehnt man sich irgendwann nach einer Familie. Die Army wurde dann, so klischeehaft wie es klingt, zu meiner Familie. Dort habe ich viele Jahre verbracht. Jahre, in denen ich Freunde gefunden habe, leider auch welche, die ich im Einsatz verloren habe.

Sie waren die Familie welche ich nie hatte.

Kapitel 2

Kate

Morgen ist die große Premiere und mein Debüt als Solotänzerin in einer Kompanie. Aber...auch nach so einem langen Tag und dem Schlafentzug der heutigen Nacht, bin ich immer noch unruhig und wälze mich in meinen Bettlaken hin und her.

Meine Gedanken kreisen um alles und nichts. Die vielen Gedanken sind Wirr und ich kann sie nicht zuordnen. Sie sind laut und hindern mich daran, meinen verlorenen Schlaf nachzuholen.

Das schummrige Licht der Stadt zieht mich an wie eine Motte. Der Drang in mir, in die nächstgelegene Bar zu gehen, ist einfach zu groß.

Vorsichtig taste ich nach meinem Smartphone. Knapp nach 22 Uhr.

Nach kurzem Überlegen schwinge ich meine Beine aus dem Bett und setzte mich an die Bettkante.

Derzeit ist für mich sowieso nicht an Schlaf zu denken. Zu viele Gedanken hängen über meinem Kopf wie eine schwere Regenwolke.

* * * * *

Ich stehe in meinem Ankleidezimmer und sehe mich um nach einem geeigneten Kleid für meinen Ausflug in das rege Nachtleben New Yorks. Das Zimmer ist beinahe so groß wie so manch eine 3-Zimmer-Wohnung.
Die Spots an der Decke lassen den Raum in einem hellen, warmen Licht erstrahlen.
In meiner knappen roten Spitzenunterwäsche stehe ich vor dem großen beleuchteten Spiegel und betrachte mich selbst für einen Augenblick.
Meine langen, tiefschwarzen Haare gehen mir bis zur Hüfte und umschmeicheln meine Taille gekonnt. Mutter nannte mich wegen meiner sehr blassen Haut und den schwarzen Haaren, seitdem ich denken kann, Schneewittchen.
Aber wenn ich in den Spiegel sehe, dann sehe ich viele Parallel zu meinem Vater. Er ist Koreaner und meine Mutter Amerikanerin.
Seine dunklen Augen und Haare habe ich von ihm geerbt.
Meine Augen wirken, wie seine, an manchen Tagen schon beinahe schwarz.

Ich sehe meinen Vater nicht sehr oft, da er seit ein einigen Jahren wieder in seiner Heimatstadt Seoul lebt. Nur einmal im Monat telefonieren wir. Aber das meist auch nur maximal fünf Minuten, dann ist er wieder zu beschäftigt, um sich mit mir abzugeben. Noch nie hat er sonderlich großes Interesse an mir gezeigt.
Aber dennoch ist er mein Vater und ich liebe ihn.
In meinen Gedanken verloren schnappe ich mir ein kurzes rotes Kleid von einem der vielen goldenen Kleiderhaken. Ich schlüpfe rein und das Kleid schmiegt sich eng an die Haut.
In meinem Schuhregal entdecke ich schwarze Riemchen High Heels, welche ich zu meinem Kleid kombiniere.

Ich trage noch ein bisschen Make-up auf und ich bin fertig.
Zufrieden blicke ich in den Spiegel und betrachte das

Endresultat. Meine vollen Lippen erstrahlen in einem sinnlichen Dunkelrot und meine Augen strahlen mir dunkel entgegen.

Kate

Bing. Die Aufzugtür öffnet sich langsam mit einem beinahe lautlosen Geräusch.

Der Aufzug ist hell erleuchtet und klassische Musik spielt leise im Hintergrund.

Bedacht trete ich ein und drücke auf „L", um in die Lobby zu gelangen.

Die Kirschbaum Holzvertäfelungen an den Wänden machen das ganze Ambiente edel und gediegen.

Dieser Wohnkomplex war eines der ersten Hochhäuser New Yorks. Schon immer haben hier nur die Reichsten der Stadt gewohnt.

In jedem einzelnen der langen Flure finden sich Holzvertäfelungen und alte Bilder wieder.

Jede Etage hat nur zwei Wohnung, außer meine Etage. Ich wohne im Obersten Stockwerk, dort gibt es nur eine Wohnung, welche sich über den kompletten Bereich erstreckt.

In diesem Gebäude leben noch viele andere Menschen, aber dennoch ist es immer so ruhig, dass man eine Stecknadel fallen hören könnte. In den seltensten Fällen bellt mal der kleine Spitz Rico, so heißt er, aus dem fünften Stock.

Noch seltener sehe ich andere Bewohner dieses Komplexes, alle sind sie sehr konservativ und ehrlich gesagt auch blasiert. Jedoch bin ich froh, dass noch nie jemand versucht hat, mich anzusprechen und in ein Gespräch zu verwickeln.

Meine High Heels hallen durch die Lobby, als ich den Aufzug verlasse. Das helle Licht des riesigen Kronleuchters flutet den großen Eingangsbereich mit einem angenehmen weichen Licht und lässt das ganze Ambiente beinahe heimelig wirken.

Der helle Marmorboden sieht so sauber aus, als könnte man davon essen.

Marvin, der Nachtportier, blickt erschrocken auf, als er mich sieht und eilt hinter seinem Tresen hervor in meine Richtung. Seine Anzüge sind beinahe immer etwas zu groß und seine Haare etwas unordentlich.
>>Miss Park, guten Abend. Kann ich Ihnen behilflich sein?<<, fragt er und mustert mich beinahe schon gierig von oben bis unten.
Er ist relativ groß und hager gebaut, gerade noch so füllt er eine Uniform aus. Zielstrebig sehe ich ihm in seine blauen Augen, Verlegen schaut er weg und tritt einen Schritt zurück.
>>Guten Abend Marvin, würden Sie mir bitte einen Wagen rufen? Ich würde gerne noch ausgehen <<, bei diesem Satz lehne ich mich etwas vor und flüstere ihm schon beinahe in sein Ohr.
Er läuft knallrot an und nickt verlegen. *Herrlich.*
Schnell huscht er, in seinem ein bisschen zu großen Anzug, zurück hinter seinen Tresen und wählt die Nummer.
Bereits zehn Minuten später steht mein Wagen bereits vor einer Bar neben einem der angesagtesten Clubs der Stadt.
Ein etwas bulliger Typ mit Bürstenschnitt öffnet mir die Türe des Wagens und reicht mir seine fleischige Hand für den Ausstieg.
Die Eingangstüre besteht aus einer hohen gläsernen Flügeltüre. Durch die Gläser der Türe erkennt man von außen das Treiben im Inneren.

Schnell kommt der Bürstenschnitt wieder herbei und öffnet mir schwungvoll die Türe und ermöglicht mir den Eintritt.
Der Bass der Anlage wummert angenehm vor sich hin und erfüllt die Bar mit einer angemessenen Lautstärke.
Zielstrebig stolziere ich durch den Raum auf die große Bar am Ende des Raumes zu. Diese ist einige Meter lang und an der Wand dahinter sind alle möglichen Flaschen aufgereiht und

werden den Gästen präsentiert. Dahinter ist eine riesige Spiegelwand, in der ich mich spiegele.

Das schummrige Licht lässt die Bar, im Gegensatz zu dem Rest des Raumes, beinahe hell wirken.
Beinahe andächtig lasse ich mich auf einen der Smaragdgrünen Barhockern nieder und hole einen Lippenstift raus, um das Dunkelrot meiner Lippen nachzuziehen.
Ein Barkeeper um die dreißig beobachtet mich von dem hinteren Teil der Bar aus, er leckt sich über die Lippen und bewegt sich gespielt entspannt auf mich zu.
>>Guten Abend Miss, mein Name ist Caleb und ich werde Sie heute Abend bedienen. Darf ich Ihnen bereits einen Drink bringen?<<, während er das sagt, versucht er mich, mit seinen Blicken zu fixieren.

Er lehnt sich ein bisschen vor und stützt seine Arme vor mir ab. Seine lässig hochgekrempelten Ärmel legen seine komplett tätowierten Unterarme und Hände frei. Mir sticht ein Engel mit einem Pfeil auf seiner rechten Hand ins Auge.

>>Caleb, würden Sie mir bitte einen Gin Tonic bringen? Extra stark.<<, sage ich zu ihm etwas nach vorne gelehnt, mit einer süßlichen Stimme.
Er lächelt und beginnt meinen Drink zu mixen. Verstohlen blickt er währenddessen in meine Richtung.
Sein Lächeln ist zuckersüß, aber auch dreckig. Ganz nach meinem Geschmack.
Die dunkelbraunen Haare sind leicht gelockt und nach hinten gestylt, jedoch fällt ihm eine Locke in sein markantes Gesicht.
Durch das weiße Hemd sind deutlich die Muskeln darunter zu erkennen.

Bei jeder seiner geschmeidigen Handbewegungen spannen sich seine Sehnen an und die Adern auf seinen Händen treten hervor.

Ständig muss ich mir vorstellen, wie sich seine großen Hände an meinem Körper anfühlen und lasse meine Gedanken schweifen.

Wie aus dem Nichts steht er neben mir an der Bar und stellt mir meinen Drink auf die kühle Steinplatte der Bar vor mir.

Ich spüre seinen Atem an meinem Hals und erschaudere beinahe vor Lust. Zärtlich streichle ich über seinen Arm.

\>\>Vielen Dank Caleb. Sie können mich gerne Kate nennen.<< Er lächelt mich an und nickt. >>Gerne.<<

Die Boxen der Lounge lassen Musik durch den Raum dringen. Langsam werden die Gäste immer weniger und die Boxen etwas lauter.

Noch immer sitze ich an der hölzernen Bar, mittlerweile mit meinem vierten Drink.

Die Melodien, die durch den Raum tanzen, lassen mich eine Leichtigkeit fühlen. Die und der Alkohol.

Aus dem Augenwinkel beobachte ich, wie das letzte Paar durch die Türe ins Freie tritt, wobei mich ein kalter Windstoß zum Erschaudern bringt.

Die mit Samt bezogenen Sitzbänke und Stühle sind allesamt verlassen. Ich fische mein Smartphone aus meiner Tasche und schaue auf die leuchtenden Ziffern.

Beinahe schon drei Uhr morgens. Fuck.

Ich drehe mein Glas mit dem roten Lippenstift Abdruck in meiner Hand und betrachte den Inhalt.

Die Eiswürfel darin sind bereits beinahe geschmolzen und der Scotch glitzert wie Honig. Der letzte Schluck hinterlässt ein warmes Gefühl in meiner Kehle und in meinem Magen.

* * * * *

Caleb beginnt allmählich die Lichter der Bar zu dimmen und die Tische abzuräumen. Hin und wieder läuft er an mir vorbei und ich rieche sein Parfum, welches mich in seinen Bann zieht. Dieser Duft weckt in mir das Verlangen, ihn anzuhalten und an ihm zu riechen.
Er hat bereits seinen Hemdkragen aufgeknöpft, dadurch sieht er noch attraktiver aus als zuvor.

>>Kate.<<, ruft er mir aus einer der hinteren Ecken des Raumes zu. Aus meinen Gedanken gerissen sehe ich in seine Richtung und sehe, dass er mich zu sich winkt.
Ich stehe auf und bewege mich in seine Richtung. Es sind nur noch meine High Heels und leise Musik zu hören.
Caleb gibt mir zu verstehen, mich zu setzen. Ich nehme Platz auf der dunkelgrünen Samt Bank, welche zu den Hockern an der Bar passen, und sehe ihn erwartungsvoll an.
Auf dem Holztisch vor mir stehen zwei Gläser mit einer dunklen Flüssigkeit und jeweils drei Eiswürfeln.
Er setzt sich neben mich auf die Bank und hält mir eines der Gläser vor die Nase. Ich greife nach dem Glas und warte auf seine Reaktion.

>>Trink noch einen mit mir. Einen letzten Drink.<<, sagt er grinsend und hält sein Glas hoch, um anzustoßen.
Ich halte mein Glas ebenfalls hoch und stoße mit einem leisen Klirren mit ihm an.
Nach ein paar Minuten finde ich wieder meine Stimme.
>>Arbeitest du schon lange hier? Ich habe dich noch nie hier gesehen.<<, frage ich interessiert und nehme sein Gesicht genauer unter die Lupe.
Er erwidert meine Blicke und leckt sich über seine Lippen. Erst jetzt bemerkte ich sein Nacken Tattoo, welches unter dem Kragen des Hemdes hervorblitzt.

>>Nein, ich bin hier neu. Ich arbeite erst seit ein paar Tagen hier. Was machst du beruflich? Es ist mitten in der Nacht an einem Wochentag. Musst du morgen nicht arbeiten?<<, er schaut auf seine Armbanduhr.
>>Ich korrigiere mich. Musst du heute nicht arbeiten?<<

Während er mich das fragt, beobachtet er mich und mustert mein Gesicht.
>>Ich arbeite heute tatsächlich, aber erst abends.<<, er mustert mich weiterhin und deutet an, dass ich weiter erzählen soll.
>>Ich bin Tänzerin. Aber nicht so, wie du jetzt vielleicht denkst.<<, sage ich lachen. >>Ich bin Balletttänzerin.<< Ein sanftes Lächeln umspielt seine Lippen.
>>Das erklärt so einiges. Du hast einen sehr schönen Körper und eine perfekte Körperhaltung. Davon abgesehen...bist du wunderschön.<<

Verlegen versucht er, meinen Blicken auszuweichen. Meine Hand macht sich selbständig und wandert auf seinen Oberschenkel.
Langsam streichle ich über sein Bein.
Absichtlich nahe an seinem Schritt.
Ich lehne mich etwas vor und flüstere schon beinahe in sein Ohr.
>>Ich müsste mich einmal kurz frisch machen. Ich bin gleich zurück.<<
Caleb steht auf, um mich vorbeizulassen. Ich drücke mich an ihm vorbei, bleibe jedoch kurz vor ihm stehen.
Trotz meiner High Heels bin ich immer noch einen halben Kopf kleiner als er.
Sein Geruch steigt mir in die Nase und lässt mich schwach werden. Ich merke, wie angespannt er ist und meine Nähe ihn nervös macht. Wie hypnotisiert betrachtet er meine roten Lippen. Seine Halsader spannt sich an und seine Blicke wandern zu meinem Ausschnitt.

In diesem Moment verzehre ich mich so sehr nach seiner Berührung. Mein ganzer Körper wird heiß und die Hitze seines Körpers lässt das ganze beinahe explosiv werden.

Ich spüre seine Hand an meinem Gesicht, seinen heißen Atem, der immer näher kommt.

Kurz vor seinem Ziel komme ich ihm hungrig entgegen und unsere Lippen verschmelzen miteinander.

Der Raum um mich herum wird immer verschwommener und ich nehme nur noch ihn wahr. Sein Körper ist ganz nah an meinem und ich fühle seinen immer schneller werdenden Herzschlag.

Meine Finger krallen sich in seinen Hinterkopf und ein leises Stöhnen entkommt meinem Mund.

Beinahe gefühlvoll beginnt er mit seinen großen Händen meinen Körper zu erforschen. Jede Stelle, welche er berührt hat, prickelt unaufhaltsam.

Merklich wird sein Schwanz immer härter und größer.

Sein Mund löst sich von meinem und er beginnt an meinem Hals zu knabbern. In mir lodert ein Feuer, welches gerade nur er löschen kann. Ich löse mich von ihm und drehe ihm den Rücken zu.

Er versteht meine Anspielung und öffnet mir den Reißverschluss meines roten Kleides. Es gleitet zu Boden und ich stehe nur noch in High Heels und meiner Spitzenunterwäsche vor ihm.

Nun gleiten seine Finger über die Nackte Haut, an dem Saum meiner Wäsche entlang und runter zu meiner Mitte.

Beinahe vorsichtig gleitet er mit seinen Fingern unter den Stoff meiner Wäsche. Er brummt zufrieden, als er fühlt, wie feucht ich bereits bin. Einer seiner Finger gleitet in mich, dann ein zweiter.

Mein Stöhnen erfüllt den Raum und ich werfe den Kopf in den Nacken.

Seine großen Hände packen mich an der Hüfte und drehen mich um. Wieder verschmelzen unsere Münder und er beginnt meinen Mund mit seiner Zunge zu erforschen.
Mit einem Mal packt er mit beiden Händen meinen Hintern und hebt mich hoch. Weiterhin aneinanderkleben trägt er mich mit Leichtigkeit zu der Bar und setzt mich auf dem kalten Tresen ab. Ohne den Blick von mir zu wenden, gleitet er mit seiner Zunge runter zu meinen Brüsten. Erst knabbert er daran und dann saugt er daran, während
er mit der anderen Hand die andere in den Fingern hält.
Jede seiner Berührungen lässt mich schmelzen. Ich will einfach so viel mehr. Ich will ihn schmecken, fühlen und ihn in mir haben.

>>Caleb?<<
Er sieht fragend hoch zu mir. Dann beugt er sich vor zu mir und knabbert zärtlich an meinem Ohr. >>Willst du mehr?<<, fragt er mich beinahe flüsternd.
Ich nicke schon beinahe gierig.
>>Dann sag es. Sag mir, was du willst.<<
Seine trainierten Arme sind sichtbar angespannt und er legt seine Hände an meine Taille. Lasziv werfe ich ihm einen Blick zu und spreize meine Beine etwas mehr.
Nun etwas fordernder zieht er mich mit seinen Armen nähe, an die Kante, so dass ich ein bisschen mit meinem Hinter in der Luft bin. Gekonnt zieht er mir meinen Spitzentanga aus, eines meiner Beine legt er auf einem Barhocker ab und den anderen auf seiner Schulter.
Hungrig fängt er an, die Innenseite meiner Beine zu streicheln und zu küssen. Erregt lehne ich mich zurück und lasse es geschehen. Seine Zunge fängt an mich zu berühren und ich spüre ihre Wärme an meinem Kitzler.

Er leckt über meine Mitte und mit jeder Sekunde fühle ich die Hitze immer mehr aufsteigen. Abwechselnd leckt er mich und saugt an meiner Klitoris. Dieses Gefühl lässt mich wahnsinnig werden. Und ich hoffe, dass dieser Augenblick nie enden wird. Die leise Musik, welche der Raum erfüllt, rückt immer mehr in den Hintergrund und ich höre nur noch das Blut in meinem Kopf rauschen.

Ich lehne mich vor und lege meine Hand auf seine Schulter.
>>Ich will mehr. Ich will, dass du mich endlich fickst.<<

Das war wohl das Zauberwort. Teuflisch grinsend erhebt er sich vor mir, hebt mich von der Bar und dreht mich um, so dass ich in Richtung Spiegel der Bar schaue.

Hinter mir höre ich, wie er seinen Gürtel öffnet und seine Hose zu Boden fällt.

Seine Hand gräbt sich in meinen Hinterkopf und drückt mich nach vorne.

Langsam reibt er seinen Schwanz an meiner Vulva und lässt mich nach mehr verlangen.

Drängend halte ich ihm meinen Hintern noch mehr entgegen, in der Hoffnung, er würde verstehen.

Er lacht dunkel. >>Da kann es wohl jemand kaum erwarten, wie es aussieht.<<

Mit einem Ruck dringt er in mich ein. Ich schreie leise auf vor Überraschung. Sein harter Schwanz und seine Wärme füllen mich komplett aus.

Nach ein paar Sekunden beginnt er sich langsam in mir zu bewegen. Das leise Klatschen von Haut an Haut erfüllt den Raum.

Seine Hand wandert an meinem Oberkörper entlang, zu meinem Hals und drückt leicht zu. Mit jedem Stoß wird er etwas schneller. Mein Inneres ist am Kochen. Mit jedem Stoß bin ich näher an einem erlösenden Orgasmus.

Seine Hand wandert nun an meinen Kitzler und mit kreisenden Bewegungen lässt er mich näher an mein Ziel kommen.

Plötzlich entzieht er sich mir und nimmt mich an der Hand, nur um mich zu einer der Bänke zu führen. Dort setzt er sich und zieht mich auf seinen Schoß. Vorsichtig beginne ich ihn zu reiten. Sein Mund wandert zu meinen Brüsten und er saugt gierig an meinen Nippeln.
Von Lust angetrieben werde ich schneller und fordernder.
Er packt mich mit beiden Händen an den Hüften und drückt mich runter, gleichzeitig stößt er auch noch zu.
Dieser Stoß bringt mich zum Explodieren. Ich schreie meinen Orgasmus raus und alle Last und Verspannungen lösen sich von mir. Noch während ich selbst komme, fühle ich wie Caleb mit einem dunklen Stöhnen in mir kommt.

>>Fuck, war das geil.<<

Kapitel 3

Mason

Gestern Abend habe ich von Alec nicht mehr viel gehört. Nur dass Kate auf dem Weg zu einer Bar war. Anscheinend sehr sexy gekleidet. Zu schade. Das hätte ich sehr gerne gesehen Was sie dort wohl gemacht hat? Nachdem ich alles herausbekommen habe, ist sie kein sonderlich großer Fan von Bars, Clubs oder sonstiges.

Sie war früher schon in der High-School sehr zurückhaltend und hat kaum mit anderen geredet. Damals war sie eher der Typ Mauerblümchen und ja um gar keinen Preis auffallen.

Obwohl das ist, glaube ich das falsche Wort. Sie war kein Mauerblümchen, sie hatte nur kein Interesse an anderen.

Ich liege noch immer in meinem Bett und schaue verträumt an die Decke meines Schlafzimmers. Es ist Freitag und heute ist es endlich so weit.

Beflügelt vor Freude schwinge ich mich aus meinem Bett und bewege mich Richtung Badezimmer.

Vor dem großen Badezimmerspiegel bleibe ich stehen und betrachte mich eingehend.

Meine Augenringe sind etwas zurückgegangen und ich sehe definitiv fitter aus als die Wochen zuvor. Ein paar Strähnen meiner tiefschwarzen Haare hängen mir in die Stirn.

Ohne Zeit zu verlieren, steige ich in die ebenerdige Dusche und lasse das warme Wasser auf mich herab prasseln. Heute wird ein guter Tag, das weiß ich.

Nur mit einem Handtuch um die Hüften bekleidet, gehe ich in die Küche.

>>Guten Morgen, Boss.<<, strahlt mir Alec von meinem Esstisch aus entgegen.

Es stehen bereits zwei Tassen Kaffee auf dem gläsernen Tisch vor ihm. Er sieht mir heute etwas zu gut gelaunt aus.

Anscheinend ist er noch nicht lange hier, er trägt noch immer seine schwarze Lederjacke.

>>Also so Langsam bereue ich dir, einen Schlüssel gegeben zu haben.<<

Alec runzelt die Stirn und lacht. >>Ich weiß doch du hast mich gerne hier.<<, erwidert er und steht nun auf, um mir eine Tasse zu reichen.

Ich nehme diese entgegen und deute ihm, am Sofa Platz zu nehmen.

Entspannt setzte ich mich ihm in den Ledersessel gegenüber. Gespannt sehe ich ihn an und warte auf seinen Bericht. Alec nimmt einen Schluck von seiner Tasse.

>>Also. Wegen gestern.<<, fängt er an zu reden. >>Sie ist, wie ich bereits berichtet habe, gestern noch weggefahren. Ich konnte herausfinden, dass sie in dieser Bar bereits drei Mal war. Also in der Woche, seitdem sie wieder in der Stadt ist.<<

Ich muss zugeben, diese Information irritiert mich. Kate war immer eine sehr ruhige Person und in sich gekehrt. Und warum sollte sie in einer Woche so oft, und das auch noch alleine, in eine Bar gehen? Vor allem, sie ist erst seit einer Woche wieder in den Staaten.

Manchmal ist mir diese Frau ein Rätsel.

>>Was hast du noch rausgefunden Alec?<<

Er lässt seinen Blick über das Wohnzimmer schweifen. Es sieht so aus, als würde er überlegen. Ungeduldig nippe ich auch an meiner Tasse. Das warme Gefühl von heißem Kaffee breitet sich in meinem Magen aus und ich fühle mich direkt etwas wacher.

>>Naja, im Großen und Ganzen konnte ich nicht sehr viel herausfinden. Ich habe zwar den Nachtportier geschmiert, aber selbst der konnte mir nicht sehr viel über sie sagen.<<, sagt er etwas verärgert.

>>Aber in einer Woche hatte sie nie Besuch oder sonstiges. Sie wurde nie mit jemandem gesehen. Jeden Tag zur selben Zeit verlässt sie das Haus. Gottlos frühmorgens. Eine Haushälterin kommt jeden Nachmittag, wenn sie noch außer Haus ist. Mehr konnte ich leider nicht herausfinden.<<

Er überlegt kurz . Seine Stirn legt sich in Falten.

>>Ach doch, da war noch etwas. Die Penthouse-Wohnung ist dieselbe, in der sie vor Jahren mit ihrer Mutter gewohnt hat. Sie war jedoch in der ganzen Zeit, als sie im Ausland war, leerstehend.<<

Es ist frustrierend. Genervt stehe ich auf und schaue mich im Raum um.

Das helle Licht der Morgensonne scheint durch die Fensterfront und erhellt den Raum. Die schwarzen Hochglanz Möbel reflektieren das Licht, das durch die Fenster scheint.

Alec

Mason ist wohl nicht sehr begeistert davon, dass ich nicht so viel herausbekommen habe wie erhofft.Seine braunen, fast schwarzen Augen gewähren mir einen Einblick in seine Gedanken. Ich weiß, er ist etwas verärgert, aber er weiß auch, dass in so einer kurzen Zeit nicht viel herauszuholen ist.

Ich lasse meinen Blick schweifen, während er auf und ab wandert und zu Überlegen scheint.

Seine schweren Schritte sind hörbar unter seinen Füßen.

Jedes Mal wenn ich in seinem Haus bin, bin ich immer wieder erstaunt. Dieses Haus ist wie immer in einem perfekten Zustand und kein einziges Staubkorn in Sicht.

Jeder einzelne Gegenstand hat seinen Platz und dort steht er dann immer. Und wenn ich immer sage, dann meine ich wirklich immer.

Es wirkt schon beinahe so, als wäre das Haus unbewohnt.

Manchmal frage ich mich, ob er sowas wie eine Zwangsstörung hat.

In dem modernen Kamin gegenüber des Sofas, auf welchem ich sitze, knistert bereits ein gemütliches Feuer, welches den Raum erwärmt.

Wortlos steht Mason auf und geht in Richtung seines Schlafzimmers. Verunsichert und kurz zögernd folge ich ihm. Sein Bett ist noch ungemacht, was bedeutet, er ist wohl gerade eben erst aufgestanden. Seine Einrichtung ist, wie auch in den restlichen Räumen, recht dunkel und schlicht gehalten. Schwarz dominiert im ganzen Haus.

Trotz der dunklen Möbel wirkt das Haus jedoch hell und offen, da es viele Fensterfronten gibt, welche das Licht hereinlassen. Langsam wird es doch etwas warm, ich ziehe meine

Lederjacke aus und werfe sie auf den großen Stuhl in der Ecke. Er tigert durch den Raum, bis er in seinem Badezimmer verschwindet, nur um kurz danach wieder aufzutauchen.

>>Wir werden es nächste Wochen machen.<<, sagt er in einem ernsten Ton und deutet auf mich.
Der Gedanke daran lässt mich kurz aufschrecken. Ich war zwar in der Army, ich habe im Krieg gekämpft, aber so etwas habe ich noch nie gemacht.
Natürlich wäre es kein Problem für mich, es durchzuziehen, aber sie ist nur eine unschuldige Frau, die in diese Sache hineingeraten ist.
>>Du weißt wie der Deal lautet. Du warst dabei.<<, sieht er mich fragend an während er zu mir spricht und wieder auf und ab tigert.
>>Ich weiß Boss. Ich bin jederzeit bereit <<, bestätige ich ihm.
Zufrieden dreht er mir den Rücken zu und nickt.
Selten habe ich Mason so gesehen. Selten ist er so aufgeregt und schon beinahe unkontrolliert in seinen Taten und Worten.

Ich beobachte ihn aus dem Augenwinkel. Er ist immer noch nur mit einem Handtuch bekleidet.
Sein muskulöser Rücken ist komplett tätowiert.
Ein großer finsterer Sensenmann ziert seinen Rücken. Der Sensenmann hat das Gesicht eines Totenkopfes.
Dieses Tattoo ließ mir, als ich es das erste Mal als ich es gesehen hatte, das Blut in den Adern gefrieren.
Stumm verschwindet er im Ankleidezimmer neben dem Badezimmer. Dieser Raum besteht aus schwarzen geschlossenen Schrankwänden. In der Mitte befindet sich eine Glasvitrine mit all seinen Uhren. Rolex, Breitling und andere namhafte Marken sind hier vertreten. Darüber hängt ein riesiger gläserner Kronleuchter, welcher den ganzen Raum erhellt.
Hier sieht es aus wie in einer Luxus-Boutique.

Nach ein paar Minuten kommt er wieder zurück in einem
schwarzen Armani-Anzug. Dies ist typisch für ihn. Ich kenne ihn
nicht anders, immer im Anzug.
Die Rolex an seinem Handgelenk und glänzende Schuhe.
Ich sollte mich wohl langsam auf den Weg machen. In einer
halben Stunde muss ich bereits am Hafen sein wegen der nächsten
Lieferung. Er wird wohl heute mal ohne mich auskommen
müssen.
Masons Handy läutet. Der typische Apple Klingelton schrillt
durch den Raum.
Ich nutze die Zeit, während er telefoniert, um eine Rauchen zu
gehen. Also gehe ich zurück ins Wohnzimmer, schnappe mir
meine Tasse Kaffee, trete durch die Terrassentüre raus in die
Kälte und zünde mir eine Zigarette an.
Dieses Haus nutzt er nicht oft. Es ist mehr gedacht als
Zufluchtsort oder manchmal auch als Versteck. Die meiste Zeit
verbringt Mason in seiner Penthouse Wohnung in der Upper East
Side. Doch in letzter Zeit ist er immer öfter anzutreffen, hier in
seiner Villa am Stadtrand.
Die Stadt ist so nahe, dass man sie noch sehen kann, aber weit
genug entfernt, um dem Alltagsstress zu entkommen. Hier ist ein
schönes Fleckchen zum Leben.

Manchmal denke ich darüber nach, wie es wäre, wenn mein
Leben anders gelaufen wäre. Würde ich dann auch in einem
schönen Haus nahe der Stadt wohnen? Mit Frau, Kind und einem
Hund? Oder würde ich so oder so hier landen und sein, wer ich
jetzt bin?
Bin ich dazu Verdammt für immer solch ein Leben zu führen?
Die Schiebetür hinter mir geht auf. Ich höre, wie Mason über die
Türschwelle tritt und auf mich zukommt. Er nimmt mir die
Zigarette aus der Hand und zieht daran.

>>Ich dachte, du hättest aufgehört?<<, frage ich ihn überrascht.
Er pustet den Rauch aus seiner Lunge und nickt.

>>Habe ich<<, sagt er und zwinkert mir lässig zu.

Ich nehme ihm die Zigarette weg, ziehe noch ein paar mal daran und werfe sie dann über das Geländer.
>>Ich muss los. Heute kommt die neue Lieferung. Wir sehen uns später.<<
Gedankenversuchen blickt er in meine Richtung, nickt und sieht dann wieder nach vorne in Richtung der Stadt.
Ich trete zurück in das Wohnzimmer und lasse ihn alleine. Wie versteinert steht er noch immer an derselben Stelle und starrt in die Leere.

Mason

Kaum beginnt die Vorstellung, sehe ich sie.
Ich erkenne sie auch ohne ihr Gesicht zu sehen. An ihren
Bewegungen, an ihrem Körper, an ihrer Aura. Sie zieht mich
direkt in den Bann, noch bevor ich verstehen kann, was hier
passiert.
Sie ist noch genauso schön wie früher. Ihre schwarzen langen
Haare sind zu einem perfekten Dutt zusammengebunden und ihr
Haar ziert eine goldene Krone.
Ihre elfenbeinfarbene Haut und ihre schlanke Gestalt lassen sie
gebrechlich aussehen. Sie hat noch immer dieselbe Macht über
mich wie damals.
Leider sitze ich zu weit weg, um sie genauer betrachten zu
können. Meine Kate.
Als ich gehört habe, dass sie heute Abend hier auftritt, habe ist
sofort Bennett meinen alten Freund angerufen. Er, als Leiter
dieses Theaters, konnte mir sofort die beste Loge reservieren.
Diese ist ganz hinten in der Mitte des Saales, dadurch habe ich
einen perfekten Blick auf die Bühne.
Die Loge hat schöne Verzierungen in einem dunklen Kirschholz
und den Stühlen, das Sofa und der Vorhang haben ein Weinrot um
den Look abzurunden.
Ich habe sogar einen eigenen Kellner, welcher mir meine
Wünsche erfüllt, wenn ich nur schnipse.
Der etwas nervös wirkende junge Bursche sieht in seinem Anzug
und seiner Fliege ein bisschen aus wie ein Pinguin.

Gespannt beobachte ich das Treiben unten auf der Bühne. Diese
Bewegungen. Sie ist wie immer perfekt im Takt und bewegt sich
geschmeidig wie eine Katze.

Die Scheinwerfer sind auf sie gerichtet. Ihre helle Haut wird erhellt und die Krone auf ihrem Kopf glänzt.

In ihrem Bühnenkostüm sieht sie einfach umwerfend aus. Das glitzernde Korsett schmiegt sich eng an ihren Oberkörper.

Die ganze Vorstellung über, kann ich meinen Blick nicht von ihr lassen.

Das Stück wird von einer Gruppe von Violinisten und Geiger untermalt.

Die Bühnenbilder passen sich ständig an und werden je nach Musik und Stimmung dementsprechend ausgeleuchtet.

Ich erinnere mich an diesen einen Tag in der Highschool.

Wir hatten einen Tanzsaal in dem Hauptgebäude, in welchem Aufführungen der Theater AG geprobt wurden.

Wenn der Raum jedoch zur Verfügung stand, war es möglich, diesen zu reservieren und zu nutzen, für was auch immer.

In der Mittagspause, als ich gerade vom Rauchen kam, ging ich durch die Flure und kam eben an diesem besagten Saal vorbei.

Leise Musik ließ mich aufhören und ich habe einen Blick durch das Fenster der Tür geworfen.

Unten auf der Bühne sah ich Kate tanzen.

Ihr Körper bewegte sich im Rhythmus der Musik. Sie hatte ihre Augen geschlossen und ließ sich einfach von der Musik leiten.

In diesem Moment sah sie einfach Glücklich und unbeschwert aus.

Unauffällig habe ich mich durch die Tür geschoben und mich ganz nach hinten gesetzt. Nach einigen Minuten ist die Musik verstummt. Sie hat ihre Augen geöffnet und mich direkt angeschaut. So als hätte sie meine Anwesenheit gespürt.

Wortlos stand sie da und starrte mich an. Und ich starrte zurück.

* * * * *

Die Vorstellung ist beinahe zu Ende und Bennett hat sich nun zu mir gesellt. Sein Anzug sitzt wie Maßgeschneidert an seiner eher schlanken Figur.
>>Mason, mein Freund. Wie gefällt dir die VIP Loge? Für meine Freunde nur das Beste.<<, sagt er während er freudestrahlend auf mich zukommt und seine Arme hebt zu einer Umarmung.
Ich schaue mich um und grinse. >>Sehr schön hier. Die roten Vorhänge gefallen mir. Die erinnern mich an etwas.<<, erwidere ich frech grinsend und umarme ihn.
Er setzt sich zu mir und schüttet sich etwas von der Whiskey Flasche am Tisch ein. Kurz dreht er das Glas in seinen Händen, als würde er überlegen.
Nach einem großzügigen Schluck lehnt er sich zurück und lässt den Geschmack auf sich wirken, während er das Aroma genießt.

>>Sehr talentierte Tänzer hast du da, Bennett. Es ist bisher eine sehr gelungene Aufführung.<<, bemerke ich und beobachte ihn aus dem Augenwinkel. Zufrieden schlägt er mir auf die Schulter und nickt zustimmend.
>>Schön zu hören, alter Freund.<<
Ich höre das Publikum Beifall klatschen und die Lichter im Saal gehen nach der Reihe wieder an. Die Vorstellung ist wohl nun zu Ende.
Über den Rand des Balkons kann ich erkennen, wie die Leute langsam aufstehen und sich Richtung Ausgang begeben.
Also stehe ich auf und richte mir meinen Anzug. Es wird nun Zeit für das Finale.
Ich deute dem Kellner, welcher neben dem Eingang steht, mir noch ein Glas Whiskey einzuschenken.
Schnell kommt einer meiner Bitte nach und reicht mir das Glas.
>>Ich wusste gar nicht, dass du ein Fan des Balletts bist, Mason.<<, merkt Bennett an.

Langsam schwenke ich den Whiskey in meinem Glas und sehe ihn mit einem dicken Grinsen an.

>>Bin ich nicht. Aber ich bin ein Fan von gelenkigen. Frauen<<
Lachend schlägt er mir auf die Schulter und deutet in Richtung Ausgang, welcher durch einen Samtvorhang bedeckt ist. >>Du zuerst.<<

Der junge Kellner öffnet den Vorhang für uns und wir treten durch den Ausgang. Und landen in einer Menschenmenge, welche Richtung Treppe strömt, um nach unten in die Lobby zu gelangen. Die Menschenmenge zieht uns mit nach unten in die riesige Lobby.

Es laufen mehrere Kellner mit Tabletts durch die Menge und verteilen Drinks.

Ein schneller Blick durch den Raum verrät mir, dass heute viele reiche und bedeutende Leute anwesend sind. Auf den ersten Blick erkenne ich ein paar mir bekannte Gesichter.

Geschäftsleute, reiche Erben, welche gerne einen auf dicke Hose machen und ich konnte auch ein paar Politiker erkennen. Allesamt Leute, welche ich flüchtig kenne, und es auch gerne dabei belassen würde, da diese Art von Menschen nicht meinem Geschmack entsprechen.

Ich spüre, wie sich Blicke in meinen Hinterkopf bohren. Dieser süßliche Geruch kommt mir bekannt vor.

Zu bekannt. Er kriecht mir in die Nase und hinterlässt einen schalen Geschmack auf meiner Zunge.

Plötzlich durchdringt es mich wie ein Blitz. Nun heißt es schnell und unauffällig verschwinden. Kaum setzte ich mich in Bewegung, höre ich bereits ein schrilles Quietschen. Hinter mir.

Verdammt noch mal.

>>Mason! Schätzchen, wie geht es dir?<<, höre ich eine
säuselnde Stimme hinter mir.
Eine Hand berührt meine Schulter und mich überkommt direkt ein
Ekelgefühl und Schaudern. Es durchdringt mich bis ins Mark.
Ich setze ein gespieltes Lächeln auf und drehe mich um.
>>Adeline. Schön dich wieder einmal zu sehen <<, lüge ich
offensichtlich, ohne es großartig zu verschleiern.
Wie immer riecht ihr Parfum ekelhaft süß. Ihre stark
geschminkten Augen lächeln mich an. Wie sehr ich dieses Gesicht
hasse. Ich hasse diese Frau einfach.

Adeline war damals mit mir in der High School. Sie war immer
schon etwas überdreht und ehrlich gesagt auch etwas anstrengend.
Sie war in der Schule eine Stufe unter mir und sie hat mich
damals schon immer angehimmelt. Eines Tages, bei einer Party,
als ich schon sehr betrunken war, verfiel ich ihren Avancen.
Und ich hatte Sex mit ihr. Keinen sonderlich guten, um ehrlich zu
sein. Seitdem klebt sie mir am Arsch, sobald sie mich sieht.
Ihre langen, rot gefärbten Haare, welche sie zu einem hohen Zopf
trägt, lassen sie etwas Nuttig wirken. Ach was, sie schafft es auch
so, als Nutte durchzugehen.

Das schwarze Kleid, welches sie trägt, bedeckt gerade noch so
ihren prallen Hintern.
Ihre Hand liegt noch immer auf meiner Schulter und ihre Finger
wandern langsam Richtung meines Nackers.
Bestimmt ziehe ich ihre Hand weg und mache ihr damit klar, die
Finger von mir zu lassen.
Diese Frau ist eine echte Plage.
Etwas beleidigt zieht sie einen Schmollmund.
>>Wieso bist du immer so zu mir? Wir hatten doch früher eine
schöne Zeit miteinander. Und diese muss noch lange nicht vorbei

sein.<<, säuselt sie wieder und wirft mir einen heftigen
Wimpernaufschlag zu.

>>Nicht einmal Ekel beschreibt gerade das, was ich eben fühle.
Sieh es endlich ein. Du warst für mich niemals mehr als nur
ein schneller Fick.<<, gebe ich ihr nun etwas bestimmender zu
verstehen.
Meine Worte sind nicht mehr als ein Flüstern in ihre Richtung.
Empört zeigt sie mir den Mittelfinger und stöckelt davon.
Zufrieden lächle ich in mich hinein und wende mich ihr ab.
Hoffentlich hat sie es nun endlich verstanden.
>>Was war das denn? Hast du Adeline nun endgültig beleidigt<<,
fragt mich Bennett lachend, der plötzlich neben mir steht. Sein
Blick folgt ihr in Richtung Ausgang.
>>Ich befürchte, es hält nicht lange Zeit an. Die kommt doch
immer wieder an. Wie eine Kakerlake <<, antworte ich seufzend.
>>Aber die Hoffnung stirbt zuletzt. Vielleicht hat die Botschaft
nun endlich auch ihre letzten paar Gehirnzellen erreicht.<<
Genervt sehe ich mich weiter im Raum um und mein Blick streift
den von einer Kellnerin. Schüchtern, schon beinahe verlegen,
lächelt sie mir zu und geht dann hastig weiter, um ihre Arbeit
nach Gläser zu verteilen.
Im Hintergrund tönt leise klassische Musik durch die Lobby. Ich
schließe mich meinem Freund an, welcher sich zu einer Gruppe
junger Männer gesellt hat.
Es stellte sich heraus, dass diese allesamt Söhne von
Unternehmern sind. Diese Jungs gehen auf dieselbe Privatschule
wie ich damals. Dies weckt Erinnerungen an meine Jugend.

All die Unbeschwertheit und den ganzen Blödsinn, welchen wir
früher angestellt haben.
Wir waren unbesiegbar, nicht einmal der Direktor Mr. Hunt
konnte uns etwas anhaben.
Unsere Eltern haben zu viel in diese Schule investiert. Es flossen
einfach zu viele Gelder in diese Institution.

Ich konnte erkennen, wie Bennett einer Person quer durch den Raum winkte und Zeichen gab, sich zu uns zu gesellen. Nach ein paar Whiskys bin ich bereits etwas benebelt und bemerke ihre Anwesenheit nicht direkt.
Erst als sie unmittelbar hinter mir stand, konnte ich sie spüren. Ihre Nähe.
>>Mr. Bennett, ich hoffe doch, Ihnen hat die Aufführung gefallen?<<
Ihre Stimme trifft mich wie ein Blitz. Ihre Worte hängen über meinem Kopf wie eine Wolke.

Kate

Die Lichter der Scheinwerfer strahlen auf mich herab und blenden mich.

Meine Beine und Füße bewegen sich wie von alleine, sobald die Musik vom Orchester ertönt. Die sanften Töne nehmen mich mit und bringen mich in eine andere Welt.

Dank der Scheinwerfer kann ich nur die Bühne vor mir sehen, aber die Zuschauer bleiben für mich eine unbekannte Masse. Es ist beinahe so, als würde ich für mich alleine tanzen.

Am Ende der Vorstellung verdunkelt sich die Bühne und ich kann die Gesichter der Zuschauer erkennen.

Begeistert klatschen diese begeistert und manche erheben sich sogar von ihren Plätzen. Ich spüre den kalten Schweiß unter meinem Kostüm während ich auf der Bühne stehe mit den anderen Tänzern.

Zufrieden verbeugen wir uns und begeben uns zurück hinter die Kulissen.

* * * * *

Meine ganze Anspannung der Tage und Wochen ist mit einem mal wie weggeblasen.

Die erste Vorstellung ist nun vorüber und alles verlief reibungslos. Auf dieser Bühne habe ich mich einfach treiben lassen und habe getanzt. Sobald ich meinen Einsatz habe, funktionieren nur noch meine Beine und ich schalte meine Gedanken aus. Ich bin gefangen in dem Moment gefangen und ich liebe es.

Dieses Gefühl, auf der Bühne zu stehen, beflügelt mich jedes Mal. Mein Körper bewegt sich automatisch zu der Musik und lässt sich von dieser lenken.

Nach der Vorführung ist noch der Empfang in der Lobby für alle Tänzer und Besucher der heutigen Premiere.
Meine Füße schmerzen bereits vor Müdigkeit und ich möchte nichts sehnlicher, als die Beine hochzulegen und zu schlafen. Der Plan ist es, ein Glas zu trinken, mit ein paar Leuten zu reden und dann schnellstens zurück nach Hause ins Bett.

Ich warte kurz, bis die anderen weg sind und dann beginne ich mich umzuziehen. Mein Kostüm liegt sehr eng an und nach all den Stunden klebt es wie eine zweite Haut an mir. Vorsichtig schäle ich mich aus diesem Nylon Gefängnis.

Schnell ziehe ich mir ein schwarzes Kleid an. Der Rock des Kleides geht mir bis zu den Waden, oben ist es ganz eng geschnitten, mit einem Herzförmigen Ausschnitt und schmalen Trägern.

Kurz sammle ich meine Gedanken und meinen Mut zusammen. Ich liebe das Tanzen, aber ich hasse die Auftritte danach. Die ganzen Menschen, diese vielen Fragen und jeder redet durcheinander. All diese Situationen stressen mich.
Aber es hinauszuzögern macht es nicht besser oder erträglicher. Ich nehme mir meine Tasche, atme einmal tief durch und mache mich durch den langen Flur auf den Weg zur Lobby.
Einer der Mitarbeiter öffnet mir die Eingangstüre und ich trete unsicher ein.
Der große Kronleuchter an der meterhohen Decke erhellt den kompletten Raum. Die mehreren Hundert Leute erhöhen den Geräuschpegel erheblich.

An jedem der Stehtische stehen Grüppchen und unterhalten sich. Viele verschiedene Gerüche vermischen sich durch die vielen Menschen.

Die Absätze meiner Lackpumps klacken über den schwarzen Steinboden.

Ich bleibe am Rand stehen und beobachte das Treiben der Menschenmasse. Die Kellner schwärmen in ihren schwarzen Anzügen aus und bringen Getränke und Häppchen zu den Gästen und zu den kleinen Tischen.

Auf den ersten Blick erkenne ich meine Tanz Kollegen zusammenstehend an einem der Tische nahe der Bar. Anna winkt mir zu.

Sie ist relativ groß gewachsen und ihre blonden Haare sind zu einem Zopf zusammengebunden. Ich winke ihr zurück und sie schenkt mir im Gegenzug ein sanftes Lächeln.

Sie und die anderen stoßen mit Sektgläsern an. Diese Mädels sind alle ganz nett, aber ich bevorzuge lieber meine eigene Gesellschaft.

Einer der Kellner kommt an mir vorbei und ich schnappe mir ein Glas Wein von dem vorbei schwebenden Tablett. Der etwas ältere Herr lächelt mir freundlich zu und bahnt sich weiter seinen Weg durch die Menschenmenge.

Ob es wohl angemessen ist, bereits zu gehen? Ich schaue verstohlen auf mein Handy.

Beinahe elf Uhr.

Eine Nachricht leuchtet in diesem Moment auf dem Display auf. Mein Herzschlag wird plötzlich schneller. Die Nachricht ist von Caleb. Ich hatte mich schon gefragt, ob und wann er sich bei mir melden würde.

Sehen wir uns heute, Kate?

Bei dieser Nachricht macht mein Herz einen kleinen Sprung.
Schon beinahe hatte ich die Hoffnung aufgegeben, von ihm zu
hören.
Soll ich direkt antworten oder kommt das komisch? Oder
aufdringlich? Was soll ich nur Antworten?

Ich muss immer wieder an seine Augen denken, seine weichen
Haare und seinen Geruch. Sein Geruch könnte mich in den
Wahnsinn treiben.

Klar, komm gegen
zwölf Uhr bei mir vorbei.
Ich schicke dir den Standort.

Kaum habe ich die SMS abgeschickt, erwische ich mich, wie ich alle paar Sekunden auf mein Smartphone schaue und auf eine Antwort hoffe.
Nervös fange ich an, auf dem Display herum zu tippen.

Ich freue mich. Bis später!

Glücklich und wie eine Idiotin grinsend, schicke ich ihm den Standort meiner Wohnung und packe das Handy zurück in meine Tasche.
Am besten mache ich mich bereits langsam auf den Weg, um Zuhause noch duschen gehen zu können.
Bedacht setzte ich mich in Bewegung Richtung Ausgang. Ich schlängle mich durch die Menge, um zu dem Ende der Lobby zu gelangen.

Aus dem Augenwinkel sehe ich Mr. Bennett, den Leiter des Theaters, wie er mich zu sich winkt.
Er ist gerade einmal ein paar Jahre älter als ich, aber seine bereits leicht grau melierten Haar-Ansätze lassen ihn älter wirken als er ist.
Mit einem Glas in der Hand steht inmitten einer kleinen Gruppe junger Männer, welche wahrscheinlich noch nicht einmal zwanzig Jahre alt sind.
Diese sehen aus wie typische Snobs. Allesamt in teuren Anzügen, mit einem selbstgefälligen Ausdruck im Gesicht. Natürlich ist alles von Papa finanziert.
Zielstrebig gehe ich auf ihn zu, um ihn kurz zu begrüßen, nur um mich gleich darauf zu entschuldigen, und nachhause zu gehen.

Kaum stehe ich vor ihm, drückt er mir ein Champagnerglas in die Hand und prostet mir zu. Seinen glasigen Augen zu Urteilen ist dies hier nicht sein erstes Glas.

>>Mr. Bennett, ich hoffe sehr, Ihnen hat die Aufführung gefallen.<<, beginne ich, ohne die anderen am Tisch zu beachten.
Er lächelt mir zu und nickt eifrig.
>>Natürlich, die Aufführung war klasse. Sie waren klasse. Was für eine Eleganz und Ihre Technik. Einfach perfekt.<< Zufrieden nippt er an seinem Glas.
Unauffällig sehe ich mir die Gesichter um mich herum an. Bennett nimmt mich an der Schulter und dreht mich zu sich.

>>Ach Katherine, ich wollte Ihnen noch meinen alten Freund Mason vorstellen <<, sagt er freundlich und nickt in die Richtung des großen Mannes im Anzug, welchen ich bisher nur von hinten sehen konnte.
Fuck nein. Das kann nicht sein. Bitte nicht.
Der Mann dreht sich mit einem breiten Grinsen zu mir um und sieht auf mich von oben herab und mustert mich.
>>Hallo Kate, wie geht es dir?<<, sagt er beinahe diabolisch und streckt mir seine große Hand entgegen.
An seinem Ringfinger trägt er wie immer den Ring mit dem Wappen seiner Familie. Ein grimmig dreinschauender Löwe.
Ich fühle direkt, wie alle Farbe ruckartig mein Gesicht verlässt. Ich mache keine Anstalten, seine Hand zu nehmen.

In der Runde um uns herum herrscht Stille und alle schauen uns gespannt zu. Die Spannung zwischen uns ist beinahe greifbar.
Mein Herz klopft, unaufhörlich und ich habe das Gefühl, meine Brust könnte jeden Moment explodieren.
Verdutzt wandern die Blicke von Bennett, zu Mason und dann zu mir und dann wieder zu ihm. Nach einer kurzen Stille hat er Bennett wieder seine Stimme gefunden.

>>Ihr kennt euch bereits?<<, stellt er mit einem Stirnrunzeln fest.
>>Nein. Wir kennen uns nicht.<<, gebe ich grimmig von mir und sehe Mason direkt an.

Er erwidert meinen Blick und es ist so, als würde er mir in die Seele schauen können. Seine beinahe schwarzen Augen sind auf mich fixiert und hängen förmlich an meinen Lippen.

Er grinst, aber sein Blick ist starr. Es ist ein Blick, der mich erschaudern lässt. Er hat etwas Teuflisches an sich.

Sein Grinsen erreicht niemals seine Augen. Diese bleiben immer starr.

Dieser Blick hat nichts Gutes zu bedeuten. Das hatte er nie. Bevor noch jemand etwas sagen kann, entschuldige ich mich mit den Worten, ich sei müde und mache mich auf den Weg Richtung Toiletten.

Ich spüre wie er sich umdreht und es ist so als würden sich seine Blicke in meinen Rücken bohren.

Übelkeit steigt in mir auf und ich habe das Gefühl mich Übergeben zu müssen.

Mason

Ach, da tut sie einfach so, als würde sie mich nicht kennen.
Sie wird sich noch wünschen, das nie gesagt zu haben. Aber ihre
Blicke haben sie verraten. In ihr lodert noch das Feuer von früher.
Das Feuer, welches sie für mich brennen ließ.
Ich muss es nur wieder entzünden. Sie wird wieder für mich
brennen.
Keine zehn Minuten später stehe ich draußen an der Hintertüre des
Gebäudes und rauche eine längst überfällige Zigarette. Der Rauch
vermischt sich mit der kalten Luft der Nacht.
Genüsslich sauge ich das Nikotin in mir auf und lasse es auf mich
wirken.
Die Türe neben mir öffnet sich mit einem Schwung und ich höre ein
genervtes Zischen neben mir.

>>Na KittyKat. Wir sind nun also Fremde?<<, frage ich Kate
beinahe spöttisch und stichle sie garstig an.
Sie schnaubt wütend und stolziert wortlos an mir vorbei, ohne mich
auch nur eines Blickes zu würdigen.
Ich stoße mich mit einem Bein von der Ziegelwand hinter mir ab,
schnipse meine Zigarette weg und folge ihr.
>>Redest du nicht mehr mit mir?<<
Wieder bloßes Schweigen. Sie läuft vor mir her. Ihr eleganter Gang
lässt mich nicht los und ich beobachte, wie sie ihre
Hüften bei jedem Schritt bewegt.

Ihr Haar ist noch länger als damals. Mittlerweile umschmeicheln
ihre schönen schwarzen Haare ihre Taille. Sie sieht fantastisch aus.
Vorhin konnte ich einen Blick auf ihr Kleid erhaschen. Ihr
Dekolletee hätte mich beinahe um den Verstand gebracht.

Ihre feinen Gesichtszüge haben sich kaum verändert, sie ist kein bisschen gealtert in den letzten Jahren.
Sie wurde nur noch schöner, falls dies überhaupt möglich kein konnte.
Ihr Duft nach Wildrosen erinnert mich an früher. An die alte, etwas zurückhaltende Kate. Bedacht darauf, niemandem zu nahezutreten oder gar aufzufallen.
Immer mit dem Hintergrund verschmelzen, um unsichtbar zu sein.
Aber für mich war sie schon immer sichtbar.

Man kann ihre Absätze laut durch die Gassen hallen hören, während sachter Regen vom Himmel nieselt. Der Boden unter uns glänzt von der Nässe des Regens.
>>Wie lange willst du mir noch hinterherlaufen?<<
Der Ton, mit dem sie spricht, wirkt kalt und gleichgültig. Sie drosselt ihr Tempo so, dass ich aufholen kann und ich bleibe vor ihr stehen.
Ihre vollen, rot geschminkten Lippen stechen mir sofort ins Auge.
Ich stehe nun ganz nahe vor ihr und sehe auf sie herunter.
Trotz der High Heels ist sie immer noch um einiges kleiner als ich.

>>Ersten laufe ich dir nicht hinterher, ich gehe. Und zweitens habe ich dich etwas gefragt, KittyKat. Oder nicht?<<, während ich das sage, lehne ich mich etwas vor, um ihre Reaktion zu sehen.
>>Ich rede nicht mit dir, weil du für mich gestorben bist. Und nenn mich nicht so.<< antwortet sie mit einer beinahe süßlichen Stimme.
Ihre Antwort bringt mich zum Grinsen. >>Autsch.<< Gespielt, betroffen halte ich mir schützend die Hände an die Brust.
Genervt verdreht sie die Augen. Der Wind durchdringt ihre Haare und lässt ein paar Strähnen in ihr Gesicht fallen.
Ich merke, wie sie fröstelt und sich ihren Mantel enger an den Körper zieht.
Die weiß leuchtende Reklame einer Bar hinter ihr lässt Sie aussehen, als wäre sie direkt vom Himmel geschickt worden. Als hätte sie einen Heiligenschein.

Ein paar Minuten stehen wir nur da und schweigen uns an. Ihr Blick durchdringt mich.

Funken des Hasses springen auf mich über.

>>Mason?<<

Als sie meinen Namen ausspricht, überkommt mich ein vertrautes Gefühl und es regt sich ungelogen etwas in meiner Hose. Ich sehe sie an und Kate deutet mir ich soll näherkommen.

Ich komme ihr wie gewünscht entgegen.

Unsere Lippen sind nur wenige Zentimeter voneinander entfernt und ihr Parfum steigt mir in die Nase.

In mir steigt der Wunsch, auf sie an mich zu ziehen und einfach zu küssen.

Ihr meine Zunge in den Mund zu schieben. Sie mir einfach zu nehmen.

>Lass mich in Ruhe. Ich steige nun in das Taxi da vorne und ich hoffe, wir sehen uns danach nie, nie wieder <<, flüstert sie mir schon beinahe in mein Ohr.

Ich spüre ihren warmen Atem währenddessen auf meiner Haut. Sie tritt einen Schritt zurück und sieht mir direkt in die Augen.

Diese innere Kälte, in ihrem Blick, lässt mich kurz erstarren. Ohne ein weiteres Wort dreht sie sich um und steigt in das gelbe Taxi, welches an der Straßenecke steht.

Ich sehe ihr hinterher. Das hier ist noch nicht das Ende, es hat gerade erst begonnen.

Wir sehen und bald wieder Kate.

Kate

Was zur Hölle war das? Warum war er hier?

In meinem Kopf schwirren so viele Fragen, aber ich habe keine einzige Antwort. In Gedanken versunken merkte ich gar nicht, dass das Taxi bereits an seinem Ziel angekommen ist.

Erst nach ein paar Sekunden erkenne ich die vertraute Eingangstüre des Gebäudes durch das Fenster des Taxis.

Ich erhasche einen Blick auf das Taxameter und drücke dem Fahrer 50 Dollar in die Hand. >>Vielen Dank, das passt so. Ich wünsche Ihnen einen schönen Abend.<<

Mit diesen Worten verlasse ich den Wagen noch bevor der Fahrer etwas erwidern kann.

Der kalte Wind, welcher mir entgegenschlägt, lässt mich erschaudern.

Die große Eingangstüre öffnet sich und lässt mich rein in die warme und einladend wirkende Lobby.

Meine Schuhe hinterlassen, durch den Regen, eine nasse Spur auf dem Marmorboden.

Inmitten der Lobby befindet sich ein Sitzbereich mit breiten Ledersofas, dazu passenden Stühlen und einem knisternden Kamin.

Zielstrebig gehe ich auf das Sofa vor mir zu.

Zart lege ich meine Hand auf Calebs Schulter, die mir mit dem Rücken zugewandt auf dem braunen Ledersofa saß und in einer Zeitung zu lesen scheint.

Etwas Erschrocken dreht er sich zu mir um. Doch als er mich sieht, lächelt er verlegen, so als wäre es ihm unangenehm sich so erschrocken zu haben.

>>Hallo Caleb, ich hoffe, du musstest nicht zu lange auf mich warten?<<, frage ich ehrlich besorgt.

Er runzelt die Stirn.

>>Dein Anblick war es das Warten wert.<<

Während er das sagt, kommt er näher und zieht mich an der Hüfte näher. Seine Lippen berühren hauchzart meine Wangen und hinterlassen ein prickelndes Gefühl auf meiner Haut. Seine Augen funkeln mich an und ich verliere mich einen kurzen Augenblick darin.
Bei seinen Worten blüht mein Herz auf und ich schaue Verlegen zu Boden. Er lässt mich tatsächlich mit seinen Worten erröten.
Seit langem hat es ein Mann geschafft, etwas in mir zu erwecken.
Etwas Anderes als nur Lust. Caleb interessiert mich wirklich.
Sein Lächeln, seine Art und sein Aussehen haben mich bereits im ersten Moment, als er auf mich zukam, verzaubert.
Von Anfang an habe ich gespürt, dass er etwas Besonderes ist.

Ich nehme ihn an der Hand und führe ihn in Richtung Aufzug.
Während wir warten, sehe ich, wie er immer wieder verstohlen in meine Richtung sieht und mich von der Seite mustert.
Nur zu gerne würde ich jede Stelle seines Körpers anfassen.
Er hat eine Anziehung auf mich, welche ich zuvor nur einmal gespürt hatte.
Seine braunen Strähnen fallen ihm wieder etwas in die Stirn, was ihn nur noch unwiderstehlicher für mich macht.
Die Minuten verstreichen in denen wir einfach nur Hand in Hand vor dem Aufzug warten. In vollkommener Stille.

Bing. Die Aufzugtür öffnet sich und der alte Mann aus dem elften Stock tritt heraus. Als er uns sieht, nickt er kaum merklich und zieht seinen Hut tiefer ins Gesicht.
Was ihn wohl heute noch so spät aus dem Haus treibt?

Caleb tritt etwas zur Seite, um dem alten Herren Platz zu machen.
Er lässt meine Hand los und lässt mir den Vortritt. Der ganze Aufzug riecht nach Altmänner Parfum. Dieser Geruch lässt mir kurz die Galle hochkommen.

Erschöpft lehne ich mich an die Holztäfelung neben den Knöpfen. Aus den Lautsprechern dröhnt leise, dieselbe melodische Hintergrundmusik wie jeden Tag.

So sehr ich mich auf Caleb konzentrieren will, meine Gedanken driften wieder ab. In meinem inneren Auge sehe ich Mason, wie er vor mir stand und mich mit seinen beinahe schwarzen Augen musterte.

Diese Augen, welche mir bereits viele Male in die Seele geschaut hatten. Sie waren bereits viele Male auf mich gerichtet.

Sie haben mir bereits viele schlaflose Nächte beschert.

Eine warme Hand berührt meine Wange. >>Alles gut? Du wirkst müde <<, fragt mich Caleb besorgt und streichelt über meine Wange.

Tapfer lächle ich ihn an, um ihm keine Sorgen zu bereiten, und lege meine Hand auf seine.

>>Natürlich, es war nur ein sehr, sehr langer und anstrengender Tag. <<

Seine Körperwärme geht auf mich über und mein Inneres verlangt nach mehr seiner Berührungen. Nach seinen Fingern auf meiner Haut. Auf jedem einzelnen Zentimeter.

Ich grabe meine Hand in sein weiches braunes Haar und ziehe ihn an mich heran. Sein heißer Atem auf meiner Haut erregt mich und ich überwinde die letzten paar Millimeter und küsse ihn hungrig. Er erwidert den Kuss, kommt mir mit seiner Zunge entgegen.

Seine Zunge plündert verlangend meinen Mund und raubt mir den Atem.

Unsere Körper sind so nahe aneinander, dass ich seine Erregung durch seine Hose fühlen kann. Mit einer Hand beginnt er meinen Körper zu erforschen, während er mit der anderen mein Gesicht beinahe zärtlich hält.

Ich spüre, wie der Aufzug stehen bleibt und sich die Türe beinahe in Zeitlupe öffnet.

Der kalte Luftzug jagt mir einen kleinen Schauer über den Körper.

>>Wir sind da.<<, keuche ich Caleb gegen den Hals.

Er hebt mich mit einem Arm am Hintern hoch, während er seine Lippen wieder auf meine legt, und trägt mich raus in den großen Flur meiner Wohnung, als wäre es nichts.

Der Bewegungsmelder geht in der Sekunde an, in der er den Boden betritt, und erhellt den Vorraum.

Verwundert bleibt er eine Sekunde stehen und sieht sich um.

Schnell entdeckt er durch den Durchgang am Ende des Flures mein Wohnzimmer Sofa.

Wie magisch werde ich von seinem Hals angezogen und fange an, verlangend daran zu knabbern. Seine Härte wird nur durch den Stoff unserer Kleidung von mir getrennt.

Zielstrebig trägt er mich, am großen Spiegel vorbei, ins Wohnzimmer.

Seine schweren Schritte hallen durch die Wohnung und lassen die Dunkelheit der Wohnung weniger einsam erscheinen.

Schwerfällig lässt er sich auf das Sofa fallen, sodass ich auf seinem Schoß sitze.

Unsere Zungen verschmelzen in einem leidenschaftlichen Kuss.

Seine Hände wandern an meinen Hintern und fangen an, ihn immer fester zu kneten.

Ein Keuchen verlässt meinen Mund und erfüllt den Raum. Meine Lust steigt immer mehr. Mein Körper droht zu verbrennen. Jede Berührung von ihm hinterlässt ein Feuer auf meiner Haut.

Seine Hände beginnen nun sich ihren Weg unter mein Kleid zu bahnen. Ungeduldig zieht er es mit einem Ruck über meinen Kopf. Seine Augen glänzen als er sieht, das darunter nur ein Höschen trage. Gierig leckt er über meine Brüste und verpasst mir eine Gänsehaut.

Vorsichtig kreist er mit seiner Zunge um meine Nippel, leckt, saugt und knabbert daran.

Innerlich spüre ich ein loderndes Feuer in mir. Ich will so viel mehr als das hier.

Mit einem Ruck, rutsche ich von seinem Schoß, knie mir vor ihm auf den Boden und beginne seinen braunen Ledergürtel zu öffnen. Während er sich seiner Kleidung entledigt, lasse ich ihn nicht aus den Augen.

Kaum hat er die Hose auf die Sofalehne neben ihn geworfen, sauge und lecke ich schon seinen Schwanz. Ohne jemals meinen Blick von ihm anzuwenden.

Beinahe an jeder Stelle seines Körpers ziert ein Tattoo. Seine Bauchmuskeln schimmern unter den Farben der Tinte hervor. Sein Körper ist sehr durchtrainiert und definiert.

Mit seiner Hand auf meinem Hinterkopf dirigiert er meinen Mund. Je tiefer er vordringt, desto tiefer keucht und stöhnt er. Die Stille des Raumes wird durch sein Stöhnen durchbrochen. Sein Geruch steigt mir wieder in die Nase und lässt mich verrückt werden.

Mit einem Ruck zieht er mich hoch zu sich auf seinen Schoß, zieht mein Höschen zur Seite und dringt mit einem festen Stoß in mich ein.

Ein lautes Stöhnen verlässt meinen Mund. An meinem ganzen Körper bildet sich Gänsehaut vor Lust.

Vorsichtig beginne ich, ihn zu reiten. Seine Finger gleiten über meinen ganzen Körper. Meine eigene Feuchte lässt ihn mühelos in mich gleiten.

Er leckt sich über die Lippen, während er sich genüsslich zurücklehnt und mich das Tempo bestimmen lässt.

>>Das ist zu gut.<<, raunt Caleb lüstern, während er seine Augen schließt und den Moment genießt.

Ich beschleunige mein Tempo immer mehr, ich fühle bereits einen aufsteigenden Orgasmus aufkeimen. Er wartet nur darauf, über mich hinweg zu rollen.

Plötzlich entzieht sich mir Caleb. *Verdammt.*

Er hebt mich von sich und setzt mich auf seinen Platz zuvor. Über mir kniend beginnt er, meinen Kitzler zu streicheln und meine Nässe zu verteilen.

Seine Finger gleiten in mich und er stimuliert meinen G-Punkt. Erst langsam, dann immer schneller. Nach wenigen Minuten beginnt mein Körper immer mehr zu zittern und zu zucken.
Eine heftige Lustwelle rollt über mich hinweg und ich schreie meinen Orgasmus raus.
Seine großen Hände ziehen mich hoch, drehen mich um, so dass ich auf dem Sofa entblößt vor ihm Kniete. Mit einem Ruck zieht er meinen Hintern höher und gibt mir einen Klaps. Der Schlag brennt quer über meine Haut und lässt die Stelle heiß werden. Der zischende Schmerz heizt meine Lust noch mehr an.
Sein heißer Atem prickelt auf meiner Haut. >>Oh Gott Kate, du fühlst dich so gut an <<, raunt mir Caleb ins Ohr, während er fest meine Brüste knetet.

Ich lehne mich vor über die Rückenlehne des weichen Stoffes und spreize meine Beine, um ihm besseren Zugang zu gewähren.
Mein Becken bebt vor Verlagen nach ihm. Ich fühle, wie er seinen Schwanz ansetzt, um in mich einzudringen.
>>Bitte.<<, flüstere ich beinahe flehend. >>Lass mich dich spüren.<<
Langsam schiebt er sich in mich, immer weiter, bis er mich komplett ausfüllt.
>>Bekommst du den nie genug?<<, keucht mir Caleb entgegen, während er sich immer schnell in mich stößt.
>>Mhmm.<< Ist das Einzige, was ich herausbekomme.
Eine Hitze breitet sich über meinen ganzen Körper aus. Hinter mir höre ich das Klatschen von Haut an Haut.
Die Lichter, welche durch die Fensterfront scheinen, erhellen den Raum ein kleines bisschen und ich kann im Spiegel vor mir Calebs trainierten Oberkörper sehen.

Sein Gesicht verzieht sich und ein dunkles Stöhnen verlässt seine Lippen. Ich fühle, wie er sich in mir ergießt. In diesem Moment überrollt mich eine Welle und lässt mich heftig kommen.

Vor meinen Augen verschwimmt die Sicht und ich sinke verschwitzt nach vorne.

Kate

Es begann mit einem Blick, dann folgte eine kleine Berührung. Nun liege ich in seinen Armen.

Ich schmiege mich an Calebs Brust und höre ihm zu, wie er leise atmet. Sein Brustkorb hebt sich sacht und ich fühle seinen Herzschlag.

Seine Körperwärme geht auf mich über, alles an ihm und seine Nähe lassen mich vergessen.

Ich fühle mich einfach geborgen, so wie schon seit langem nicht mehr.

Seine Augenlider öffnen sich langsam und er lächelt mich an. Seine Augen wirken müde und fallen beinahe wieder zu.

>>Hast du mich beobachtet?<< Seine noch verschlafene Stimme durchdringt die Stille des Raumes.

Verlegen vergrabe ich mein Gesicht in seiner Brust.

Zärtlich streicht er über meinen Arm, um mir zu symbolisieren, dass alles in Ordnung ist.

Und in diesem Moment fühlt es sich tatsächlich so an. Als wäre die Welt in Ordnung.

Ich reibe mir die müden Augen und schaue zu ihm hoch. Seine blauen Augen strahlen mir entgegen und ich versinke für einen Augenblick darin.

Einen kurzen Augenblick sehen wir uns einfach nur in die Augen.

>>Wie war dein Auftritt?<<

Seine Worte schneiden in mein Fleisch und ich fallen wieder in ein Loch. Meine Gedanken landen unweigerlich wieder bei Mason und meine Laune verschlechtert sich schlagartig.

>>Es war toll. Das Theater war voll ausgebucht und Mr. Bennett war begeistert.<< Ich versuche mir nichts anmerken zu lassen und lächle.

Er lächelt und drückt mich etwas an sich. >>Ich wusste doch du wirst es toll machen <<, entgegnen er mir freudestrahlend.

>>Es war ja nicht nur mein Verdienst, ich bin nur die Solistin. Es kommt auch auf die anderen Tänzer an, das Orchester und natürlich auch die ganzen Kostümbildner und all die Mitarbeiter.<< Nachdenklich spiele ich mit meinen Haaren und wickle eine meiner Haarsträhnen um den Finger.

Zärtlich nimmt er mein Gesicht in seine Hände. >>Nimm einfach das Kompliment an <<, entgegnet er und gibt mir einen Kuss auf die Stirn.

Ich nicke einfach nur und schließe meine Augen. Lasse den Moment auch mich wirken, ehe ich in einem traumlosen Schlaf versinke.

Kapitel 4

Alec

Heute Morgen lief es gut an den Docks.
Ich und noch zwei Männer aus Masons Truppe, haben die gelieferte
Ware in den Containern kontrolliert. Alles war zu meiner
Zufriedenheit. Manchmal frage ich mich jedoch, was ich hier
eigentlich mache.
Vor zwei Jahren war ich noch in der Army und nun? Nun spanne
ich fremden Frauen hinterher, friere mir in der Kälte den Arsch ab
und spiele Handlanger für so einen Typen, der mich auf der Straße
angesprochen hat.
Ich meine, ich will mich nicht beschweren, der Boss ist gut zu mir,
aber ich hätte mich früher ganz wo anders gesehen.

Wie mein Leben wohl nun wäre, wäre ich beim Militär geblieben?
Wäre das überhaupt eine Option gewesen?
Ich bin gegangen, um ein richtiges Leben führen zu können. Ein
Leben mit normalen Freunden, einer Frau, Kindern und all dem
Kram. All das wäre dort nie wirklich möglich gewesen. Aber bisher
hat es nur mäßig funktioniert.
Ich habe zwar nun meine erste eigene Wohnung und immerhin so
etwas Ähnliches wie einen Freund - Mason. Aber an einem intakten
Sozialleben hapert es noch.
Damals hatte ich oft das Gefühl, etwas zu verpassen.
Aber ich habe ich das wirklich?
Meine Gedanken kreisen, aber landen immer wieder bei Kate. Ihre
Schönheit hat mich vom ersten Augenblick an in ihren Bann

gezogen. Der Gedanke an ihren Körper treibt mich beinahe in den Wahnsinn.

Gestern Abend habe ich sie im Theater beobachtet. Zugegeben, ich bin kein großer Fan von all dem klassischen Zeugs, Ballett und all dem Kram. Man könnte mich regelrecht einen Kulturbanausen nennen.

Ich kenne zwar Bach und ein paar andere Komponisten, die in dieses Genre fallen, aber das war es auch schon.

Ihr Auftritt auf der Bühne war jedoch unglaublich. Sie sah in ihrem Bühnenkostüm einfach wunderschön aus und ihre Bewegungen waren unbeschreiblich anmutig und unglaublich. Sie ist einfach unglaublich.

Nach dem Auftritt habe ich sie draußen in einer der Gassen beobachtet, wie sie offensichtlich mit Mason diskutierte.

Sie war aufgewühlt, als sie da im Regen stand und versuchte, ihm ihren Standpunkt klarzumachen. Die Stimmung war sichtlich erhitzt.

Aber er war davon wohl nicht sonderlich beeindruckt. Aber so ist er eben. Für ihn ist nur wichtig, was er will.

Er ist der Typ Mensch, der sich nimmt, was er will. Egal zu welchem Preis.

Ich frage mich, woher die beiden sich überhaupt kennen und was zwischen den beiden vorgefallen ist. Das ganze klang relativ heftig. Dem Streit nach zu urteilen standen sie sich einmal wohl nahe.

Kate

Es sind nun zwei Tage vergangen, seitdem mir Mason über dem Wege gelaufen ist. Oder bin ich es, die ihm über den Weg gelaufen ist?

Wie dem auch sei.

Dieses Aufeinandertreffen hat mich innerlich aufgewühlt zurückgelassen. Ihn wieder vor mir stehen zu sehen, hat mich in die Zeit von vor ein paar Jahren versetzt. Es hat mich regelrecht in die Vergangenheit zurückgeworfen. Eine Vergangenheit, die ich vergessen wollte.

Mein Kopf dröhnt. Keine Schmerztablette der Welt kann mir gerade Abhilfe verschaffen.

Es ist Wochenende und ich habe endlich ein paar freie Tage. Obwohl ich eigentlich keine Trainingsstunden hätte, trainiere ich dennoch jeden Tag.

Das Training lenkt mich ab, davon abgesehen muss ich die Beste sein, egal worin.

Das musste ich schon immer.

Es stand nie zur Wahl, auch nur ein einziges Mal die Nummer zwei zu sein. Egal in welcher Lebenslage.

Ich wurde mit der Mentalität aufgezogen, immer alles zu geben. Es war nie akzeptabel, auch nur ein einziges Mal zu scheitern. Das haben mir meine Eltern nur allzu deutlich gemacht.

Wenn es sein musste auch mit Gewalt.

Derzeit ist der einzige Lichtblick Caleb.

Wir schreiben uns täglich und das beinahe durchgehend.

Ich weiß nicht, wie er es geschafft hat, aber er hat auf mich eine Anziehungskraft wie das Licht auf eine Motte.

Sein scheinbar perfekter Körper, sein toller Charakter und der Sex. …der Sex ist einfach der Wahnsinn.

Immer wenn ich meine Augen schließe, sehe ich ihn vor mir. Seinen muskulösen und voll tätowierten Körper, seine blauen Augen, welche jeden Eisberg der Welt zum Schmelzen bringen könnte.

Seit der Sache damals vor sechs Jahren, habe ich niemanden mehr so richtig an mich herangelassen und auch nicht mehr für jemanden so empfunden. Bis heute.

Damals wurde ich mit einem gebrochenen Herzen zurückgelassen, da fiel es mir leicht, mein Studium im Ausland zu absolvieren und New York den Rücken zu kehren.

Ich wollte einfach nur noch weg aus dieser Verdammten Stadt, nein weg aus diesem Land. Einfach nur weit weg. Und Mason war damals die Wurzel allen Übels.

Doch vorgestern musste ich den Tatsachen ins Gesicht blicken, oder besser gesagt ihm.

Ich werde dieses Kapitel meines Lebens wohl nie komplett abschließen oder gar vergessen können.

So sehr ich mir eine harte Schale antrainiert habe, es wird immer jemanden geben, der sie durchbrechen kann. Der mich brechen kann.Und dieser jemand ist Mason Ashwood. Der Teufel höchstpersönlich.

Mason

Wie sehr ich sie vermisst habe. Ihre Aura, ihren Körper und vor allem ihre Blicke, welche mich mustern.
Diese braunen Augen, welche mich schon damals bis in den Schlaf verfolgt haben und es noch immer tun.
Ihr Parfum, es ist immer noch dasselbe wie vor sechs Jahren. Der vertraute Geruch liegt auch jetzt immer noch in meiner Nase und ich wünsche mir, ich würde ihn jeden Tag in mich aufsaugen können.

Sie weiß es noch nicht, aber sie wird mir gehören. Es ist nur eine Frage der Zeit.
Sich zu wehren bringt nichts, das muss sie endlich einsehen. Eine Wahl hat sie sowieso nicht. Ihr Schicksal wurde schon längst besiegelt.
Ich sitze auf meinem dunklen Ledersofa vor dem großzügigen Kamin und drehe mein Glas Scotch in der Hand. Der honigfarbene Inhalt kitzelt mir angenehm in der Nase.
Meine Gedanken kreisen immer wieder um Kate. Meine Kate. Das Knistern des Kamins lässt den Raum lebendig und warm wirken.
Wie es wohl wäre, wenn sie hier wäre?
Wenn sie sich an mich schmiegen würde. Ihr Kopf in meinen Schoß legen würde, während sie zu dem Knistern des Kamins döst.
Meine Arme um sie liegend. Meine Finger streicheln über ihre weiche Haut und ihr Haar.
Bei dem Gedanken an sie, hier neben mir, wird mein Schwarz direkt hart. Ich sehne mich nach ihren Berührungen, nach ihrem Körper. Ihre Nähe.
Genießerisch beginne ich mich selbst anzufassen.

Mein Schwanz beginnt bereits nach ein paar Berührungen zu zucken.

Siehst du, was du aus mir machst? Du bringst mich dazu, es mir selbst machen zu wollen, während ich an dich denke. Keine hat es bisher geschafft. Mein Körper und meine Seele verzehren sich nach dir.

Erleichtert, in mehr als nur einem Sinne, exe ich mein Glas und sinke zurück in die Kissen.
Ich schaue auf die Rolex an meinem Handgelenk. Das grüne Zifferblatt zeigt beinahe Mitternacht. Im selben Moment leuchtet das Display meines Smartphones auf.
Eine Nachricht von Alec. Ich überfliege diese nur kurz und ein Lächeln huscht über meine Miene.
Es wird Zeit. Zeit mich fertig zu machen. Ich gehe heute wohl noch aus.

Kapitel 5

Mason

Eine Dusche und zwei Scotch später bin ich bereit aufzubrechen.
Der Anzug sitzt und ich rieche wie eine ganze Parfümerie.
Ich bin gespannt, wohin mein Weg mich heute führt. Naja, wohl
eher wohin ich geführt werde.
Gemächlich trete ich durch die große Eingangstüre meiner Villa,
wo bereits mein Fahrer auf mich wartete.
Mein Fahrer Ben steht neben dem Wagen, um mir die Tür zu
öffnen. Er trägt wie immer seinen klassisch schwarzen Anzug und
schwarze Lederhandschuhe.

>>Guten Abend Sir.<<, begrüßt er mich ehrfürchtig mit dem Kopf
nickend. Eingeschüchtert blickt er auf den Boden vor sich.
Die schwarze Mercedes Limousine parkt auf dem Hof vor der
großen Treppe, die zur gläsernen Eingangstüre führt.
>>Guten Abend, Ben.<<, erwidere ich ebenfalls mit einem Nicken.
>>Sie wissen, wohin es heute Abend geht? Alec hat Ihnen die
Adresse zukommen lassen?<<
Ben, sichtlich nervös, kramt sein Handy heraus, um seine
Nachrichten zu checken.
>>Ja, Sir, ich habe die Adresse erhalten.<<
Nun etwas entspannter öffnet er mir die Hintertüre des Wagens,
damit ich einsteigen kann.
Die heiße Luft der Standheizung schlägt mir entgegen. Das
schwarze Leder der Sitze gibt unter mir nach, als ich mich
niederlasse.

Ben schließt die Türe, geht um den Wagen herum und setzt sich auf den Fahrersitz. Nach ein paar Minuten startet er den Wagen mit einem Brummen und lenkt ihn die Auffahrt hinunter.

Es geht vorbei an einigen Bäumen und Sträuchern, ehe wir auf der Hauptstraße landen und wir uns in Richtung der tanzenden Lichtern der Stadt bewegen.

Der Geruch der brandneuen Ledersitze steigt mir in die Nase. Auf dem Navi, vorne am Display kann ich erkennen, dass wir in etwa einer halben Stunde unser Ziel erreichen werden

.Mein Handy brummt in meiner Hosentasche, sodass ich es mit zwei Fingern aus meiner Jackentasche fische.

Bist du schon am Weg?
Ich warte draußen auf dich.

Alec. Was würde ich nur ohne ihn machen? Seit etwa einem Jahr arbeitet er nun für mich. Er ist in der kurzen Zeit zu einem meiner loyalsten Mitarbeiter geworden und zu einem Freund. Ihm würde ich mein Leben anvertrauen.

Als ich ihn damals entdeckt habe, hat er an einer Straßenecke gestanden, an einer schmutzigen Mauer gelehnt und hat sich mit einem Junkie gestritten.

Und er war verdammt nochmal dabei den Streit zu gewinnen. Sein Auftreten und sein Aussehen haben meine Aufmerksamkeit auf mich gezogen. Seine große und muskulöse Statur stach mir direkt ins Auge.

Die Dogtag-Kette um seinen Hals verriet mir, dass er wohl beim Militär war und sich höchstwahrscheinlich mit Waffen auskennt. Genau das, was ich gesucht hatte.

Aus diesem Grund habe ich ihn zu mir gerufen.

Nach einem kurzen Gespräch wurde mir klar, wem ich da vor mir hatte. Einen jungen verlorenen Mann.

Sein Auftreten und Können haben mich überzeugt und ich habe mich dazu entschlossen, ihn einzustellen.

So kam er zu mir und er wurde quasi zu meiner rechten Hand. Und ich bereue meine Entscheidung kein bisschen.

Er ist ein guter Mensch. Er versucht stets das Richtige zu tun, auch wenn es in unserem Geschäftsbereich schwer ist.

Hier verschwimmen die Grenzen zwischen Recht und Unrecht sehr schnell.

* * * * *

Etwa zwanzig Minuten später bleibt der Wagen am Straßenrand einer Schmutzigen Straße stehen. Die grellen Lichter der Stadt erhellen die Straßen.

Sachter Regen nieselt nieder auf die Frontscheibe des Wagens und hinterlässt feine Linien auf dem Glas. Durch einen Blick durch die Scheibe versuche ich meinen Standort zu lokalisieren.

Ich erblicke einen Nachtclub zu meiner rechten. *Hier bin ich also.* Ben, der Fahrer, eilt um den Mercedes herum, um mir wieder die Türe des Autos zu öffnen. Die herein schwirrende Kälte erfasst mich und lässt mich kurz frösteln und mich mein Jackett näher an meinen Körper ziehen.

Der Lärm der Schlange vor dem Club lässt erahnen, wie voll es heute sein wird.

Ich setzte einen Fuß vor den anderen aus dem Wagen auf den vollen Gehsteig. Rund um mich herum stehen Betrunkene und weniger betrunkene Bewohner dieser Stadt.

Ihre lauten Stimmen dringen durch die dunkle Nacht und lassen die Stadt lebendig wirken.

Der Geruch von Kotze und Urin steigt mir in die Nase und lässt mich leicht erschaudern. *Ekelhaft.*

Viele der jungen Mädels, die gerade so Volljährig aussehen, tragen Röcke und Kleider, welche kaum ihre Heiligtümer bedecken. *Ist denen nicht kalt?* Wäre ich nicht auf einer Mission, könnten mich diese kurzen Kleider ablenken. Und wie mich diese himmlischen, sexy Körper ablenken könnten.

Wie sie sich dann unter mir vor Lust winden würden. *Ich sollte mich echt fokussieren.*

Alec

Es ist kurz vor elf Uhr und ich bin wieder auf diesem verdammten
Dach gegenüber Ihrer Wohnung. Die Lichter erhellen ihr
Wohnzimmer. Ich sehe sie unruhig auf und ablaufen.
Ihre langen schwarzen Haare sind zu einem Pferdeschwanz
zusammengebunden, welcher bei jedem Schritt wippt.
Sie trägt nur ein halb Durchsichtiges Nachtkleid, welches ihren
Körper umschmeichelt.
Irgendwie sieht sie nervös aus, so wie sie auf und abgeht. Was wohl
in ihrem Kopf vorgeht?
Plötzlich verschwindet sie aus meinem Blickfeld und taucht in der
Küche wieder auf. Sie steht am Kühlschrank und kramt etwas
herum.
Nach ein paar Sekunden fischt sie eine Flasche aus dem Inneren.
Eine Weißweinflasche.
Auf Zehenspitzen holt sie sich ein Glas aus einem der oberen
Schränke vor sich.
Mit dem vollen Weinglas in der Hand wandert Kate durch den
offenen Durchgang ins Wohnzimmer und setzt sich auf das große
Sofa in der Mitte des Raumes und vergräbt ihre nackten Füße in
dem weißen Fell Teppich zu ihren Füßen.
Nach ein paar Schlucken nimmt sie ihr Smartphone vom
Couchtisch.
Sie tippt kurz darauf und dann hält sie es an ihr Ohr.
Wem sie wohl anruft? Um diese Uhrzeit? Interessiert hole ich mein
Fernglas raus, um genaueres sehen zu können.

Während sie telefoniert, hole ich mir eine Zigarette aus meiner
Schachtel und zünde sie an. Genüsslich inhaliere ich den Rauch ein.
Meine Lunge weitet sich und der Rauch breitet sich darin aus.

Die klirrende Kälte und der eisige Wind fahren mir bis ins Mark und lässt mich frösteln.
Es regnet wieder, wie auch die Tage zuvor.
Nach ein paar Minuten legt sie auf und ich werfe den Kippenstummel vom Dach.

Ich schätze mal, heute wird nicht mehr viel passieren. Am besten mache ich mich auf den Weg nach Hause.
Meine kleine kuschelige Wohnung wartet bereits auf mich.
Kuschelig ist vielleicht das falsche Wort, sie ist klein. Sehr klein.
Aber kuschelig klingt besser als ein Loch.
Obwohl es ein Loch ist. Aber wenigstens ist die Miete günstig und die restlichen Bewohner des Gebäudes nett und zuvorkommend.
Bestimmt gehe ich in Richtung Treppenaufgang des Hochhauses.
Meine schweren Schuhe hinterlassen auf dem nassen Boden Abdrücke und jeder Schritt ist hörbar.
Ich nehme die Treppe und beginne meinen Abstieg Richtung Ausgang. Ich bin bereits bei der Hälfte angekommen, da sehe ich eine ältere Dame in den Aufzug steigen.
Als sie mich sieht, hält sie mir die Tür auf. Die Neonlichter des Flures erhellen ihre Gesichtszüge und sie lächelt mir freundlich zu.

Nein Danke. Ich nehme lieber die Treppen. Ich hasse Aufzüge. Das sind Todesfallen.
Freundlich lächle ich der Dame entgegen.
>>Vielen Dank. Ich muss nur ein Stockwerk hinunter.<< Das war gelogen.
Die Dame lächelt zurück, nickt und zieht ihre Hand aus der Aufzugstüre.

Keine Zehn Pferde bekommen mich in diesen Aufzug. Aufzüge haben mich schon immer verängstigt. Als Kind bin ich dann auch noch in einem stecken geblieben. Das ist nun beinahe zwanzig Jahre her. Seit diesem Tag an habe ich kaum einen Aufzug von innen gesehen.

Stufe für Stufe steige ich die Treppen immer weiter hinunter. Es scheint unendlich weit nach unten zu gehen. Meine Stiefel hinterlassen kleine Pfützen auf dem bisher trockenen Boden.

Unten angekommen und ein bisschen aus der Puste, hole ich kurz Luft und beobachte die Eingangslobby des Gebäudes, in welchem Kate wohnt.

Dieses Gebäude ist so viel imposanter und edler als das Hochhaus, in welchem ich wohne. Die Fassade ziert eine schöne Verzierung und Stuck.

Kein bisschen Schmutz ist hier zu finden. Weder an den Außenwänden noch vor dem Eingang des Gebäudes, vor dem sogar ein Teppich ausgerollt ist.

Ein Mann mit langem Mantel und Mütze steht vor der Tür und wartet auf die Einwohner, um ihnen die Tür zu öffnen.

Der ältere Herr lächelt freudig die vorbeigehenden Menschen an. So, als hätte er den besten Job der Welt.

Durch die großen Glasfenster mit den goldenen Rändern sehe ich Marvin den Nachtportier.

Seine rötlichen Haare ziehen meinen Blick auf sich. Er sitzt hinter dem Holz Vertäfelten Tresen der Lobby und liest Zeitung.

Sein Blick ist leicht glasig und gelangweilt.

Müde und mit schweren Beinen trete ich meinen Heimweg an, es wird spät.

Glücklicherweise ist es maximal eine dreiviertel Stunde zu Fuß zu meiner Wohnung. Die Taxis hier in der Stadt verlangen horrende Preise, da gehe ich lieber.

Und von der U-Bahn will ich gar nicht erst anfangen. Um diese Uhrzeit finden sich dort nur Junkies und Obdachlose ein. Auf beides kann ich gut und gerne verzichten.

Die Straßenlaternen erhellen die Straßen. Es ist Wochenende und viele Leute kommen mir entgegen. Der Verkehr auf der Straße ist fließend. Hin und wieder sieht man die typisch gelben Taxis vorbeirauschen.

An jeder Straßenecke stehen kleine Grüppchen und unterhalten sich, lachen und trinken.

Die Menschenmassen vermischen sich alle zusammen zu einem Geräusch und Stimmenwirrwarr.

Brrrrr. Mein Handy vibriert in meiner Manteltasche

Ein Lächeln huscht über meine Lippen.

Es ist Marvin der Portier. Das heißt wohl, Kate hat heute doch noch was vor.

Ich sende Mason eine Nachricht und trete meinen Heimweg an.

Kate

Es ist Wochenende und ich weiß nichts mit mir anzufangen. Es ist Abend und ich erwische mich dabei, wie ich gelangweilt durch die Wohnung laufe.
Wein. Das ist es, was ich nun brauche, um mich zu entspannen. Also gehe ich in die Küche und krame eine Weißweinflasche aus den Untiefen meines Kühlschrankes heraus und Köpfe diese.
Mit einem vollen Weinglas in der Rechten und der Flasche in der Linken lenke ich in Richtung Sofa und lasse mich darauf nieder. Der weiche Teppich unter meinen Füßen ist angenehm warm und umschmiegt meine nackten Füße.
Diese Stille. Diese erdrückende Stille. Ich fühle mich zurückversetzt in meine Jugend. Die vielen Abende in dieser Wohnung, in denen ich alleine war.
Meine Mum war immer viel unterwegs und hat mich hier zurückgelassen. Hier in diesem Großen Penthouse auf mich alleine gestellt.
Mein Vater. Naja, der war kaum anwesend. Er ging damals zurück nach Korea, nachdem sein Vater starb, um seine Geschäfte zu übernehmen. Ich habe ihn meistens nur in den Semesterferien und den Sommerferien gesehen.
Wir standen uns nie sonderlich nahe. Wahrscheinlich ist das der Grund. Seine fehlende Anwesenheit.

Meine Eltern waren noch immer Verheiratet, aber meine Mutter verbrachte die meiste Zeit mit mir in Amerika und mein Vater in Korea. Weit weg von uns, seiner Familie. Sie waren sich einig, dass ich in der westlichen Welt mehr Möglichkeiten habe und es dort sicherer ist für mich und Mum. Alle paar Wochen kam auch er zu Besuch zu uns. Als ich älter wurde, flog Mum immer öfter nach

Seoul und ließ mich alleine mit meinen Nannys und später dann auch alleine mit unserer Haushälterin Hilda.

Hilda war eine ältere, kleine und pummelige Frau. Sie hatte bereits graue Haare, welche sie immer zu einem Dutt trug. Sie war immer sehr streng, auch wenn ihr Erscheinungsbild dies nicht unbedingt vermuten ließ.

Ihr freundliches Lächeln war nur Fassade, welche sie vor meinen Eltern aufrechterhielt. Hinter diesen künstlich nach oben gezogene Mundwinkeln, befand sich eine Missgünstige gemeine alte Frau.

Nach ein paar Schlucken von dem Wein fische ich mein Handy, welches auf dem Couchtisch vor mir liegt, herbei.

Auf dem leuchtenden Display sehe ich einen verpassten Anruf. Ein Klick verrät mir, dass dieser von Anna ist. Ich kenne sie nicht sonderlich gut, aber sie ist die einzige Person, die ich am ehesten als eine Freundin bezeichnen würde.

Beinahe Mitternacht. Was sie wohl von mir wollte?

Ich entschließe mich dazu zurückzurufen. Es läutet ein paar Mal, bis die Mailbox drangeht.

Verwundert lege ich mein Telefon zurück auf den Tisch.

Was Caleb wohl gerade macht. Meine Gedanken kreisen um unsere erste Begegnung.

Seit ein paar Stunden hat er mir nicht mehr auf meine letzte Nachricht geantwortet, was mich ehrlicherweise verunsichert.

Wahrscheinlich ist er am Arbeiten an der Bar und kann gerade nicht an sein Handy.

Vor Langeweile schwenke ich mein Glas in den Händen und starre gegen die hellbraunen Wände vor mir.

Die Gemälde an der Wand, die Mum zurückgelassen hatte, starrten mir entgegen, als würden sie mich begutachten und verurteilen.

Verurteilen, weil ich an einem Samstagabend alleine mit einem Glas Wein auf dem Sofa sitze und Löcher in die Wand starre.

Entschlossen, meinem Elend ein Ende zu setzen, stehe ich auf von dem Sofa und gehe durch den Raum in Richtung meines Schlafzimmers.

Dort angelangt, stelle ich mein nun leeres Glas auf die Anrichte vor dem Bett ab und gehe weiter Richtung Badezimmer.

Die Fliesen unter meinen Füßen sind kalt, schnell rette ich mich auf den kleinen Teppich vor dem Waschbecken.

Ich lasse mein Nachtkleid sowie meinen Slip zu Boden fallen und betrete Kurzerhand die Dusche hinter mir.

Der heiße Wasserdampf umhüllt meinen Körper und füllt das, ohnehin schon kleine, Badezimmer.

Als ich den heißen Strahl der Dusche verlasse, ist der Spiegel beschlagen. Mit einer Hand wische ich über die Feuchte und lege den Blick auf mein Spiegelbild frei.

Meine schwarzen nassen Haare hängen mir schwer in mein Gesicht. Wasser tropft von den Haarspitzen und hinterlässt kleine Pfützen auf dem Boden.

Kate

Knapp eine Stunde später betrete ich die Bar, in der ich Caleb getroffen habe, in welcher er arbeitet.
Hoffnungsvoll sehe ich mich in dem überschaubaren Raum um, kann ihn jedoch nirgendwo entdecken.
Enttäuschung breitet sich in mir aus und ich erwische mich, wie ich traurig werde bei dem Gedanken an ihn und die von ihm unbeantwortete Nachricht.
Warum meldet er sich nicht bei mir? Wenn er eh nicht arbeitet?
Hinter der Bar entdecke ich einen jungen, unsicher wirkenden Mann. Er trägt die typische Uniform, die auch seine anderen Kollegen hier an der Bar tragen.

Seine etwas längeren Haare hängen ihm in die Augen.
Zielstrebig bewege ich mich auf ihn zu.
Möglicherweise ist Caleb ja doch hier. Er könnte im Lager sein und etwas holen oder was weiß ich. Jede Erklärung war besser als sich einzugestehen, geghostet zu werden.
Vor der Bar bleibe ich stehen und streiche mein Kleid glatt, ehe ich mich auf einem der Hocker niederlasse.
Rechts von mir sitzt ein älterer Mann mit einer Frau, welche Aussieht wie ein Escort. Jedoch auf den zweiten Blick klar, sie ist ein Escort ist. Ihre leicht geöffneten Lippen, der Blick und ihr Outfit sprechen für sich.
Gekonnt flirtet sie mit dem etwas älteren Mann und wickelt ihn um den Finger. Dieser scheint direkt darauf anzuspringen.

Sein Blick fixiert sie und jede ihrer Bewegungen. Ich bin mir sicher, in seinen Gedanken fickt er sie bereits.

Sie streicht sanft über seinen Arm, während sie mit ihm spricht. Er genießt jede ihrer Berührungen.

Die beiden beobachtend setzte ich mich an die Bar und warte auf den Kellner.
Hektisch kommt er auf mich zu, als er mich bemerkt. Etwas nervös bleibt er vor mir stehen und fängt an seiner Nagelhaut zu ziehen.
>>Guten Abend, Miss. Darf ich Ihne-<<
Sein Blick wandert durch den Raum und bleibt dann an mir hängen.
>>Guten Abend. Ich würde gerne einen Scotch bestellen. Auf Eis.<<, würge ich ihn ab. Heute fehlt mir die Geduld für all diese gespielten Freundlichkeiten.
Seine Gesichtszüge entgleisen kurzzeitig, bevor er wieder sein künstliches Lächeln aufsetzt, dann macht er am Absatz kehrt und macht sich an die Zubereitung.

* * * * *

Mein erstes Glas ist geleert und von Caleb fehlt noch immer jegliche Spur.
Eine Enttäuschung macht sich in mir breit. *Was treibt er wohl gerade?*
Ich bestelle mir ein zweites Glas und beobachte die Menschen um mich herum.
Die Bar ist beinahe leer bis das Pärchen neben mir an der Bar und einer kleinen Männergruppe in einer der Loungen in einer der Ecken.
Das schummrige Licht hüllt den Raum in eine angenehme Dunkelheit. Die Bässe im Hintergrund spielen elektrische Töne, welche mich mit wippen lassen.
Sie reißen mich mit und ich schließe für einen kurzen Augenblick meine Augen und lausche der Musik.

Der Alkohol strömt durch meine Blutbahnen und mein Körper fühlt sich an, als wäre er in Watte gepackt.

Meine Nackenhaare stellen sich auf, als die Eingangstür der Bar aufgeht. Ich fühle, wie mich Blicke von hinten durchbohren. Schritte kommen näher.

Mason

Ich sehe Alec an der nächsten Straßenecke stehen. Er winkt mich zu sich.

Die Pfützen, welche sich durch den Regen gebildet haben, spiegeln die Lichter der Bar vor mir wieder.

Mit einem breiten Grinsen kommt er mir ein Stück entgegen.

>>Hallo Boss, ich habe bereits gewartet.<<

Er sieht müde aus. Wie lange er wohl schon wach ist? Tiefe Falten ziehen sich durch seine Augenfurchen und hinterlassen kleine Falten.

Vor ihm stehen bleibend sehe ich zu, wie er sich eine Zigarette anzündet. Die eisig kalte Luft bildet kleine Wolken, wenn er Atmen.

>>Der Nachtportier hat mich am Nachhauseweg angerufen. Sie hat einen Wagen zu dieser Bar gerufen.<<, erklärt er, während er in Richtung des Gebäudeeinganges nickt. >>Sie ist da drinnen an der Bar.<<

Ein Blick zu dem Schild über mir verrät mir den Namen der Bar. *Rose.*

Der bullige Türsteher vor der Eingangstür sieht grimmig in unsere Richtung. Eine Narbe unter dem Auge ziert sein Gesicht. Er sieht aus, als hätte er den Kampf mit einer Straßenkatze verloren.

>>Alles klar. Ich gehe rein. Kommst du mit?<<, sage ich zu Alec gewandt.

>>Oder willst du lieber dein Glück bei den willigen Frauen da hinten versuchen?<<

Ich nicke in Richtung der Schlange des Clubs.

Alec grinst, aber schüttelt den Kopf.

>>Ich gehe lieber nach Hause. Aber ich wünsche dir noch viel Spaß.<<

Er nickt mir noch einmal zu, dann dreht er auf dem Aufsatz um. Ich beobachte ihn, wie er immer kleiner wird. Er zieht seine Jacke enger und den Kopf ein wenig ein, ehe er hinter einer Straßenecke verschwindet.

Der Wind peitscht mir ein paar Regentropfen ins Gesicht. Was für ein ekelhaftes Wetter.

Kapitel 6

Mason

Der grimmige Türsteher öffnet mir die Tür und eine angenehme
Wärme kommt mir entgegen.
Die Bässe, welche an jeder Ecke hängen, geben elektronische Töne
von sich.
Es sind nur wenige Leute auf dem großen offenen Raum verteilt.
Instinktiv steuere ich auf die Bar, die an der Kate sitzt.
Sie trägt ein dunkelgrünes Seidenes Minikleid. Der Stoff schmiegt
sich eng an ihren Körper.
Ihre langen, seidig glänzenden schwarzen Haare sind zu einem
hohen Pferdeschwanz gebunden.
Im Spiegel gegenüber der Bar sehe ich, wie sie verträumt auf ihr
Handy starrt. Ob sie auf jemanden wartet?
Ihre dunklen Augen hängen förmlich an dem Display und fixieren
diesen, als hätte sie Angst etwas zu verpassen.
Ich pirsche mich an sie heran wie ein Löwe an eine Gazelle. Mein
warmer Atem streicht über Ihren Nacken, während ich mich an ihr
vorbei drücke. Ihr Körper reagiert prompt mit einer leichten
Gänsehaut.

Über ihre Schulter sehe ich, dass sie einen Chat mit einem gewissen
Caleb anstarrt. Ihre letzte Nachricht ist nun bereits seit Stunden
unbeantwortet.
Ich ziehe mir den Barhocker neben ihr heran und setzte mich.
Offenbar scheint sie mich nicht richtig wahrzunehmen.
Mit einem Winken deute ich dem Kellner und er kommt schnell auf
mich zu. Er zückt seinen Schreibblock und setzt ein Lächeln auf.

>>Guten Abend, Sir. Darf ich Ihre Bestellung aufnehmen? Unsere heutige Empfehlung ist ein 62 Jahre alter Dalmore Whiskey.<<
Mit einem Nicke gebe ich ihm zu verstehen, mir diesen zu bringen und er beginnt sich an die Arbeit zu machen.
Ein paar Minuten später stellte er mir ein Glas mit zwei Eiswürfeln auf die Bar. Das Glas hat schöne eingravierte Schnörkel und Muster.
Ich nippe daran und genieße den teuren Geschmack auf meiner Zunge.
Ich sauge ihren Geruch in mir auf. Der Geruch von Wildrose. Ich würde ihn überall wiedererkennen.
Der Geräuschpegel steigt, als die kleine Männergruppe in einer der Loungen Zuwachs bekommt von zwei weiteren Männern.

Kate sieht in die Richtung der jungen Männer und wirkt etwas genervt von deren Anwesenheit. Einer der Männer sieht zu ihr rüber und lächelt verstohlen. Als Erwiderung verdreht sie genervt die Augen.

Grazil gleitet sie von dem Barhocker und setzt sich in Bewegung Richtung der Toilettenräume.
Ihre Haare wippen bei jeder ihrer Bewegungen. Der Duft ihres Parfums zieht eine verführerische Wolke hinter ihr her.
Ich schnappe mir mein Glas und setzte mich ebenso in Bewegung in Richtung der Toiletten.
Ein kurzer Blick nach links und rechts und schon schlüpfe ich durch die Toilettentüre.
Der Raum ist großzügig geschnitten und in der Mitte des Raumes steht ein großer runder Hocker. Die Wände sind tapeziert in Schwarz mit Blumendruck. *Schön hier.*

Das schummrige Licht an der Decke erhellt den Raum nur zum Teil.
Ich setze mich mit überkreuzten Beinen auf den Hocker mit Blick in Richtung der Kabinen.

Auch hier auf den Toiletten spielt leise Hintergrundmusik.
Eine Toilettenspülung wird betätigt und die Kabine vor mir öffnet
sich schwungvoll.

>>Fuck.<< Das ist das einzige, was sie rausbekommt, als sie mich
hier warten sieht.
Ich stehe auf und streiche mir meinen Anzug glatt. Wenn Blicke
töten könnten, würde ich jetzt nun wohl tot umkippen.
Die Augen verdrehend geht sie zu einem der Steinernen
Waschbecken und wäscht sich die Hände.
Ein Blick aus dem Augenwinkel verrät mir, dass sie etwas zittert.
Ob sie Angst hat?
Oder ist es eher Wut?
Das Licht von der Stehlampe aus der Ecke erhellt ihr Gesicht zur
Hälfte. Ihre Miene wirkt wie versteinert.
Ihre feinen Gesichtszüge rühren sich kein bisschen.

>>W-was machst du hier, Mason?<<, fragt sie mit brüchiger
Stimme, ohne auch nur eine Miene zu verlieren.
Ihr Spiegelbild sagt mir, dass sie mich mustert. Ihre kleinen Hände
ballen sich zu Fäusten.
>>Du siehst hübsch aus Kitty Kat.<<
>>Nenn mich nicht so.<<, entgegnet sie schon beinahe feindselig.
Sie atmet tief durch. >>Ich habe dich gefragt, was du hier machst.
<<
>>Auf der Damentoilette spannen?<<, antworte ich ihr Schultern
zuckend.

Schnell fährt sie herum und kommt auf mich zu. Ihr Gesicht ist
ganz nahe an meinem. Beinahe berührt ihre süße Stupsnase meine.
>>Ich meine es ernst. Ich habe dir mehr als nur einmal gesagt, dass
du mich in Ruhe lassen sollst. Warum will das nicht in deinen Kopf
gehen?<<
Während sie das sagt, tippt sie mir hart mit ihrem Finger gegen die
Brust.

>>Du weißt, ich kann mich nicht von dir fernhalten. Du ziehst mich an wie das Licht eine Motte.<<

Sie schnaubt wütend und sieht mir tief in die Augen.

Diese dunklen Augen. Sie rauben mir den Verstand, ich könnte darin versinken und nie wieder auftauchen. Ihr wütender Blick hat etwas Laszives.

Unsere Körper sind sich so nahe, ich fühle die Anziehung ihres Körpers auf meinen.

>>Mach ruhig weiter so, KittyKat. Du weißt, ich steh auf diese Dominanz.<<

Sie weiß ganz genau, dass es mein Ernst ist.

Kate

Caleb hat mir nach Stunden noch immer nicht geantwortet. Er arbeitet auch nicht. Habe ich etwas falsch gemacht?
Statt mit ihm verboten heißen Sex zu haben, stehe ich in der Toilette einer Bar vor diesem Spinner.

>>Mach ruhig weiter so, KittyKat. Du weißt, ich steh auf diese Dominanz.<<
Damit hat er recht, er steht darauf. Seine Hose schlägt schon verdächtige Falten in seinem Schritt.
Ich stehe noch immer ganz nahe vor ihm. Sein heißer Atem riecht nach Whiskey und ich fühle seine Körperwärme.
An seinem Handgelenk tickt eine teure Uhr und sein Anzug ist nicht weniger Wert.
Er war schon immer so einer, der seinen Reichtum nach außen präsentieren musste.
Seine Outfits waren schon damals immer die teuersten. Er mochte es schon immer zu zeigen, was er besitzt
Warum musste er wieder auftauchen? Was erwartet er sich von mir?
Meine Beine wollen meinem Gehirn nicht Folge leisten, welche mir immer wieder sagt, ich solle einfach gehen. Einfach aus der Türe raus und ja nicht umdrehen.

Meine Beine gehorchen jedoch nicht meinem Verstand. Ich stehe versteinert vor ihm und kann mich nicht bewegen.
Nach ein paar Minuten schweigen, nippt er an seinem Drink und starrt weiterhin auf mich herab.
Er stößt Luft aus und fängt an zu reden.

>>Bevor wir uns weiter anschweigen, sage ich dir einfach warum ich hier bin.<<, bricht er das Schweigen zwischen uns.
>>Ich weiß genau, wer du bist und aus welcher Familie du kommst. Mir kannst du nichts vormachen. Ich weiß wer dein Vater ist und ich weiß über seine Geschäfte beschei-<<
Wütend unterbreche ich ihn. >>Willst du mir etwa drohen? Oder was ist hier dein Plan? Denkst du, du kannst mich erpressen mit dem, was du denkst zu wissen? Du weißt einen Scheiß über mich und meine Familie.<<, brülle ich ihm schon beinahe um die Ohren.

Mein Gesicht beginnt vor Wut zu brennen.
Wütend balle ich meine Fäuste, um mich etwas zu beruhigen.
>>Würdest du mir mal zuhören?<< Entgegnet er mir beinahe schon zu ruhig.
Ich atme ein paar Mal tief durch und wende mich von ihm ab, um auf den Ausgang zuzusteuern.
Seine Hand umfasst mein Gelenk und hält mich ab, den Raum zu verlassen. Er zieht mich zurück, so dass mein Rücken an seiner Brust lehnt.
Ich fühle durch sein Hemd die Muskeln, welche darunter versteckt sein müssen.
Er drückt mich nahe an sich. Ich fühle seinen Herzschlag durch den dünnen Stoff.
Eine Gänsehaut überzieht meine komplette Haut. Seine Hände wandern meinem Körper entlang und halten mich an der Taille fest.

>>Sag mal, wer ist Caleb? Sollte ich eifersüchtig sein?<<, raunt er mir dunkel in mein Ohr.
Durch den Spiegel vor mir, sehe ich wie er grinst und mich ebenfalls über den Spiegel beobachtet. Langsam leckt er mir gefühlvoll über den Hals.
>>Fick dich Mason.<<
Schneller als er schauen kann, habe ich mich aus seinem Griff befreit und bin raus aus der Tür. Ich höre noch, wie er mir etwas hinterher ruft, kann es jedoch nicht mehr verstehen.

Der Abend ist für mich wohl gelaufen. Dieser Arsch.
Ich knalle dem Barkeeper einen Hundert Dollar Schein auf den
Tisch und stürme aus der gläsernen Türe in die Eisige Kälte der
Nacht.

Mason

Und schon ist sie zu der Tür raus. *Ups*. Da habe ich wohl einen wunden Punkt getroffen.

Ob ich was über diesen Caleb herausfinden kann? Ich sollte Alec damit beauftragen, immerhin ist er mein bester Spürhund.

Vor dem schwach beleuchteten Spiegel richte ich noch meine Frisur, bevor auch ich durch die Türe der Damentoilette verschwinde.

Ich wandere durch den düsteren Flur zurück zur Bar. Ich nehme wieder auf meinem Hocker Platz und bestelle mir noch so einen sündhaft teuren Whiskey.

Dieses Zeug schmeckt einfach himmlisch.

Um mich herum wird es langsam leer. Nach meinem dritten Glas wird es wohl auch für mich Zeit nach Hause zu gehen. Da der Kellner bereits die Letzte Runde eingeläutet hat.

Ich hole meine Geldtasche heraus und halte ihm meine schwarze Amex entgegen.

>>Geben Sie sich gerne Trinkgeld, so viel wie Sie für angemessen halten.<<

Mit großen Augen nimmt er die Karte und bedankt sich mehrmals.

Vor der Tür steht mein Fahrer bereits am Eingang der Bar und wartet darauf, mich nach Hause zu bringen.

Ich stolpere Richtung Auto und falls schon beinahe in den weichen Rücksitz aus Leder. Der letzte Drink knallt nun doch gewaltig rein. Es war wohl keine kluge Entscheidung, Zuhause schon zu trinken.

Aber wie auch immer. Gekonnt fische ich mein Handy aus der Jacketttasche und versende eine kaum leserliche Nachricht.

Ich warte kurz auf eine Antwort. *Bing*.

Zufrieden stecke ich mein Smartphone zurück und lasse den Fahrer seine Arbeit tun.

In meinem betrunkenen Zustand kommt mir der Rückweg länger vor als der Weg in die Stadt.

Die Lichter der Stadt werden im Rückfenster immer kleiner, als wir die Stadtgrenze überqueren.

Ein paar Minuten später fahren wir die lange gepflasterte Auffahrt hoch zu meiner Villa.

Das Gebäude wirkt in der Dunkelheit der Nacht noch imposanter als tagsüber.

Ben hilft mir, die Treppen hoch zum Eingang zu bewältigen. Oben angekommen, stecke ich ihm einen Schein als Trinkgeld zu.

Unsicher lässt er mich vor der Eingangstüre zurück.

Meine Schritte hallen über den blank geputzten Boden des großen Eingangsbereiches.

Ich schwanke in Richtung meines Schlafzimmers. Falle beinahe die Treppen hoch und stoße mir mein Knie.

So eine verdammte Scheiße.

Ich kann mich nicht daran erinnern, wann ich das letzte Mal so stramm war.

Endlich im Schlafzimmer angekommen, wartet sie schon auf mich. Diese schwarzhaarige Schönheit. Sie steht in roten Dessous vor mir und blickt mich lüstern an.

Sie nimmt mich an die Hand und führt mich zu meinem frisch gemachten Bett.

Mit einem Stoß liege ich auf dem Bett und sie schwebt über mir. Ihre vollen Lippen sind leicht geöffnet und blicken mir sinnlich entgegen. Ihr heißer Atem wandert über meinen Oberkörper, während sie langsam mein Hemd öffnet.

Ihre Hände sind überall an meinem Körper und hinterlassen ein Kribbeln auf meiner Haut.

Sie zieht mir die Hose vom Leib, alles während sie mir tief in die Augen schaut.

Dieser Anblick macht mich so sehr an. Wie sie mich berührt und mich währenddessen begutachtet, um meine Reaktionen zu sehen. Mein Schwanz ist bereits Steinhart.

Ihre Lippen teilen sich und umkreisen meine Spitze.

Ein Schauer breitet sich über meinen ganzen Körper aus. Ich packe sie am Hinterkopf und drücke diesen runter.

Mit einem Ruck fülle ich ihren Mund komplett aus. Von selbst beginnt sie mich zu blasen und ihren Kopf auf und ab zu bewegen. Das fühlt sich so verdammt gut an.

Eine Hitze überströmt meinen Körper und ich fühle bereits, dass ich bald so weit bin.

>>Fuck Kate, das fühlt sich so gut an.<<, knurre ich unter Anstrengung.

Sie stoppt und sieht zu mir hoch. >>Ich heiße nicht Kate.<<

>>Scheiße, wenn ich dich schon bezahle kann ich dich nennen wie ich will.<<

Mit einer Hand drücke ich ihren Kopf wieder in meinem Schoß. Eifrig macht sie sich wieder ans Werk.

Ich schließe meine Augen und stelle mir Kate vor, anstelle dieser Hure die aussieht wie sie.

Alleine bei diesem Gedanken, sie würde mir einen Blasen, spritze ich ab. *Shit.*

6 Jahre zuvor...

Kapitel 7

Kate

Heute ist der erste Schultag auf einer neuen Schule. Als wäre das noch nicht das schlimmste, es ist einer der versnobtesten Privatschule die es hier zu Lande gibt.

Hier tummeln sich alle Kinder der reichsten Leute der USA. Selbst verstehend verhalten sich diese natürlich auch so.

Es sind solche Art von Jugendlichen, bei denen sich alles nach ihrer Nase richten muss oder sie direkt zu Daddy rennen. Und beschweren sich über die Ungerechtigkeit.

Privatschulen sind schon recht bescheiden, aber das hier toppt alles. Der einzige Trost ist, dass ich es hier nur ein Jahr aushalten muss. Zwei Semester. Und dann sieht mich diese Stadt nur noch von hinten.

Der Regen prasselt auf das Autodach. Regent es hier eigentlich immer? Seitdem wir hierhergezogen sind, regnet es beinahe schon dauerhaft.

Als wir hergezogen sind, mussten wir unsere große Villa in Arizona austauschen gegen eine Penthouse Wohnung im obersten Stockwerk eines Hochhauses inmitten der Stadt.

Das Gebäude liegt in einer sehr teuren Gegend und alles ist dort wie in einem Film.

Der Eingangsbereich hat eine große Lobby mit einem Wartebereich für Gäste, einen Securitymann und einem Portier hinter dem großen Holztresen.

Der riesige Kronleuchter hängt von der Meterhohen Decke und erhellt den Marmorboden darunter, während Klassische Musik im Hintergrund läuft.

Die Angestellten sind alle sehr nett, aber auch etwas verbohrt. Über die Hausbewohner kann ich noch nichts sagen, man sieht nur selten, welche ein und aus gehen.

Bisher hatte ich nur die ältere Dame mit dem Spitz aus dem fünften Stock kennengelernt. Manchmal hört man den Hund kläffen, wenn man den langen Korridor mit dem roten Teppich entlang geht.

>>Miss Park?<<

Ich sehe auf. Der Fahrer hatte mir die Tür geöffnet und hält mir einen Regenschirm entgegen, damit ich nicht nass werde.

Die warme Luft der Heizung verlässt das Auto durch die geöffnete Tür.

Meinen Rucksack über die Schulter schwingend setzte ich einen Fuß vor den anderen auf den nassen Parkplatz.

Der Fahrer händigt mir den Regenschirm aus und nickt mir freundlich zu, während er seine Mütze tiefer in sein Gesicht zieht, um sich etwas vor dem Regen zu schützen.

>>Ich wünsche Ihnen einen schönen ersten Schultag, ich hole Sie nach der Schule hier auf dem Parkplatz wieder ab.<<, ruft er mir noch zu, bevor er in das Auto steigt und in der Ferne verschwindet.

Warum kann er mich nicht einfach wieder mitnehmen...

Ich drehe mich um in Richtung Schulgebäude.

Das Gebäude ist imposant. Große Fenster zieren die Außenwände, manche von ihnen haben bunte Zeichnungen und Musterungen wie Kirchenfenster.

Die Massen an Schüler strömen in Richtung Eingangsbereich zur ersten Stunde.

Ein paar einzelne Bäume, über den Hof verteilt, gewähren den Schülern Schutz vor dem herab prasselnden Regen.

Mit meinem Schirm bewaffnet überquere ich den Schulhof Richtung Eingangstüre. Ich steige die steinernen Stufen empor an anderen Schülern vorbei.

Keiner der anderen beachtet mich. Immerhin das.

Die großen Flügeltüren öffnen sich und der Geruch von alten Büchern und Wissen kommt mir entgegen.

Letzte Woche habe ich bereits per Post meinen Stundenplan sowie einen Gebäudeplan erhalten. Angestrengt versuche ich, aus letzterem schlau zu werden.

Raum 5B, da muss sich hin. Aber egal wie ich das Stück Papier drehe und wende, es macht es mir nicht leichter. Es ergibt einfach alles keinen Sinn.

Mit dem Blatt in der Hand stehe ich nun hier mitten in der Eingangshalle und weiß nicht ob links oder rechts. Oder doch geradeaus?

Frustriert stecke ich den Plan wieder in meinen Rucksack und hoffe auf eine Erleuchtung.

Ein Ellbogen stößt mich hart in die Rippen und mir bleibt kurz die Luft weg. Kaum bekomme ich wieder Luft, ist das erste, was ich sehe ein paar beinahe schwarze Augen.

Die schönsten Augen, welche ich jemals gesehen habe.

>>Sorry, tut mir leid. Alles okay?<<, fragt mich der Junge mit den dunklen Augen. Er runzelt die Stirn, während er auf eine Antwort wartet.

Es ist beinahe so, als hätte ich meine Zunge verschluckt.

Ich setze ein Lächeln auf, um meine Schmerzen zu überspielen.

>>Alles gut, danke.<<

Unsere Blicke treffen sich für einen kurzen Moment, bis ich verlegen auf meine Schuhe starre, um meine Unsicherheit zu überspielen.

Eine große Hand berührt meine Schulter. Unsere Blicke treffen sich erneut.

>>Hey Ashwood.<<, ein großer Hagerer Junge kommt auf uns zu. Sie nicken sich zu. Es ist beinahe so, als würde ich nicht mehr existieren.

Die ganzen durcheinander sprechenden Schüler füllen die Halle mit einem hohen Lautstärkepegel und ich bin mittendrin.

Der dazu gekommene blonde Junge schenkt mir keinerlei Beachtung. Es ist so, als wäre ich Luft.

>>Cooper, siehst du nicht, dass ich mich unterhalte?<<, faucht ihn der Junge mit den dunklen Augen schon beinahe genervt an.

Dieser zuckt nur mit den Schultern und geht ohne ein weiteres Wort zu verlieren in Richtung einer kleinen Jungengruppe in einer der Ecken.

Etwas nervös beginne ich nun doch zu sprechen. >>Mir ist nichts passiert, alles gut. Danke.<< Mehr bekomme ich nicht über die Lippen.

Seine große Hand ruht noch immer auf meiner Schulter. Diese eine kleine Berührung breitet sich über meinen ganzen Körper aus wie ein Flächenbrand.

Sie strahlt eine wohlige Wärme aus. Er lächelt mich an. >>Gut. Ich muss los. Hoffentlich sieht man sich wieder.<<

Während es sich auf den Weg zu den anderen Jungs macht, dreht er sich noch einmal um und schenkt mir ein Lächeln.

Kate

Diese dunkelbraunen Augen verfolgten mich bis in meine Tagträume. Die ersten paar Stunden vergingen zum Glück schnell. Ich lief durch die überfüllten Flure von Klassenraum zu Klassenraum.

Immer bedacht, niemanden auf mich aufmerksam zu machen. Jede Stunde war langweiliger als die zuvor. In Geschichte wäre ich beinahe eingeschlafen, als der Lehrer vorne an der Tafel einen Ellenlangen Monolog über irgendwelche Völker im alten Rom hielt.

Als endlich Schulschluss war und somit Schluss meiner Qualen war, gehe ich durch die beinahe leeren Schulgänge, in Richtung Ausgangstüre.

Die riesige massive Holztür, welche mich von der Freiheit trennte, ging mit einem knarzen Schwungvoll auf. Der Junge namens Cooper und der von heute Morgen kamen durch die Türe getrottet. Unsere Blicke treffen sich wieder einmal. Doch dieses Mal.... diesmal ist etwas Anderes. Seine Augen sind beinahe Schwarz. Beinahe so schwarz wie seine leicht zurück gestylten Haare. Einen kurzen Augenblick sieht er mich direkt an und ich es fühlt sich so an, als würde er mir in die Seele schauen können. Der eisige Blick durchdringt mich bis ins Mark und ich erschaudere ein wenig. Der Moment fühlt sich an wie ein Zeitlupe.

Sie eilen an mir vorbei und ich bleibe beinahe verdutzt stehen. Alleine in der hell beleuchteten Eingangshalle. Die Tür fällt zurück ins Schloss und lässt mich zusammenzucken. Die freundlichen Augen waren komplett verschwunden. Es blieb nur noch Kälte zurück.

Gedankenversunken trete ich durch die schwere Türe ins Freie und Atme tief durch. Die kalte Luft fühlt sich schwer an.
Am Boden haben sich ein paar Pfützen vom Regen gebildet.
Gekonnt weiche ich diesen aus und gehe in Richtung des Parkplatzes, an dem der Fahrer bereits wartet.
Er lehnt lässig an der Fahrertür und blickt in Richtung des Parkes. Die Bäume bewegen sich rhythmisch im Wind, während ein paar Kinder Drachen fliegen lassen.
Ich räuspere mich, um auf mich aufmerksam zu machen. Beinahe peinlich berührt, dreht sich der Fahrer zu mir und schenkt mir ein verlegenes Lächeln.

>>Guten Tag Miss. Ich hoffe, Sie hatten einen tollen ersten Schultag.<<, fragt er mich während er meine Türe öffnet. Mit einem Seufzen steige ich ein und blicke zu dem älteren Mann hoch. Mein gequältes Lächeln reicht wohl, um ihm zum Schweigen zu bringen.
Ich will einfach nur zurück nach Hause.

Mason

Fuck. Ich hasse diese Schule. Ich hasse es, diesen Nonsens zu lernen und ich hasse die meisten Menschen dort. Die meisten Schüler haben eh nichts im Hirn und die Lehrer sind kein Stück besser.

Nur noch ein Jahr und dann bin ich endlich raus hier. Dann geht es endlich zur Uni, dort lernt man wirklich was. Nicht so wie hier. Die meisten sind doch eh nur hier, weil ihre Eltern sie eingekauft haben. Keiner kann mir erzählen, dass jeder einzelne der Schüler hier wirklich und ernsthaft klug genug ist, um hier zur Schule zu gehen.

Wenigstens gibt es hier keine armen Schüler. Solche Sonderfälle reichen mir vereinzelt als Stipendiaten.

Arme Leute, welche sich unter den Reichen der Gesellschaft frei bewegen dürfen. Oder anders gesagt, Abschaum.

Noch vor der ersten Stunde habe ich den ersten Ärger des Jahres bekommen, weil ich draußen geraucht habe.

Aber was solls.

Meine Eltern finanzieren quasi diese Schule. Der Direktor wird es mir schon nachsehen. Nein, er muss. Da hat er sowieso keine Wahl, wenn er keine Lust darauf hat, dass ihm der Geldhahn zugedreht wird.

Cooper und ich stehen noch draußen auf dem Hof unter einem dünn bewachsenen Baum, um uns etwas vor dem herabprasselnden Regen zu schützen.

Wir beobachten die Schülermassen wie sie alle in Richtung der Türe strömen.

Einige der Schüler verkriechen sich unter einem Schirm, um nicht nass zu werden, wobei andere sich entschlossen haben, einfach zu rennen, um den Regen zu entkommen.

>>Hey Coop, sieh dir das an. Da kommt eine Gruppe von neuen Schülerinnen. Die sehen doch lecker aus, oder nicht?<< Er dreht seinen Kopf und nickt zustimmend. >>Endlich wieder etwas Frischfleisch. Ich sag dir was, das einzig gute hier an der Schule sind die Uniformen. Man steh ich auf diese kurzen Faltenröcke.<< Während er das sagt, leckt er sich über die Lippen und ich sehe ihm an, dass er gedanklich schon unter einem der Röcke ist.Die Mädchengruppe läuft kichernd an uns vorbei und Cooper, der Charmeur, zwinkert einem der Mädchen zu, was sie zum Erröten bringt.

Mein Blick schweift weiter über den großzügigen Hof, während ich mir eine weitere Zigarette anzünde. Auf dem gepflasterten Steinboden sammeln sich langsam Pfützen an und ein paar lose Blätter der umstehenden Bäume gleiten beinahe in Zeitlupe auf den nassen Boden.

Ich sehe sie nur kurz, ihre langen schwarzen Haare und ihre helle, perfekte Haut. Ihr schwarzer Schirm verhindert leider eine bessere Sicht auf sie.

Dieses zauberhafte Wesen läuft an mir vorbei und ihr Parfum steigt mir in die Nase. Es riecht nach *Wildrosen*.

Sie zieht eine Duftwolke hinterher, welche mich in den Bann zieht und mich nach mehr Verlangen lässt.

Im Vorbeigehen erhasche ich kurz einen Blick auf ihr bildhübsches Gesicht. Wie es aussieht, wurde die Jagd soeben eröffnet.

Kapitel 8

Kate

Der erste Schultag war vielleicht vorbei, aber mein Leiden noch nicht. Zuhause bei meiner Mutter ging es weiter. Meine persönliche Hölle, aus der es kein Entkommen gab.

Seit wir umgezogen sind, leben wir in einer Penthouse Wohnung eines der Hochhäuser in einem Nobelbezirk der Upper East Side.

Als sich die Aufzugstüre in der Wohnung öffnet, höre ich schon Beethoven aus der Musikanlage dröhnen.

Die weichen Klänge fühlen sich leicht an. Meine Mutter hat mir nie etwas Anderes erlaubt als Klassische Musik.

Wäre ich nur auf die Idee gekommen Popmusik, oder noch schlimmer Rap zu hören, hätte sie mich enterbt.

Kaum stehe ich im langen Flur, sehe ich sie bereits im Türrahmen stehen.

Beinahe verächtlich mustert sie mich. Durch den stürmischen Regen haben sich ein paar Strähnen aus meinem Zopf gelöst, welche mir wirr in mein Gesicht hängen.

>>Du bist spät, Katherine.<<

Ihr scharfer Ton entgeht mir nicht. Ihre Gesichtszüge verhärten sich, als ich langsam begann, mir die Schuhe und Jacke auszuziehen.

>>Tut mir leid Mutter, der Verkehr war durch den Regen heute sehr stark.<<, entgegne ich ihr mit einem entschuldigenden Blick.

Sie kommt näher und beäugt mich von oben bis unten. Ich kann riechen, dass sie wieder getrunken hat.

Immer sobald Papa weg ist, greift sie zur Flasche.

Wir leben, seitdem ich denken kann, quasi alleine. Papa ist die meiste Zeit in Seoul und kümmert sich dort um seine Geschäfte, während Mama bei mir bleibt.

Manchmal denke ich, sie nimmt mir das Übel, aber es war ihr Wunsch, dass ich in den USA zur Schule gehe.

Seit wir weg sind aus Arizona ist es gefühlt noch schlimmer geworden mit ihr. Sie trinkt noch häufiger und immer launischer.

Lässig lehnt sie sich wieder an den Türrahmen. >>Geh duschen und mach dich fertig für die Tanzstunde. Du siehst schludrig aus, so geht du mir nicht außer Haus. Na los. Oder willst du zu spät kommen?<<

Während sie das sagt, funkeln ihre Augen schon beinahe Böse. Wie ein getretener Hund mache ich mich auf in Richtung meines Schlafzimmers. Als ich an der Küche vorbeigehe, sehe ich eine offene Flasche Rotwein auf dem Küchentresen stehen. Diese ist bereits beinahe leer.

Gehorsam entkleide ich mich, um mich zu waschen.

Meine Schuluniform falte ich ordentlich zusammen und lege sie fein säuberlich auf den Hocker in meinem Ankleidezimmer. Aus dem Augenwinkel sehe ich mein Spiegelbild. Meine Haare sind noch immer etwas wirr und stehen ab.

Gedanklich bin ich längst wieder bei dem Jungen von heute Morgen. Während sich das Badezimmer mit Wasserdampf füllt, denke ich über die Begegnung nach der Schule nach. Er sah aus wie der nette und sympathische Junge von heute Morgen, aber er wirkte eiskalt, seine Augen schwarz und schon beinahe teuflisch.

War mein erster Eindruck von ihm wirklich so falsch?

Ich steige triefend Nass aus der Dusche. Der Fliesenboden ist kalt und rutschig. Ich hatte vergessen, eine Matte vor die Duschkabine zu stellen.

Kaum war ich raus und in meinem Schlafzimmer angekommen, steht meine Mutter bereits vor mir und warf mir eisige Blicke zu. Genervt tippt sie auf Ihre Armbanduhr, um mir zu symbolisieren, dass ich schneller machen soll.

Ihre goldene Uhr funkelt an ihrem dürren Handgelenk. Von Tag zu Tag habe ich das Gefühl, dass sie immer mehr zu einem Schatten ihrer Selbst wird. Sie verfällt sowohl innerlich als auch äußerlich. Als ich noch ein Kind war, war sie voller Leben und Energie. Aber seit einigen Jahren wirkt sie nur noch verbittert und wütend. Nichts und niemand kann sie zufriedenstellen. Nichts ist jemals gut genug für sie.

Ich könnte den Nobelpreis für Physik gewinnen und sie wäre immer noch unzufrieden und würde fragen, warum ich nur einen gewonnen habe und ob es etwa nicht für mehr gereicht hat.

Kate

Meine Mutter hat ihren Fahrer wieder losgeschickt, um mich zu
meiner Ballettstunde zu fahren, es sind zwar höchstens fünfzehn
Minuten zu laufen, aber sie besteht jedes Mal darauf und mit ihr
deshalb zu diskutieren ist jedes Mal aufs Neue sinnlos. Denn am
Ende verliere ich diese Diskussion jedes Mal.
Ich bin wie jedes Mal die Erste, die das Ballettstudio betritt. Selbst
die Lehrer sind noch nicht einmal hier.
Es ist bereits zu spät kommen für meine Mutter, wenn ich nicht vor
allen anderen hier bin. Erst seit einem Monat trainiere ich hier in
diesem Studio, aber es fühlt sich bereits an wie eine Ewigkeit.
Egal ob Lehrer oder Schüler, die Art von Menschen ist immer
dieselbe. Alle sind überheblich und fühlen sich als etwas Besseres
als der Rest auf dieser Erde. Es ist so, als hätten sie alle gemeinsam
nur eine Persönlichkeit.

Während ich mich bereits aufwärme, kommen die ersten Schüler
und die Lehrerin nach der Reihe in den großen Saal. Ich stehe an
der Stange und dehne mich, während ich die anderen beobachte,
wie sie lachend tratschen.
Ein paar der Mädchen blicken in meine Richtung und flüstern. Das
ist nichts Neues für mich, es liegt wohl daran, dass ich selten mit
anderen spreche. Meistens halten mich die anderen einfach für
seltsam, aber ich sehe keinen Sinn dahinter mich mit den anderen
anzufreunden.
Freundschaften lenken nur ab.

Solange ich denken kann, hatte ich nie wirklich Freunde oder Spielkameraden. Ich war schon als Kind immer alleine, da ich auch ein Einzelkind bin, war ich sogar Zuhause alleine mit mir selbst. Der einzige Kontakt außerhalb der Schule waren meine Nanny, die Haushälterin und meine Eltern. Nicht sehr kindgerecht meiner Meinung nach, aber ich hatte mich schnell daran gewöhnt, dass ich alleine unter Erwachsenen war.

Bis zur High-School wurde ich sogar von Zuhause aus unterrichtet, bis wir umgezogen sind und meine Mutter keinen Privatlehrer finden konnte welcher gut genug in ihren Augen war.

Neben den täglichen Ballettstunden musste ich auch Klavier und Violine lernen. Alles was ich machte war von meiner Mutter erzwungen um mit ihrer Tochter angeben zu können. Kind durfte ich nie sein.

Einzig und allein das Tanzen machte mir wirklich Spaß. Noch immer gehe ich liebend gerne jeden Tag zu den Unterrichtsstunden. Erst vor kurzem habe ich mich sogar für ein Studium an der Ballettschule in Paris beworben. Einfach um meiner Mutter und meinem Leben zu entkommen.

Gedankenversunken dehne ich mich weiterhin, um mich aufzuwärmen. Das grelle Studiolicht lässt mich noch blasser aussehen, als ich bereits eh schon bin.

Mein hellblauer Body liegt eng an meinem Oberkörper an und meine Rippen zeichnen sich leicht darunter ab.

>>Los, los meine Damen. An die Stange und Plié.<<, ruft Mrs. Fields durch den Raum. Ungeduldig wippt sie mit ihrem linken Fuß.

Schnell springen alle auf und stellen sich der Reihe nach auf mit dem Gesicht zu ihr.

>>Heute üben wir die Choreographie für den Auftritt nächste Woche.<<

Mrs. Fields nickt zu ihrer Gehilfin hinüber, welche die Musikanlage für sie einschaltet.

Sanfte Töne dröhnen aus den Lautsprechern an den weißen
Wänden.

Rhythmisch bewegen sich alle Tänzer im Takt zu der Musik,
während Mrs. Fields uns mit Adleraugen beobachtet und vereinzelt
die Haltung mancher Mädchen korrigiert.
Ihren Augen entgeht wie immer nichts.

Mason

Der Unterricht heute war wieder mal echt zum Gähnen. Warum macht man überhaupt am ersten Tag Unterricht? Als ob das was bringen würde.
Am ersten Tag nach den Ferien hat bestimmt niemand darauf Lust. Wahrscheinlich nicht einmal die Lehrer.
Zwar sind alle Lehrer hier echt langweilig und konservativ, aber ich glaube auch die hätten am ersten Tag lieber mehr Ruhe.
Es hört sowieso keiner so richtig zu. Die meisten unterhalten sich eh nur über die Ferien und was sie alles gemacht haben.
Die meisten meiner Klassenkollegen und Freunde waren in den Hamptons oder irgendwo anderes am Meer in irgendeinem Luxus Resort oder in deren Villen.

Coop, mein bester Freund, war mit mir und meinem Bruder in unserem Haus in den Hamptons.
Nachdem meine Eltern nach einer Woche abgereist waren, haben wir nur getrunken, hin und wieder gekifft und Party gemacht.
Im Großen und Ganzen war der Sommer gut. Wir hatten viel Spaß und es wurde nie langweilig.
Mein Bruder Henry ist eher ein Langweiler. Der ist meistens in seinem Zimmer geblieben und hat gelesen und gezockt.
Wie kann ich mit so einer Spaßbremse nur verwandt sein?
Wir sind wie Tag und Nacht. Ich bin der Draufgänger und er ist ein kleiner Spießer und Nerd.

Er ist offensichtlich nur bei mir und Coop geblieben, weil er keine Lust auf unsere Eltern hat, besser gesagt auf unseren Vater.

Die beiden kommen kaum einen Tag ohne Streit zurecht. Er ist der Meinung, Henry sei zu schwach. Da hat er verdammt nochmal recht. Wie soll er so jemals, als älterer Bruder, die Geschäfte von Vater fortführen?
Nicht selten kassiert der Schwächling Prügel von Vater.

Es ist bereits beinahe Abend und ich sitze auf meinem Bett und höre über meine Beats Kopfhörer Lautstark Musik.
Meine Gedanken schweifen immer wieder ab zu dem Mädchen heute Morgen. Ihre langen schwarzen Haare und ihre blasse Haut. Sie erinnert mich an Schneewittchen.
Ihre ganze Ausstrahlung hatte eine unglaubliche Anziehung auf mich und in der Schuluniform sah sie unglaublich heiß aus.
Sie musste neu an der Schule sein. Ich muss unbedingt ihren Namen herausfinden und wer sie ist. Sie soll mir gehören.

Kapitel 9

Kate

Es sind nun bereits zwei Tage vergangen und ich habe den Jungen mit den schwarzen Haaren bisher nicht wiedergesehen. Die letzten beiden Tage waren die Hölle schlechthin. Die Flure sind morgens immer total überfüllt, so dass ich kaum an meinen Schulschrank komme, falls ich diesen überhaupt mal finde.
Der Unterricht ist langweilig und die Schüler ebenso.
Die Mädchen stehen immer nur in kleinen Grüppchen rum und unterhalten sich über Promis und Make-up. Die Jungs sprechen meist über Sport und Partys. Die haben alle kaum einen höheren IQ als eine Amöbe.
Allesamt Dinge, die mich nicht im Geringsten interessieren.
Mittags esse ich immer alleine an meinem Tisch und lese. Aber das macht mir nichts aus, es ist mir sowieso lieber, wenn ich für mich alleine bin. Wenn ich in Ruhe gelassen werde.

Der Geräuschpegel in der Cafeteria ist jedoch meist so hoch, dass ich mich kaum auf mein Buch konzentrieren kann, aber ich mache das Beste aus meiner Situation. Nur dieses eine Jahr, dann bin ich frei.
Dieser Gedanke lässt mich durchhalten.
Ich sitze vor meinem vollen Teller in der Cafeteria und beobachte die mir fremden Gesichter.
Die Großen Holztische um mich herum sind alle gut besetzt, nur ich sitze hier alleine.

Hin und wieder bemerke ich aus dem Augenwinkel, wie ich von anderen Schülern beobachtet werde.
Es fühlt sich so an, als würde sich die Welt um mich herum schneller bewegen. Nur ich bin in Zeitlupe.

Ein Blick auf die Uhr über der Tür verrät mir, dass mein Kurs erst in einer halben Stunde beginnt. Um die Zeit totzuschlagen, hole ich mein Handy und meine Kopfhörer raus um mir ein paar Videos anzusehen.
Es ist bereits offizieller Unterrichtsschluss, jedoch beginnen demnächst die Schul-AGs und Leistungskurse.
Ich setzte mir die Kopfhörer auf und schalte die Geräusche und die Menschen um mich herum aus.
Hin und wieder lasse ich mich ablenken von vorbeilaufenden Schatten, jedoch nicht lange.

Doch einer dieser Schatten hat meine Aufmerksamkeit auf mich gezogen. Es war Cooper. Ich habe ihn einmal gesehen bei dem Zusammenprall mit dem Jungen, den ich noch immer nicht vergessen konnte.
Cooper hat kurze blonde Haare, ist eher schlank und sportlich gebaut, er wirkt wie ein typischer Leichtathlet. Seine hellen Haare, blauen Augen und seine sehr helle Haut lassen ihn Skandinavisch wirken.
Er setzt sich an einen Tisch mit zwei jungen Mädchen. Er legt den Arm um eines der beiden Mädchen, dieses Kichert verlegen und himmelt ihn von der Seite aus an.
Mit einer Hand streicht sie ihre langen lockigen Haare hinter ihr Ohr, während sie wieder verlegen kichert.

Seine und meine Blicke treffen sich kurz und ich schaue hastig auf mein Handy vor mir, um einen beschäftigten Eindruck zu erwecken.

Ich fühle, wie sich seine eisblauen Augen in mich bohren. Wie seine Blicke auf mir ruhen. Ob er sich an mich erinnert?
Hat der fremde Junge etwas über mich gesagt? Aber was soll er schon großartig gesagt haben.
Er weiß nicht einmal meinen Namen, geschweige sonst etwas über mich. Ich weiß nur seinen Nachnamen. Ashwood.

Das schrille Geräusch der Schulglocke reißt mich aus meinen Gedanken. Schnell packe ich meine Tasche für meinen Leistungskurs Mathematik.
Die anderen Schüler um mich herum machen es mir gleich und leeren die Tische nacheinander.
Ein kurzer Blick über die Schulter, um zu kontrollieren, ob ich nichts vergessen habe, dann mache ich mich auf den Weg in den Ostflügel.
Einige Schüler kommen mir entgegen und steuern Zielgerade auf den Ausgang zu.
Ich streife durch die Flure, um an mein Ziel zu gelangen. An Spinden und Klassenzimmern vorbei.
Am Ende des Flures befindet sich mein Klassenraum. Die Klassenzimmertüre steht offen und ich sehe, dass bereits ein paar Schüler eingetroffen sind.

Die meisten sitzen in der letzten Reihe, wahrscheinlich, um im Unterricht etwas vor den Augen des Lehrers geschützt zu sein. Ich steuere auf einen Platz in der Mitte zu und setzte mich auf den alten Holzstuhl, der etwas knarzt.
Während ich mich daran mache, meine Bücher heraus zu kramen, sehe ich, wie schwarze Schuhe vor mir stehen bleiben. Die Schuhe sind so sauber, dass sie beinahe glänzen.
Ich blicke hoch und blinzle. Da steht er. Der Junge mit den schwarzen Haaren, der Junge welche mich bis in meine Tagträume und Gedanken verfolgt hat. Er sieht auf mich herunter und schenkt mir ein warmes Lächeln.

In meinem Herzen kribbelt es und ich lächle etwas eingeschüchtert zurück.

Er zieht den Stuhl neben mir zurück und setzt sich. >>Hey, so sieht man sich wieder.<<
Während er das sagt, grinst er über das ganze Gesicht und beginnt seinen Rucksack auszupacken.
Perplex, wie ich bin, bekomme ich kein Wort über meine Lippen und nicke einfach nur. Wahrscheinlich denkt er nun, ich habe meine Zunge verschluckt.
Er kramt weiter in seinem braunen Rucksack und holt eine schwarze Brille hervor, die er sich auf die Nase setzt.
Mit der Brille sieht er sogar noch süßer aus, falls das überhaupt möglich ist.
Unsicher was ich sagen soll, sitze ich stumm neben ihm und beobachte ihn aus meinem Augenwinkel. Der Geruch von Seife steigt mir in die Nase und ich sauge diesen in mich auf.

Ich sehe, wie er sein Handy rausholt und eine Nachricht verschickt.
Auf die Schnelle konnte ich nur den Namen Mason auf dem Display erkennen.
Etwas nervös spiele ich unsicher mit meiner Nagelhaut. *Soll ich etwas zu ihm sagen?*
Der Klassenraum ist halb leer, sieht so aus, als würde der Leistungskurs nur spärlich besucht werden.
Der Lehrer tritt ein und ich bin sogar etwas erleichtert, da ich absolut keine Ahnung habe, was ich sagen soll und die beinahe unangenehme Stille unterbrochen wurde.

Kaum hat der Unterricht begonnen, geht die Klassentüre auf und ein Junge tritt herein. In Gedanken versunken schreibe ich die Formel von der Tafel ab und achte nicht auf die eintretende Person.
Die Stimme des Lehrers erhebt sich. >>Mister Ashwood. Schön, dass Sie uns heute doch noch beehren.<<
Seine Stimme klingt zynisch, als er das sagt. Warte mal...*Ashwood*?

Ich sehe hoch und erstarre. Schwarze, beinahe feindliche Augen starren mich an.

Eine große Gestalt mit schwarzen Haaren kommt auf mich zusteuert, geht an mir vorbei und setzt sich auf den Platz hinter mich.

Als er an mir vorbei geht, rieche ich eine Parfumwolke an mir vorbeiziehen.

Kann das sein? Verwirrt schaue ich auf den Platz neben mir. Ein freundliches Gesicht schaut mir entgegen und lächelt mir durch die Brillengläser zu. Zwillinge. Die beiden sind Zwillinge.

Mason

>>Mister Ashwood. Schön, dass Sie uns heute doch noch beehren.<<
Was für ein Wichser. Ich hasse diesen Typen schon seit meinem ersten Schultag an dieser Schule und er hasst mich.
Frech grinse ich ihm entgegen und suche mir, ohne auch nur ein Wort von mir zu geben, einen Sitzplatz.
Ach was haben wir hier? Die Kleine vom ersten Schultag. Ich mustere sie und ihren erschrockenen Ausdruck.

Mein Bruder sitzt neben ihr? Woher die sich wohl kennen? Daher also ihr verwunderter Blick.
Das hat sie nicht kommen sehen.
Henry und ich sind eineiige Zwillinge, er ist nur ein paar Minuten älter, aber diese lassen ihn jedes Mal aufs Neue denken, dass er der weisere und klügere von uns ist.
Ich setze mich in Bewegung und suche mir den Platz genau hinter ihr aus. Ich will sie in meiner Nähe haben, denn lange wird es nicht dauern und sie wird mir gehören. Ich will sie im Auge behalten.
Verwirrt sieht sie meinen Bruder an und dieser lächelt ihr entgegen.
Dieser Mistkerl.

Der Lehrer fährt fort mit dem Unterricht und ich habe nur noch Augen für sie. Beinahe schon eifrig schreibt sie, während dieser monoton seine Formeln runter leiert.
Bei jeder Bewegung ihres Kopfes wippt ihr Pferdeschwanz mit und ich rieche ihr Shampoo und sauge ihren den Duft tief in mich ein.

Ebenso konzentriert schreibt Henry mit und ich kann sehen, wie er auf die Tafel starrt, um die Formeln darauf abzuschreiben.

Ob er gerade auch an sie denken muss und sich daher ablenken will mit dem Blick an die Tafel?

Er lehnt sich hinüber in ihre Richtung und flüstert ihr etwas ins Ohr. Ich sehe, wie sich feine Gänsehaut in ihrem Nacken bildet. Steht sie etwas auf diesen Spinner?

Sie dreht sich zu ihm und lächelt. Ihre vollen Lippen lehnen sich hinüber zu Henry und sie flüstert ihm ebenfalls etwas in sein Ohr. Innerlich wütet eine ungewohnte Eifersucht in mir, als die beiden sich so nahe sind.

Noch nie hatte ich solche Gefühle erlebt. Noch nie war ich eifersüchtig. Er vergeht sich gerade an meinem Eigentum und das gefällt mir nicht.

Ihre Blicke sagen mehr als tausend Worte. Sie flirtet mit ihm und er mit ihr. Sie himmelt ihn durch ihre langen schwarzen Wimpern an, während sie etwas verlegen mit ihren Haaren spielt. *Zum kotzen.*

Kaum ist die Unterrichtsstunde vorbei, stehe ich bereits neben Henry.

Dieser sieht verdutzt zu mir hoch und deutet mir zu gehen. *Ein Teufel werde ich. Ich bleibe schön hier.*

Während er sich aus seinem Stuhl stemmt, schlängle ich mich an ihm vorbei und lege meinen Arm um die fremde Schönheit, die bis vor kurzem noch vor mir gesessen ist.

>>Hey, mein Name ist Mason. Du bist neu hier?<<

Etwas eingeschüchtert nickt sie und schaut hilfesuchend zu Henry, der wütend mit der Zunge schnalzt.

>>Ja-a ich bin Kate.<< Diese Worte kommen kaum hörbar über ihre Lippen.

Henry starrt mich weiterhin wütend an. Ob er Angst vor ein bisschen Konkurrenz hat?

Sie nimmt ihre Tasche und versucht, sich aus meinem Griff zu
lösen. Nun etwas fester ziehe ich sie etwas näher an mich heran.
Wieder rieche ich sie. Ihr verlockender Duft steigt mir in die Nase
und lässt mich schwach werden.
Es ist Schulschluss und ich bugsiere sie in Richtung Ausgang.
Henry lässt seine Augen keinen einzigen Augenblick von ihr,
während er uns durch die langen alten Flure des Gebäudes folgt.

>>Mason, komm schon. Lass sie los.<<, sagt er schon beinahe
genervt. >>Sie findet bestimmt auch ohne dich den Ausgang,
außerdem wartet doch Cooper bestimmt auf dich.<<
Netter Versuch, mich loszuwerden, bringt nur nichts.
Ich drehe mich leicht nach hinten, um ihm einen strafenden Blick
hinzuwerfen. >>Tzzzzzz.<< Ich lasse meine Zunge schnalzen.
>>Coop kann ruhig warten.<<

Am Parkplatz angekommen, dreht sich Kate, hilfesuchend, nach
meinem Bruder um. Ihr Blick schweift über die parkenden Autos
auf dem Gelände verstreut.
Der Fahrer eines schwarzen Mercedes kommt auf uns zu.
>>Miss Park, sind sie soweit? Ihre Mutter wartet bereits.<<

Nickend löst sie sich aus meinem Griff und geht auf Henry zu.
>>Bis Morgen.<<
Während sie das sagt, lächelt sie ihm zuckersüß zu und ich kann
direkt sehen, wie er wegen ihr schmilzt.
Ohr Kopf dreht sich in meine Richtung. Nichts. Sie sieht mich böse
an und geht einfach weg in Richtung Wagen, wo bereits der Fahrer
die Hintertür für sie offen hält.

Kapitel 10

Kate

Die erste richtige Begegnung mit Mason war seltsam. Er ist einfach so ganz anders als sein Bruder.

Dieser ist süß, Aufmerksam und witzig. Und im Gegensatz zu einem Bruder kein bisschen gruselig oder arrogant.

Unsere Begegnung ist bereits beinahe ein Monat her. Seitdem habe ich Henry ein paar Mal wiedergesehen. Wir haben die Pausen miteinander verbracht und wir texten uns des Öfteren.

Seine schönen dunklen Haare und dazu passenden Augen haben es mir angetan. Seit unserer ersten Begegnung war ich ihm hoffnungslos verfallen.

Die letzten Wochen waren wunderschön und wir hatten tolle Gespräche.

Sein Intellekt und sein grenzenloser Ehrgeiz haben es mir besonders angetan.

Ich sitze über meinen Hausaufgaben und brüte vor mich hin.

Bing.

Der leuchtende Bildschirm meines Handys zeigt eine neue Nachricht. Henry. Als ich seinen Namen lese, schlägt mein Herz schneller und ich kann es kaum erwarten, seine Nachricht zu öffnen.

Hey Kate, was hast du morgen Abend vor?
Schon Pläne?

Ist es nun endlich soweit? Wird er mich nach einem Date
fragen?
Nervös schaue ich mich in meinem Zimmer um.
Wenn ich zu lange zum Antworten brauche, dann verliert der
vielleicht den Mut und fragt nicht mehr. Vielleicht wird er
unsicher. ABER was ist, wenn ich das Ganze falsch
Interpretiere und mich selbst zu einer Lachnummer mache?

Hey! Morgen habe ich noch
nichts vor. Du?

Eine Minute vergeht, zwei Minuten.
Rastlos starre ich wie hypnotisiert auf mein Handy. Bitte lass
ihn doch endlich antworten und mein Leiden beenden.
Die Spannung bringt mich beinahe um und alle Versuche, mich
abzulenken, schlagen fehl. Nervös und unter Spannung tigere
ich durch mein Zimmer und suche Ablenkung in meinen
Büchern.

Von meiner Zimmerecke aus sehe ich mein Handy aufleuchten.
Ich sprinte beinahe zu meinem Schreibtisch und wäre beinahe
über den Teppich gestolpert.
Hastig entsperre ich den Bildschirm und öffne die
eingegangene Nachricht.

Naja also, wenn du noch keine Pläne hast...
Würdest du dann mit mir ins Kino gehen?
Morgen ist Filmnacht der Klassiker.

Mein Herz macht vor Freude einen Salto. Er hat mich zu einem Date eingeladen. Ich hatte schon so lange darauf gehofft.

Kate

Meine Klamotten liegen Kreuz und quer über den Raum verteilt.
Heute Abend treffe ich mich mit Henry und ich habe nichts
anzuziehen. Ein bunter Haufen von Kleidern verhöhnt mich von
der Zimmermitte aus.

Langsam wird die Zeit knapp, in einer Stunde beginnt der erste
Film und ich bin noch nicht einmal annähernd fertig für unser
Treffen.

Frustriert nehme ich mir ein rotes Kleid vom Haken. Das muss es
jetzt werden, sonst komme ich nie rechtzeitig zu unserem ersten
Date.

Schnell schlüpfte ich in das Kleid mit Herzausschnitt und suche
mir passende Schuhe. Der Schuhschrank ist randvoll mit teuren
Designerschuhen, welche ich nur selten trage, da ich nicht viele
Gelegenheiten dazu habe.

Hastig ziehe ich mir schwarze Loafer an und mache einen kurzen
Outfit Check im Spiegel vor mir.

Der beleuchtete Spiegel lässt mich etwas blass wirken.

Die langen schwarzen Haare sind sauber und ordentlich gebürstet,
geglättet und mit einer Spange nach hinten gepinnt, damit mir
meine Fransen nicht in die Augen hängen.

In meinem Kopf stelle ich mir bereits viele Szenarien vor, wie es
heute laufen könnte.

Ob er mich heute küssen wird? Bin ich dazu überhaupt bereit? Ich
habe noch nie jemanden geküsst oder war auf einem Date. Er ist
der erste Junge welche mich überhaupt interessiert.

Seine Aura zieht mich an und ich kann nicht genug von ihm und
seiner Nähe bekommen. Immer wenn ich bei ihm bin, fühle ich

mich sicher. Eine ungezwungene Leichtigkeit umgibt uns, wenn wir zusammen sind und sobald sich unsere Wege trennen...vermisse ich ihn mit jeder Faser meines Körpers.
Ist das Liebe?

* * * * *

Zehn Minuten vor der Ausgemachten Zeit komme ich am Kino an. Henry steht bereits vor dem Eingang und lächelt mir entgegen. Hastig gehe ich auf ihn zu und umarme ihn voller Freude. Seine Körperwärme geht auf mich über und beflügelt mein Herz. In mir toben tausende von Schmetterlingen, die darauf warten, freigelassen zu werden.
Nach einer gefühlten Ewigkeit löst er sich aus meiner Umarmung und reicht mir seine Hand.
Etwas verwundert schaue ich auf seine Hand hinunter. Er nimmt nun meine in seine und führt mich in die Kinolobby.
>>Salzig oder süß?<<
>>Mhm?<< Verwirrt ziehe ich die Augenbraue hoch.
Er lacht und nickt in Richtung Kiosk. >>Das Popcorn. Willst du lieber Süßes oder Salziges? Oder lieber etwas anderes?<<

Ich bin so eine Idiotin.
Verlegen erröte ich bis zu den Ohren. >>Salzig bitte.<< Während ich das sage, schenke ich ihm mein schönstes Lächeln.

Etwas beschämt stelle ich mich neben ihn in die Kiosk Schlange um unser Popcorn zu holen. Seine unmittelbare Nähe macht mich nervös. Aber die gute Art von nervös.
Diese Art von Nervös, in der die Schmetterlinge im Bauch Glücks Saltos schlagen.

Trotz meiner Freunde habe ich innerlich ein ungutes Gefühl. Es fühlt sich so an, als würde mich jemand beobachten.
Unauffällig drehe ich mich einmal nach links und rechts.
Wahrscheinlich habe ich mir das Ganze nur eingebildet. Hier sind so viele Leute, als ob mich hier jemand beobachten würde in so einer Menschenmasse.
Als der Film endlich beginnt, sitzen wir bereits in unseren Sitzen mit Popcorn auf dem Schoß. Die Lichter des Saales werden langsam gedimmt und die Leinwand erstrahlt in einem grellen Licht.
Wir haben uns für einen Horrorfilm entschieden, doch kurz nachdem der Film beginnt, bereue ich es. Ich bin absolut nicht schreckhaft oder sensibel, wenn es um Blut geht, aber das hier ist eindeutig zu Übertrieben.

Henry neben mir bemerkt wohl, dass ich blass werde und bereits nach den ersten dreißig Minuten nur auf den klebrigen Boden vor mir schaue.
>>Alles gut bei dir?<<, Besorgtheit schwingt in seiner Stimme mit, während er mich mustert.
>>Mir ist etwas übel...<<
Er steht auf und reicht mir seine Hand.
>>Komm, gehen wir.<<

Beschämt nehme ich seine Hand und lasse mich von ihm führen. Seine Hand fühlt sich warm und weich an. Am liebsten würde ich sie nie wieder loslassen. Ihn nie wieder loslassen.
Er führt mich durch die Lobby hinaus in den kalten Herbstabend.
Es ist bereits dunkel und es stehen nur wenige Leute vor dem Eingang.
Die kühle Luft fühlt sich gut an und mein Magen beruhigt sich etwas.

Mason

Mit der Kappe tief ins Gesicht gezogen, stehe ich ganz hinten in der Lobby und beobachte Kate und meinen Bruder.

Wie sie ihn die ganze Zeit von der Seite aus anhimmelt. Ist ja zum kotzen.

Sie sieht in ihrem roten Kleid echt heiß aus, was sie wohl drunter trägt? Ich würde es zu gerne herausfinden. Am liebsten würde ich ihr einfach das Kleid vom Leib reißen und sie vor allen nehmen. Das jeder, wirklich jeder weiß das sie mir gehört. Und zwar nur mir.

Auch wenn sie es noch nicht weiß, aber das ist nur eine Frage der Zeit.

Seit dem einen Tag nach dem Mathe-Leistungskurs vor ein paar Wochen ignoriert sie mich. Kaum sehe ich sie nur an, dreht sie sich weg oder senkt den Blick.

Das kleine Kätzchen sollte mal lieber nicht so scheu sein.

Ob sie Angst vor mir hat? Naja, ich bin auch jemand, vor dem man Angst haben sollte.

Aber alles mit der Zeit. Sie wird schon noch merken, dass sie zu mir gehört. Anders kann es nicht sein. Sie wird es noch verstehen, dass ich besser bin als mein jämmerlicher Bruder. Besser, stärker, klüger und vor allem bin ich skrupelloser.

Diese Eigenschaft fehlt diesem Jammerlappen gänzlich. Sogar unser Vater sieht das so.

Wie oft die beiden sich streiten, kann ich schon gar nicht mehr mitzählen. Vater lässt keine Gelegenheiten aus, um seinem Unmut freien Lauf zu lassen. Seinen Unmut darüber, wie sein älterer Sohn geworden ist.

Weich gewaschen und Unfähig härte zu zeigen.

Er war schon immer Mutters Liebling und hat sich bei ihr
ausgeheult, wenn Vater seiner Meinung nach mal wieder
ungerecht war oder ihn verprügelt hatte.

Doch seit sie tot ist, ist er auf sich allein gestellt. Er alleine gegen
seinen Erzeuger.

Oh, der Film geht los wie es aussieht. Schnell husche ich in den
großen Saal und setze mich mit Sicherheitsabstand hinter die
beiden.

Weit genug, um nicht entdeckt zu werden, aber nahe genug, um
sie bestens im Blick zu haben.

Ich kann von hier aus sehen, wie ihr der Film zusetzt. Nach einer
halben Stunde kann sie noch nicht einmal mehr auf die Szene vor
ihr auf der Leinwand schauen.

Ihr Blick hängt nur noch auf dem Boden vor ihr.

Henry bemerkt es und deutet an aufzustehen und den Saal zu
verlassen.

Hand in Hand verlassen die beiden das Kino und kämpfen sich
den Weg frei an die frische Luft vor dem Gebäude.

Kate zieht die Luft scharf in die Lungen und atmet die frische Luft
schwer ein und wieder aus.

Ihr Kopf ist mittlerweile Knallrot vor Scham. Besänftigend
streichelt Henry ihr über den Hinterkopf und spricht ihr gut zu.

Leider kann ich nur ein paar nicht zusammenhängende Wortfetzen
verstehen.

Kate spielt nervös mit den Knöpfen ihres braunen Mantels. Sie ist
neben meinem Bruder ein richtiger Zwerg. Ein ganzer Kopf trennt
die beiden voneinander.

Wir sind beide beinahe gleich groß, auch wenn er weniger
Minuten älter ist als ich, bin ich weniger Zentimeter größer als er.

So gesehen habe ich generell die besseren Gene erwischt. Ich bin
größer, sehe besser aus und bin ebenfalls sportlicher als dieser
Nerd.

Dennoch, trotz alledem hat sie nun ein Date mit dem da und nicht mit mir.

Was macht dieser Wichser da? Nur noch wenige Millimeter trennen die beiden noch. Henry umfasst ihr Gesicht mit seiner Hand und mit der anderen ihre Hüfte.
Er überwindet die letzte Hürde und küsst sie. Erst zögerlich, dann immer fordernder. Ich kann förmlich sehen, wie er ihr seine schäbige Zunge in den Mund schiebt. *Ekelhaft.*

Kapitel 11

Kate

Seit unserem Date letzte Woche sind wir nun offiziell ein Paar.
Ein Wunder, dass er mich überhaupt gefragt hat nach meinem
peinlichen Auftritt im Kino, wo ich mich beinahe in meinen
eigenen Schoß übergeben hätte.
Jede Minute mit ihm fühlt sich wunderschön und richtig an. Er ist
sehr aufmerksam und ein Gentleman.
Jeden Morgen wartet er auf dem Parkplatz auf mich und begleitet
mich dann zu meinem Klassenzimmer.
Ich könnte nicht glücklicher sein. Das einzige, was mein Glück
überschattet, ist sein Bruder. Mason.
Der Typ ist irgendwie unheimlich. Manchmal steht er einfach nur
da und beobachtet mich. Ich frage mich, was in seinem Kopf
vorgeht.

Ist er sauer auf mich, weil sein Bruder so viel Zeit mit mir
verbringt?
Ich habe auf den Fluren ein paar Gerüchte über Mason gehört, er
soll ein richtiger Draufgänger und Tunichtgut sein.
Er macht ständig Blödsinn in der Schule, aber keiner kann etwas
dagegen unternehmen, da sein Vater, seiner und Henrys, der
Schule immer irrsinnige Mengen an Geld spendet.
Aus diesem Grund hat er sozusagen Amnestie.

Viele der Schülerinnen haben Herzen in den Augen, wenn sie ihn
nur sehen. Er ist sehr beliebt, auch bei seinen männlichen
Mitschülern.

Er ist immer umgeben von seiner Clique, wenn er nicht gerade alleine rumsteht, raucht und Leute beobachtet.

Eine neue Schulwoche hat begonnen und die Halbjahresprüfungen stehen bereits an. Geistig in einem meiner Lehrbücher vertieft, streife ich durch die leeren Flure auf dem Weg zur Toilette. Meine Schritte hallen durch den leeren Flur aufgrund der immens hohen Decken. In meiner Jackentasche vibriert mein Handy. Abwesend hole ich es heraus. Mum.

Vergiss heute nicht deine Klavierstunde!

Ist ja wieder typisch. Sie schreibt mir nie, außer ich habe Pflichten zu erledigen. Mehr zählt für sie nicht. Ich muss einfach nur funktionieren und alles machen, was sie will und wie sie es will. Nur dann ist sie zufrieden.

Gerade als ich um die Ecke biegen will, ziehen mich ein paar kräftige Arme in einen anderen Flur.

Mein Atem überschlägt sich vor Schreck. Beinahe panisch schlage ich um mich. Ein leises Knurren lässt mich erstarren. In meiner Schockstarre gefangen, sehe ich Mason, wie er sich vor mir aufbaut.

Es ist immer wieder erstaunlich, wie sehr sich er und Henry ähneln, aber trotz der Tatsache, dass sie Zwillinge sind, haben sie rein gar nichts gemeinsam außer ihr aussehen.

>>Psssssschhhttt.<< Er hält einen Finger vor den Mund, um mir zu symbolisieren, dass ich leise sein soll.

Ich höre eine kleine Gruppe von Schülern, die an uns vorbeilaufen.

Als die Stimmen nach einigen Sekunden langsam hinter uns verstummen, kommt er mir näher.

Seine beiden Arme neben meinem Kopf an der Wand hinter mir abgestützt.

>>Warum so verschreckt KittyKat?<<, fragt er fies grinsend, während er seinen Blick tief in meine Augen bohrt und sich darin verankert.

Seine beinahe schwarzen Augen glühen. Dieser Blick, er verheißt nichts Gutes. Seine Blicke wandern von meinen Augen, zu meinem Mund und dann an meinem Körper entlang.

Meine Versuche, wegzuschauen, bleiben erfolglos. Immer sobald ich versuche, mich wegzudrehen, fängt er mich ein.

>>Ich muss zurück zum Unterricht. Bitte.<<

Es scheint so, als würde er meiner Bitte nachgehen. Er nimmt einen seiner Arme runter. Doch als ich an ihm vorbei schlüpfen will, packt er mich am Handgelenk und zieht mich näher an sich heran.

Ich rieche Rauch und Parfum. Diese gemischten Gerüche umgeben mich und gepaart mit der Situation bewirkt dieser nur, dass mir Übel wird.

Er ist mir so nahe, dass seine Lippen beinahe mein Ohr berühren. Sein heißer Atem jagt mir eine Gänsehaut über den Rücken. Gefühlvoll fängt er an, an meinem Ohr zu knabbern. Warum fühlt sich das nur so gut an? *Halt*. Das darf sich nicht gut anfühlen, ich bin mit Henry zusammen.

Wütend versuche ich, ihn von mir wegzustoßen. >>Ich weiß doch, dass es dir gefällt. Lass es doch einfach zu. Du wirst mir sowieso irgendwann verfallen. Wir können es auch einfach gleich beschleunigen.<<

Mein Atem geht immer schneller und ich bin nahe an einem Schweißausbruch.

>>Ich weiß ja nicht, was du denkst, wer du bist, aber ich habe absolut kein Interesse an dir und deinen Spielchen.<<

Ich brülle ihn schon beinahe an, als ich ihm das an den Kopf werfe.

Seine Augen verdunkeln sich noch mehr und ein Grinsen ziert seine Lippen. Sein Anblick hat etwas Unheimliches.

Er tritt einen Schritt zurück, dann noch einen. Schnell packe ich meine Tasche und ergreife die Flucht.

Mason

Den ganzen Tag über habe ich sie beobachtet. Seitdem ich sie das erste Mal gesehen habe, geht sie mir nicht mehr aus dem Kopf. Nach dem ersten Date von Henry und ihr wurden die beiden ein Paar.

Ständig sehe ich sie mit meinem Bruder Hand in Hand, Knutschen oder einfach nur aneinander kleben.

Mal schauen wie lange es noch halten wird. Ich bin nicht dafür bekannt aufzugeben.

Ich bin gerade wieder am Schwänzen, da sehe ich sie über den Schulhof laufen in das Nebengebäude.

Mit der noch brennenden Zigarette im Mund stoße ich mich von der Hausmauer hinter mir ab und folge ihr.

Sie steuert zielgerade auf die Schulbibliothek zu.

Während sie die Bibliothek betritt, verstecke ich mich hinter einer der Abzweigungen der vielen Flure.

Eine Stille füllt den kompletten Flur. Die großen Leuchten an der alten Decke erhellen die leeren Flure.

Knapp dreißig Minuten vergehen, dann taucht sie wieder auf. Mit dem Handy in der Hand geht sie in meine Richtung. Als sie an mir vorbei geht, ziehe ich sie zu mir heran.

Sie japst leise auf vor Schreck.

>>Pssssschhhttt.<< Ich halte mir einen Finger vor den Mund, um ihr zu symbolisieren, dass sie leise sein soll.

Eine Gruppe von Schülern nähert sich uns und ich höre Stimmen. Kate ist zwischen mir und der Mauer hinter ihr gefangen. Die Stimmen verstummen nach einiger Zeit und ich lasse sie weiterhin in meiner Gefangenschaft.

Sie ist zwischen meinen Armen gefangen und ich kann sehen, wie schnell sich ihr Brustkorb hebt und senkt.
Sie ist mir so nahe, dass ich ihren Atmen auf meinem Gesicht spüren kann.
Wie gerne würde ich sie anfassen, ihren Mund auf meinen Pressen und verdammt nochmal meine Hand unter ihren Faltenrock schieben und in ihr Höschen.
Beinahe vorsichtig lehne ich mich noch weiter vor und beginne an ihrem Ohr zu knabbern. Ich sehe direkt, wie sie eine Gänsehaut bekommt. Es gefällt ihr wohl.

Was für ein böses Mädchen. Das wird meinem Bruder nicht gefallen.
Wütend versucht sie, mich wegzustoßen, jedoch bin ich um einiges stärker als sie.
>>Ich weiß doch, dass es dir gefällt. Lass es doch einfach zu. Du wirst mir sowieso irgendwann verfallen. Wir können es auch einfach gleich beschleunigen <<, entgegne ich ihr statt sie gehen zu lassen.
Ihr Brustkorb hebt und senkt sich immer schneller. Sie erhebt ihre Stimme.
>>Ich weiß ja nicht, was du denkst, wer du bist, aber ich habe absolut kein Interesse an dir und deinen Spielchen.<<

Grinsend trete ich einen Schritt zurück, dann noch einen.
Schneller als ich schauen konnte, hat sie ihre Tasche gepackt und flüchtet vor mir.
Ich blicke ihr hinterher und sehe zu, wie sie hinter einer Ecke verschwindet.
Schade. Wir hätten noch so viel Spaß haben können. Ihr ganzer Körper hat förmlich nach mir und meinen
Berührungen geschrien. Ihre Gänsehaut hat mich dermaßen geil gemacht.

Wie es sich wohl anfühlt sie endlich ficken zu können? Ihre warme weiße Haut zu spüren. Ihre Wärme und ihren Geruch hautnahe in mich aufsaugen zu können.

Fuck. Mein Schwanz ist hart.
Genervt trete ich den Rückweg an in Richtung Hauptgebäude der Schule.
In einem der vielen Toilettenräumen lasse ich mich nieder, da noch Unterricht ist, sind hier weder Schüler oder Lehrer unterwegs.
Ich ziehe meine Hose runter und meine Härte kommt mir direkt entgegen gesprungen. Ob Kate mich genauso begehrt wie ich sie? Ich hoffe doch, sie denkt ebenfalls an mich, wenn sie es sich selbst macht.
Meine Hand bewegt sich immer schneller auf und ab. Bereits nach wenigen Sekunden fühle ich die Erlösung und ergieße mich mit einem tiefen Stöhnen.
Die klebrige Substanz glänzt zwischen meinen Fingern.

Kapitel 12

Kate

Laute Musik dröhnt mir in den Ohren und der Lärm fährt mir bis unter die Haut.

Es sind viele Schüler aus unserer Jahrgangsstufe hier, aber auch andere Stufen unter uns. Ich habe ein paar mir unbekannte Gesichter entdeckt unter all den Menschen.

Woher Mason wohl alle diese Leute kennt?

Henrys und Masons Vater ist über das Wochenende verreist und Mason hatte natürlich nichts besseres Zutun als mit Cooper eine riesige Party zu schmeißen.

Nun sitze ich hier auf einem Sofa zwischen lauter besoffenen Jugendlichen, mit einem Glas Wodka-Energy in der Hand, und warte verzweifelt darauf, dass Henry wieder von der Toilette zurückkommt.

Alles hier kotzt mich an. Diese Umgebung, die Leute, die Musik und noch mehr, dass ich hier bin. Und das bin ich auch nur, weil Henry mich darum gebeten hatte, denn er wollte diese Idioten nicht komplett unbeaufsichtigt die Wohnung zerstören lassen.

Von hier aus kann ich die Küche sehen, Mason steht dort lässig an dem Küchentresen gelehnt und spielt Bierpong mit ein paar unserer Klassenkollegen.

Die Mädels um ihn herum himmeln ihn von der Seite aus an und eifern um seine Aufmerksamkeit.

Während er einen Ball nach dem anderen versenkt, züngelt sein bester Freund Cooper mit einem blonden Mädchen rum.

Das Mädchen, mit welchem ich ihn bereits in der Schulkantine gesehen hatte.
Sie streicht ihm über das Haar, während ihre Zungen einen Kampf austragen.

>>Und? Habe ich was verpasst?<< Henry setzt sich neben mich mit einem Grinsen und legt seinen Arm um mich.
Etwas verträumt schüttle ich den Kopf. >>Rein gar nichts. Noch steht das Haus.<<
Seine Finger streichen langsam über meine Haut meines Armes.
Jeder Millimeter, welchen er berührt, prickelt.
Die Musik wird gefühlt mit jeder Minute lauter und die Gäste betrunkener.
Ich klammere mich weiterhin an mein Glas und wünsche mir, ich könnte mich in Luft auflösen und in meinem Bett wieder auftauchen.
Ein warmer Atem streift meine Wange, Henry kommt näher und lehnt sich zu mir.
Seine Lippen berühren mein Ohr, was mir eine mächtige Gänsehaut über dem ganzen Körper jagt.

>>Hier ist es total laut und voll, wollen wir aufs Dach gehen? Ich möchte dir dort etwas zeigen.<<
Mit einem Nicken stehe ich auf.
Seine Hand umfasst meine und er dirigiert mich durch die Menschenmenge zum Aufzug. Nach wenigen Sekunden gehen die Türen auf und er drängt mich ins Innere.

Kaum ist die Aufzugstüre geschlossen, liegen seine Lippen auf meinen.
Wegen des Größenunterschiedes komme ich ihm auf Zehenspitzen entgegen, um ihm noch näher zu sein. Unsere Lippen vereinen sich und ich habe das Gefühl, im siebten Himmel zu schweben.

Kate

Der kalte Wind der Frühlingsnacht weht mir um die Nase, als wir durch die Metalltüre in die kühle Nacht treten.

Wir befinden uns auf dem Dach des Gebäudes und die Skyline der Stadt erhellt die dunkle Nacht und ich sehe Reklamen, leuchtende Fenster und Laternen.

Trotz der späten Uhrzeit scheint New York noch lebendiger als tagsüber.

Meine Haare wehen im Wind der Nacht.

Seine weichen Hände wandern über mein Gesicht, während er liebevoll meine Haare aus dem Gesicht streicht.

Seine dunklen Augen verschlingen mich in die Tiefe seiner Seele.

Er reicht mir seine Hand und führt mich zu dem hinteren Teil des Daches. Während er mich führt, beobachte ich seinen Körper und seine Bewegungen genau.

Seine große Statur wirkt in der Dunkelheit auf mich noch mächtiger als sonst.

Mit schnellen Schritten laufe ich hinter ihm her. Der Boden ist nass und unsere Körper spiegeln sich in den Pfützen unter uns wieder.

Vor uns taucht ein Gewächshaus auf. Regentropfen gleiten daran herab. Mit einem Schlüssel öffnet Henry die Tür zu dem Häuschen.

Eine angenehme Wärme kommt uns entgegen, als die Türe aufschwingt.

Henry macht einen Schritt zur Seite, um mich voran ins Innere gehen zu lassen. Erst als sich meine Augen an die Dunkelheit gewöhnen, sehe ich ein kleines Sofa, zwei kleine Bücherregale und gegenüber dunkelrote Rosen in einem schwarzen großen Topf.

Erstaunt drehe ich mich um zu Henry. Dieser steht bereits hinter mir und mit einer Handbewegung geht das Licht an und erhellt das Gewächshaus.
Das schummrige Licht lässt den Raum geheimnisvoll erstrahlen.

>>Was ist das?<<, frage ich mich an Henry gewandt.
Er betrachtet mich mit einem Lächeln und zeigt in das Innere.
>>Das hier ist mein Zufluchtsort. Hier komme ich her zum Lesen oder Lernen.<<
Die Rosen erstrahlen in einem perfekten Weinrot, ich nähre mich diesen und rieche daran.
Der ganze Raum erweckt in mir ein wohliges Gefühl. Meine Blicke wandern zu einem der Bücherregale, welche an der Wand stehen.
Mit meinen Fingern streiche ich über die Rücken der Bände vor mir. Namhafte Autoren springen mir schillernd entgegen.
Ich ziehe eines der Bücher aus dem Regal und setze mich auf das Sofa gegenüber.
Das weiche Kissen unter mir sinkt ein, während ich mich niederlasse.
Als ich das Buch aufschlage, kommt mir der vertraute Geruch von Papier entgegen.
Mit geschlossenen Augen sauge ich den Geruch in mich auf.

Neben mir senkt sich das Kissen und Henry nimmt Platz, liebevoll legt er den Arm um mich und mit dem anderen Arm nimmt er mir das Buch aus der Hand, welches er neben sich auf den kleinen hölzernen Beistelltisch legt.
Unsere Blicke treffen sich und seine dunklen Augen erstrahlen. Er leckt sich über die Lippen, während er mich ausführlich mustert.
>>Kate?<<
Seine Stimme klingt etwas verunsichert, als er ansetzt.

>>Ich liebe dich.<<

Meine Kinnlade fällt beinahe runter. Er hat noch nie, ich liebe
dich gesagt, wir haben noch nie, ich liebe dich gesagt.
Etwas überfordert von meinen und seinen Gefühlen, stammle ich
vor mich hin. >>I-Ich liebe dich auch.<<

Freudestrahlend nimmt er meine Hand in seine.
Mein Herz schlägt so unglaublich schnell, als würde es bald aus
meiner Brust springen.
Unsere Lippen berühren sich erst zart und dann immer fordernder.
Seine Zunge erkundet meinen Mund und meine Begibt sich
ebenfalls auf Erkundungstour.
Sein warmer Atem nimmt mir die Luft zum Atmen und ich ziehe
mich etwas zurück.
Seine Hände wandern meinen Oberschenkel entlang unter mein
Kleid.
Mein Unterleib brennt und verlangt nach mehr von seinen
Berührungen.
Aus dem Augenwinkel sehe ich, das Henry sehr erregt ist und
seine Hose im Schritt falten wirft.
Instinktiv fasse ich an seinen Gürtel und öffne diesen mit einem
geschickten Handgriff, dabei streift meine Hand seinen erigierten
Schwanz und er stöhnt leise auf.

>>Scheiße Kate, ich will dich so sehr.<<, raunt er mir mit beinahe
flüsternder Stimme in mein Ohr.
Diese Worte lassen meine Hemmungen fallen und ich ziehe ihn
näher an mich heran. Seine Hand wandert weiter unter mein
Kleid, Finger streichen sanft über den Saum meines Slips und
dann über meine Mitte. *Verdammt fühlt sich das gut an.*
Ich fühle, wie ich unter seinen Berührungen noch feuchter werde.
Verlangend komme ich ihm mit meinem Becken entgegen, um ihn
noch mehr fühlen zu können.

Ohne Vorwarnung zieht er meinen Slip auf die Seite und versenkt seine Finger in mir. Zwei seiner Finger bewegen sich langsam und gefühlvoll in mir. Mit seinem Daumen stimuliert er meine Perle. Ein Stöhnen verlässt meinen Mund, während Henry mich weiter mit seinen Fingern fickt.

>>Ich will mehr.<< Nur unter Stöhnen bekomme ich diese Worte heraus.

Mit einem frechen Grinsen sinkt er vor mich und kniet zwischen meine Beine. Sein Mund und seine Zunge wandern an meinen Schenkeln entlang. Quälend langsam leckt er mir über die Innenseite meiner Schenkel, bis er an seinem Ziel angekommen ist.

Genüsslich leckt und saugt er an meiner Perle. Mein Unterleib brennt vor Leidenschaft, welche in diesem Moment unstillbar scheint.

Eine harte Welle überkommt mich und meine Lust explodiert. Meine Schreie hallen durch den kleinen Raum.

Henry hatte sich nun aufgerichtet und hat sich zwischen meine Beine platziert. Langsam dringt er in mich ein und stößt immer weiter vor in mein Inneres. Der Schmerz meiner Entjungferung rückt immer weiter in den Hintergrund und meine Lust nimmt Überhand.

Eine zweite Welle überkommt mich und ich komme ein weiteres Mal.

Innerlich fühle ich, wie er immer größer in mir wird. >>Es fühlt sich so gut an.<<

Flüstert Henry, während er sich rhythmisch in mir bewegt. Sein Körper schimmert im Licht der Lampe, welche sich neben dem Sofa befindet.

Mit einer fließenden Bewegung zieht er sich sein Shirt über den Kopf und legt seinen Oberkörper frei. Die Ansätze seiner Muskeln zeichnen sich ab im Schummrigen Licht des Raumes. Seine

Augen hängen an mir und er betrachtet mein Gesicht, meinen Körper.

Seine dunklen Augen ziehen mich in seinen Bann und ich verliere mich darin. Unser Stöhnen hängt in der Luft und in diesem Moment fühle ich mich federleicht.

Alle Last fällt von meinen Schultern und dieser Moment gehört uns. Nur uns.

Wir verschmelzen miteinander und werden eins. In diesem Moment bin ich mir sicher. Ich liebe Henry wirklich. Ich liebe diesen Menschen und ich will jede Sekunde mit ihm auskosten und genießen.

Seine Lippen kommen näher und unsere Zungen verschmelzen miteinander. Mit einem Stöhnen kommt er und ergießt sich in mir.

Mason

Techno Musik dröhnt aus den Bässen und die Luft riecht nach
Bier und Kippen. In einer Ecke des Raumes raucht eine kleine
Gruppe einen Joint, während sie sich vom Bass berieseln lassen.
Die Party ist ein voller Erfolg. Die meisten aus meiner
Jahrgangsstufe sind gekommen und auch viele andere aus den
unteren Stufen unserer Schule.
Viele der Mädchen tragen enge und kurze Kleider oder Röcke.
Ganz nach meinem Geschmack.
Die meisten hier habe ich mindestens schon einmal Nackt
gesehen. Aber mein Augenmerk liegt nur auf Kate. Sie sitzt seit
einiger Zeit nur auf dem Sofa und zieht ein Gesicht wie zehn Tage
Regen.
Kaum setze ich mich in Bewegung, um mich zu ihr gesellen,
kommt mein bekloppter Bruder, pflanzt sich neben sie auf das
Sofa und legt seinen Arm um sie.
Wie sehr ich diesen Wichser manchmal hasse.

>>Ey, yo! Mason! Hörst du mir überhaupt zu?<<
Genervt drehe ich mich um und schaue in das Gesicht von Coop.
Seine blonden Haare hängen ihm ins Gesicht, während er mich
fragend mustert. >>Was ist?<<, entgegne ich pampig.
>>Du bist dran man. Du musst trinken.<< Er hält mir einen roten
Plastikbecher vor die Nase.
Der bittere Geruch von Bier steigt mir in die Nase.
In einem Zug leere ich den Becher. Die kalte Flüssigkeit läuft mir
die Kehle hinunter und hinterlässt ein warmes Völlegefühl in
meinem Magen.

Coop grölt mir entgegen und ext ebenfalls seinen Becher.
Anscheinend hat er nicht verstanden, wie Bierpong funktioniert.
Sein Rülpsen dröhnt durch den Raum. >>Cooper, du musst
trinken, wenn der andere getroffen hat, nicht wenn du getroffen
hast!<<, ruft ihm ein blondes Mädchen zu.
Ich glaube ihr Name ist Camille oder so ähnlich.

Als Antwort zieht er sie zu sich heran und steckt ihr die Zunge bis
zum Anschlag in den Hals. Und schon geht es bei den beiden wild
zur Sache.
Soweit ich weiß haben die beiden schon seit ein paar Wochen was
am Laufen.
Genervt wende ich meinen Blick wieder Kate zu. Diese geht Hand
in Hand mit meinem Bruder in Richtung Aufzug.
Wahrscheinlich zeigt er ihr sein „Versteck" auf dem Dach. Dort
verbringt er immer Stunden um Stunden und liest Bücher.

Der Typ ist einfach nur ein Langweiler, keine Ahnung was Kate
an dem findet. Auch wenn wir Zwillinge sind, könnten wir
unterschiedlicher nicht sein.
Unsere einzige Gemeinsamkeit ist unser Geburtstag und unser
Aussehen.
Nach ein paar Minuten folge ich den beiden auf das Dach. Mit
Sicherheitsabstand und versteckt hinter einer dunklen Ecke
belausche ich die beiden.
Der Regen prallt auf dem Glasdach des Gewächshauses ab und
die Tropfen fließen herab und liefern sich ein Rennen.

Die Lampen neben dem Sofa erhellen den Raum und ich erkenne
Kate, wie sie die Bücher in den Regalen studiert. Neben meinem
Bruder sieht sie noch kleiner und zierlicher aus. Ihre zarten
kleinen Hände streichen über die Buchrücken.

Interessiert zieht sie eines aus dem Regal und klappt es auf. Mit dem Buch in der Hand geht sie zu dem dunklen Sofa und lässt sich nieder. Henry tut es ihr gleich und setzt sich neben sie. Seinen Arm um sie gelegt, entnimmt er ihr das Buch. Sein Gesicht kommt ihr immer näher. Zu nahe.

Seine Lippen bewegen sich. Scheiße was? Hat er das gerade wirklich gesagt?

Und noch schlimmer. Sie hat es auch gesagt. Sie hat gesagt, ich liebe dich. Vor meinen Augen sehe ich rot und ein Schleier der Wut umgibt mich.

Während ich hier im Regen stehe und vor Wut koche, fickt mein Bruder das Mädel. Sie soll mir gehören, nicht ihm. Nur mir.

Kate

Es ist bereits spät und ich habe ein Taxi nach Hause genommen. Die ganze Fahrt über musste ich wie ein Idiot gelächelt haben vor Glück. *Er liebt mich.*

Bist du gut nach Hause gekommen?

Lächelnd blicke ich auf mein Handy, während ich die beheizte Lobby betrete. Henry hatte mir geschrieben. Mit jeder seiner kleinen Gesten zeigt er mir immer jedes Mal mehr, dass er der richtige ist. Der Richtige für mich.
Seine Mitfühlende Art, sein Wesen, die Fürsorglichkeit und natürlich seine Intelligenz ziehen mich immer mehr in seinen Bann.
Es hat sich einfach richtig angefühlt, mich ihm hinzugeben. Unsere verschmelzenden Körper haben sich gut angefühlt.

Noch immer fühle ich seine Hände auf meinem Körper und seine Lippen auf meinem Mund. Seine Worte in meinen Ohren. *Ich liebe dich.*

> *Klar. Ich bin gerade zur Türe rein.*
> *Heute war schön. Die Zeit mit dir*
> *war schön, nicht die Party ;-)*

Wieder wie ein Idiot grinsend, steige ich in den alten Aufzug und fahre hoch. Zurück in meine persönliche Hölle.

Obwohl es bereits weit nach Mitternacht ist, brennen überall alle Lampen und alle Türen stehen offen.
Aus dem Wohnzimmer dröhnt laute Musik. Klassische Musik.
Mum ist wohl noch wach, absolut niemand kann bei so einem Lärm schlafen.
Nicht mal sie, wenn sie wieder mal jeder Schnapsleiche Konkurrenz macht.

Ich finde sie total voll auf dem Boden liegend vor. Sie hält eine Weinflasche in der Hand und summt mit geschlossenen Augen vor sich hin.
Als sie mich hört, fährt sie ruckartig hoch und starrt mich wild an.
Mit einem hohen Schrei zeigt sie auf mich und rappelt sich hoch, wobei sie in ihrem Rausch beinahe umfällt.

>>Wo warst du? Katherine, wo verdammt warst du die halbe Nacht? <<
Wütend fuchtelt sie mit den Armen und verschüttet etwas von dem Wein. Ein roter Fleck bildet sich auf dem Teppich unter ihr.
Um sie zu stützen, halte ich ihr meine Hand entgegen, garstig schlägt sie diese weg und schwankt auf mich zu.
>>Katherine Min-suh Park, ich habe dich etwas gefragt!<< Sie brüllt mir diese Worte beinahe entgegen.
Ihre Alkoholfahne ist heute noch stärker als die Tage zuvor.
Ich mache einen Schritt zurück, um aus der Schusslinie zu geraten.
>>Ich war bei einer Party. Ich habe dir davon erzählt. Heute Morgen.<<

Sie hält inne und überlegt kurz. >>Du lügst doch. Als ob du auf einer Party warst. Du hast doch eh keine Freunde. Und wie du aussiehst.<<

Angewidert mustert sie mich von oben bis unten. >>Du siehst aus wie eine Nutte.<<

Ich vergesse immer wieder wie sie ist. Diese Frau ist wie ein Dämon, sobald wir alleine sind. Von außen hin sind wir perfekt. Sie und ich.

Sie ist die perfekte Mutter, welche für mich eine Fernbeziehung mit ihrem Ehemann führt, alles aufgegeben hat und ich die perfekte Tochter.

Innerlich zerbreche ich jedes Mal ein bisschen mehr durch ihre Gemeinheiten.

Tränen steigen mir in die Augen und mein Blick wird trüb. Heiße Tränen rollen mir über die Wangen.

Ohre beringte Hand schnellt auf mich herab und trifft mich mit voller Wucht. Ihr Handabdruck brennt sich in meine Haut und hinterlässt ein Ziehen und Brennen.

Wutentbrannt stürmt meine Mutter aus dem Zimmer und knallt ihre Schlafzimmertür ins Schloss. Stille. Eine Stille umgibt mich in diesem Sumpf von Müll und Alkohol.

Die Lichter von New York leuchten durch die Glasscheibe des Wohnzimmers. Die Stadt, die niemals schläft, so heißt es jedenfalls.

Egal zu welcher Zeit, man trifft immer irgendwelche Leute an an den Straßen und in den unzähligen Gassen an.

Durch meine Verweinten Auge sehe ich das Chaos, welches meine Mutter angerichtet hat. Auf dem ganzen Boden verteilt liegen Bücher, CDs und leere Weinflaschen.

Wie ferngesteuert beginne ich, aufzuräumen und das Chaos zu beseitigen. Die Spuren des Abends verschwinden zu lassen.

Am besten diese Erinnerung dazu.

Im Spiegel des Eingangsbereiches sehe ich im Vorbeigehen mein erbärmliches Auftreten. Meine Haut ist am Wangenknochen etwas aufgeplatzt und geschwollen. Vorsichtig taste ich die Wunde ab.

Jede Berührung schmerzt höllisch.

Mit jeder Minute kommen mir die Wände näher. Ohne großartig darüber nachzudenken, ziehe ich mir meine Schuhe an und verlasse das Penthouse.
Ich will einfach nur weg von hier. Egal wohin. Jeder Ort ist gerade besser als dieser hier.

Kapitel 13

Mason

Es ist Sonntag. Der Morgen nach der Party.
Eine Putzkolonne kämpft sich bereits durch die Wohnung und
wischt Kotze vom Vortag auf. Mein Kopf dröhnt vor Schmerzen.
Das waren wohl ein paar Shots zu viel.
Naja, das Koks ist an meiner Gesamtsituation wohl auch nicht
ganz unschuldig.
Matt hatte echt gutes Zeug für die Party besorgt. Wenn es um
Drogen geht, hatte er schon immer die besten Connections.

Neben mir raschelt die Bettdecke. Vorsichtig schaue ich neben
mich. Scheiße, ich habe wohl Adeline abgeschleppt. Noch
schlafend und schwarz verschmierten Kajal liegt sie neben mir
und atmet leise vor sich hin.
Ihre Nackte Haut blitzt unter der Bettdecke hervor. Ihr roter
Haarschopf sieht aus wie ein wildes Vogelnest.
Genervt schubse ich sie an. Erst sanft, dann fester. >>Hey, steh
auf.<<
Mit einem offenen Auge und einem geschlossenen Blinzelt sie
mir müde entgegen. >>Ich habe verdammt nochmal gesagt steh
auf.<<
Während ich das sage, ziehe ich ihr unsanft die Bettdecke vom
nackten Körper.
Mit wilden Augen richtet sie sich auf und starrt mich an.

>>Was ist dein scheiß Problem?<<, faucht sie mich von der Seite
her an, während sie ihre Klamotten zusammen sucht.

Ein wilder Haufen Kleidung liegt über dem Boden verstreut und macht das ganze Zimmer noch unordentlicher als eh schon.

>>Du bist mein scheiß Problem. Dass du noch immer hier bist.<< Verächtlich schnaubt sie mich an und zeigt mir den Mittelfinger. Schneller als sie schauen kann, bin ich über ihr und lege meine Hand an ihren schlanken Hals. >>Du hast mich gefälligst mit Respekt zu behandeln. Hast du mich verstanden?<< Keine Reaktion. Adelines Augen starren mir leer entgegen. >>Ob du mich verstanden hast?<<

Unter dem Druck meiner Hand spüre ich, wie sie schluckt. Ohne meinen Blick zu kreuzen, nickt sie und ich lasse sie los.
Noch nackt, mit der Kleidung unter den Armen, stolpert sie aus meinem Zimmer.
Warum ausgerechnet sie? Hätte ich nicht eine andere ficken können?
Adeline ist schon seit Jahren fixiert auf mich und das war wohl der letzte Nagel an meinem Sarg.
Wie besoffen muss ich bitte gewesen sein, dass ich mich auf sie eingelassen habe.
Sie ist zwar echt geil, aber leider weiß sie das auch und ist dementsprechend selbstverliebt.
Davon abgesehen, dass sie eine echte Klette sein kann.

Fix und fertig lasse ich mich zurückfallen in mein weiches Bett. Meine Gedanken kreisen immer wieder um Kate und Henry. Ob sie ihn wirklich liebt? Wie konnte mir entgehen, wie ernst diese Beziehung wurde?

Langsam werden meine Augenlider immer schwerer und meine Augen fallen zu, doch sobald sie geschlossen sind, sehe ich die beiden oben auf dem Dach. Auf diesem gottverdammten Sofa.

Dieser Wichser hat es tatsächlich getan und sie gefickt.

Noch schlimmer, ich musste es mit ansehen und konnte nichts dagegen tun. Er hat mein Eigentum entweiht. Das wird er noch büßen der kleine Pisser.

Er hat damit quasi sein Todesurteil unterzeichnet.

Kate

Soll ich das hier wirklich machen? Es ist bereits sieben Uhr
morgens und ich bin bereits ein paar Stunden herumgelaufen, ohne
zu wissen, wohin. Getrieben von meinen schweren Gedanken,
welche mich durch die Straßen getragen haben.

Doch am Ende haben mich meine Beine hierher getragen. Nun
stehe ich vor dem riesigen Gebäudekomplex und traue mich nicht
reinzugehen.
Die Fahne neben den Eingangstüren weht im kalten Wind des
Morgens.
Es ist Sonntagmorgen und nur ein paar Jogger und Spaziergänger
kreuzen meinen Weg. Beim Verlassen der Wohnung hatte ich
vergessen, einen Schirm mitzunehmen. Klatschnass und
durchgefroren fasse ich all meinen Mut zusammen und betrete die
Lobby des Gebäudes.

Die grellen Lichter blenden mich, als ich von der dämmrigen
Dunkelheit in die hell beleuchtete Lobby trete. Ein kalter Schauer
kriecht mir über den Rücken bis ins Mark, als die gläserne Türe ins
Schloss fällt.
Meine nassen Schuhe quietschen leise über den Boden und
hinterlassen kleine Pfützen, während ich unsicher in Richtung
Aufzug gehe. Mit zitternden Händen drücke ich auf den Knopf, um
den Aufzug zu rufen.

Nach quälenden Sekunden, welche sich nach Minuten anfühlen,
öffnet sich die Aufzugtüre.
Im Spiegel des Inneren sehe ich, dass mein Make-up komplett
verwischt ist und meine Augen gerötet von den ganzen Tränen.

Schwarze Ränder umranken meine Augen und lassen diese noch dunkler wirken.

Die aufgeplatzte Stelle auf meiner Wange sieht leicht entzündet aus und das Rot um die Wunde herum entwickelt sich langsam zu einem blau-lila.
Bingggg. Zwölfter Stock.
Leise geht die Tür auf und legt den Blick auf die völlig vermüllte Wohnung frei. Auf dem ganzen Parkettboden sind Becher, Müll, Kotzereste und vieles mehr verteilt.
Der beißende Geruch steigt mir in die Nase und lässt mich kurz würgen. *Ist ja widerlich.*

Um die Ecke, in der Küche sehe ich zwei Putzfrauen die Reste der Partynacht verschwinden lassen. Fluchend schaben sie die eingetrockneten undefinierbaren Flecken von den weißen Küchenschränken.
Vorsichtig, bedacht nirgendwo rein zu treten, schlängle ich mich durch das Wohnzimmer in Richtung Treppen.
Oben am Fuße der Treppe höre ich Masons Stimme durch den Flur dröhnen.
>>Du hast mich gefälligst mit Respekt zu behandeln. Hast du mich verstanden?<< Stille.
>>Ob du mich verstanden hast?<< Ein leises Schluchzen. Seine Stimme hallt in meinen Ohren wie ein Nachbeben.
Mein Körper versteift sich und ich kann mich nicht bewegen.

Am Ende des Flures fällt eine Türe ins Schloss und schnelle Schritte kommen auf mich zu. Adeline...?
Stimmt, sie war gestern ebenfalls auf der Party. Ihr roter Haarschopf kommt in meine Richtung. Ihr Blick ist gesenkt. Jedoch kann ich dennoch ihre Tränen sehen.
Mit einem Bündel Stoff in den Armen kommt sie immer näher.
Nackt. Unsere Blicke treffen sich für einen flüchtigen Moment. Ist

sie eben aus seinem Zimmer gekommen? Ich wusste gar nicht, dass die beiden sich näher kennen.

>>Kate?<<

Die vertraute Stimme von Henry lässt mich aufschrecken.

>>Kate? Ist alles in Ordnung? Was machst du hier?<< Sanft nimmt er mich an der Schulter und dreht mich zu sich.

Entsetzt bleibt sein Blick an meiner Wange hängen. Vorsichtig streicht er mit seinem Daumen über die Wunde.

Bevor er etwas sagen kann, klammere ich mich an ihn. Ich will einfach nur seine Nähe und Wärme fühlen.

Ohne ein Wort zu sagen nimmt er mich in seine Arme und nimmt mir meine Angst, meinen Schmerz und den Kummer in mir.

Mein leises Schluchzen wird von seiner Brust gedämmt, an welche ich mich ausheule.

In diesem Moment ist er mein Ritter in der glänzenden Rüstung.

Der Ritter, welcher für seine Prinzessin einen Drachen tötet, einen Turm erklimmt oder sich durch die Dornen kämpft, nur um bei ihr zu sein. Nur um sie beschützen zu können.

Der Ritter in der strahlenden Rüstung. Mein Ritter.

Mason

Scheiße was ist das für ein Lärm draußen im Flur? Für so einen Stress bin ich noch viel zu viel drauf.

Bei genauerem Hinhören kann ich die Stimme von Henry erkennen und ein mir unbekanntes Schluchzen. Erst leise und dann immer lauter.

Ob er wohl Adeline über den Weg gelaufen ist und sie ihm nun die Ohren vollheult? Soll sie halt. Selbst schuld, wenn sie nicht verstehen kann, dass es nur ein One Night Stand war.

Ich kann mich an den Sex mit ihr kaum erinnern. Nur bruchstückhaft erinnere ich mich an ihren Körper, das Gefühl von nackter Haut an Haut und an ihr sinnliches Stöhnen in meinen Ohren.

Und an den einen Gedanken, wäre es nur Kate. Ich hatte zwar Adeline vor mir, aber in meinem inneren Auge habe ich Kate gesehen.

Wie sie mich um den Verstand reitet.

Die Stimmen im Flur entfernen sich langsam aus meinem Bereich und Stille kehrt ein. *Endlich.*

Völlig fertig schließe ich meine Augen nur, um kurz danach wieder hoch zu schrecken. Der gottverdammte Staubsauger der Putzfrauen nähert sich mir und meinem Zimmer.

Fuck, das kann doch nicht euer ernst sein.

An Schlaf ist wohl vorerst nicht mehr zu denken.

Träge schwinge ich meine Beine aus dem Bett und tapse mit nackten Füßen in Richtung Badezimmer.

Der kalte Fliesenboden brennt beinahe auf meinen Fußsohlen. Schnell husche ich auf den Teppich vor dem Waschbecken.

Das Tageslicht erhellt den Raum und lässt mich einen Blick auf mein Gesicht erhaschen. Meine Augen sind glasig und die Pupillen groß wie Unterteller.

Die Haare fallen mir in die Augen, währen.d ich mich bücke, um noch eine Line von der Armatur vor mir zu ziehen.

Fuck ist das gut.

Das weiße Pulver wandert durch meine Nase hoch in Richtung Nasenscheidewand. Ein leichtes Brennen und ziehen geht durch mich hindurch. Direkt überkommt mich ein Gefühl der Zufriedenheit.

Befriedigt trete ich einen Schritt zurück und setzte mich an den Badewannenrand hinter mir.

Mein Blick verschwimmt und die hellgrauen Fliesen verschmelzen vor meinen Augen zu einem einzigen grauen Fleck.

Der Boden unter meinen Füßen fühlt sich weich an, wie auf Wolken. Wie Wolken ja, so fühlt sich auch mein Kopf an. Wie eine Wolke.

Kate

Keine Ahnung, wie lange ich so da saß, aber seitdem mich Henry in sein Zimmer gebracht hat, habe ich mich einfach in den Stuhl neben dem Fenster gesetzt und meine Emotionen überhand nehmen lassen.

Irgendwann kam Henry auf mich zu, hockte sich vor mich und nahm einfach nur meine Hand in seine. Er wusste genau, was ich in diesem Moment brauchte. Er hat mich, bis ich mich beruhigt hatte, in Ruhe gelassen. Er war einfach nur da.

Seine alleinige Anwesenheit hatte eine positive Wirkung auf mich. Und ich fühlte mich wohl und verstanden.

>>Kate? Du musst mir sagen, wer das war.<< Er deutet besorgt auf meine Wange, während er mit mir spricht.

Vorsichtig nimmt er mein Gesicht in die Hand und beginnt, über die Wunde zu streicheln.

Seine Finger streichen über die aufgeplatzte Haut. Schmerz durchströmt mich und ich weiche etwas zurück.

In seinem Blick erkenne ich Sorge und Verzweiflung. Seit Stunden habe ich kein Wort zu ihm gesagt.

Seine Gesichtszüge verspannen sich immer weiter, während er mich mitleidig mustert. Betroffen dreht er sich weg. Wenn ich ihn so sehe, habe ich ein schlechtes Gewissen.

Er hat es nicht verdient, von mir so behandelt zu werden, aber ich kann nicht darüber sprechen. Noch nicht.

Über den emotionalen und körperlichen Schmerz, welchen mir meine Mutter heute Nacht zugefügt hat.

Geschweige über den Missbrauch, welchen ich seit Jahren erleben muss.

Hilflos wendet er sich ab und erhebt sich aus der Hocke. Wortlos geht er in sein Badezimmer, schließt die Tür hinter sich und lässt mich alleine zurück.

Quälende Minuten, die sich wie Stunden anfühlen lässt er mich hier alleine sitzen in diesem mir fremden Zimmer.

Mit den Knien bis zu meinem Kinn angewinkelt sitze ich nun hier und warte. Worauf? Ich weiß es nicht. Vielleicht warte ich darauf, dass Henry wieder kommt und mich bittet zu gehen.
Dass er mir sagt, dass er genug von mir hat.
Nach Heute kann ich es sogar nachvollziehen. Ich komme ohne Voranmeldung einfach zu ihm nach Hause, heule wie eine Verrückte und erkläre ihm dann nicht einmal mein Verhalten.

Weitere Minuten vergehen und er ist immer noch nicht zurück, verunsichert, erhebe ich mich und sehe mich um. Die Wände sind voll mit Bücherregalen und Bildern von berühmten Künstlern.
Bedacht darauf, leise zu sein, streife ich leichtfüßig durch den Raum und sehe mir meine Umgebung genauer an.
Von dem Raum nebenan, in dem das Badezimmer ist, höre ich ein Klirren und Henry fluchen.
Beinahe schon mutig gehe ich auf die Türe zu und öffne diese einen Spalt.
Ein Schwall von warm feuchter Luft kommt mir entgegen und erschlägt mich beinahe.

Ich drücke die Türe weiter auf und sehe Henry auf dem Boden kniend.
Erst bemerkt er mich nicht. Er versucht, die auf dem Boden verteilten Scherben aufzuheben, ohne sich daran zu schneiden.
Mit zitternden Beinen gehe ich auf ihn zu und hocke mich neben ihm. Erschrocken zuckt er leicht und schneidet sich.
>>Shit.<<

* * * * *

Henry sitzt am Badewannenrand, während ich in dem Schränkchen gegenüber ein Pflaster suche.
Mit zitternden Händen ziehe ich eines aus der Packung über mir.
>>Zeig mal.<<
Zögernd hält er mir seine Hand entgegen. >>Der Schnitt ist zum Glück nicht tief. Das Pflaster sollte reichen.<< Symbolisch halte ich es hoch und ringe mir ein kleines Lächeln ab.
Er murmelt etwas vor sich hin und wartet geduldig darauf, dass ich ihn verarzte.
Beinahe schon Apathisch sitzt er mit gesenkten Blick vor mir.

>>Es tut mir leid <<, setzt Henry an. Er atmet tief durch, bevor er weiterspricht. >>Ich konnte dich nicht beschützen.<<
Mit seinem Gesicht in den Händen vergraben, lehnt er sich vor und schweigt wieder.
Vorsichtig nehme ich seine Hände in meine und zwinge ihn quasi dazu, mich anzusehen.

>>Es ist nicht deine Schuld und du konntest es nicht wissen, was passieren wird. Wir beide konnten es nicht wissen.<< Eine beinahe

unangenehme Stille übernimmt den Raum und steht zwischen uns wie eine unsichtbare Wand.

>>Was hast du hier eigentlich gemacht?<<, frage ich, während ich in Richtung der über den Boden verteilten Scherben nicke.

Erst jetzt bemerke ich die gefüllte Badewanne. Der Schaum springt mir quasi entgegen. >>Ist das für mich?<< Ungläubig setzte ich mich neben Henry, der nur nickt.

>>Ich weiß das du Schaumbäder liebst, und es dir danach immer besser geht. Ich weiß du willst oder kannst mit mir nicht über das Geschehene sprechen, aber ich will, dass du dich wohlfühlst und es dir besser geht. Ich will einfach derjenige sein, der dich unterstützt.<<

Tränen der Freude treten in meine Augen.

>>Komm, ich helfe dir.<<

Vorsichtig zieht Henry mir das Kleid über den Kopf und legt es sorgfältig gefaltet zur Seite. Ich lasse meine Unterwäsche zu Boden fallen und steige mit Hilfe von Henry in die Wanne ein. Das heiße Wasser umhüllt meinen Körper.

Die leichten Wellen, welche beim Einstieg entstehen, gehen mir bis zum Kinn und wohlige Wärme umhüllt mich und meinen Körper.

>>Bleibst du bei mir? Bitte?<< Diese Frage kostet mich Überwindung, aber ich will ihn an meiner Seite haben. Er soll bei mir bleiben.

Mit einem Lächeln setzt er sich neben mich auf den Boden und hält meine Hand.

Mason

In meinem Inneren tobt ein Sturm. Das ganze Koks hat mein Gehirn vernebelt und ich kann nicht mehr klar denken.

Meine Gedanken kreisen immer wieder und ich komme einfach nicht zur Ruhe.

Mein Körper ist müde, aber mein Verstand noch nicht. Der ist hellwach.

Es ist bereits Nachmittag und ich gammel noch immer oben ohne in meiner Jogginghose und habe es noch nicht mal aus meinem Zimmer geschafft.

Immerhin waren zwischendrin zwei der Putzfrauen hier und haben Ordnung gemacht in dieser Drogenhöhle.

Ich spüre noch immer deren verurteilenden Blicke auf mir, während sie meinen Vorrat zur Seite räumen.

Mittlerweile bin ich so hungrig, dass ich mich doch mal in Bewegung setze und mir einen Snack aus der Küche holen will.

Als ich aus der Türe trete, rieche ich Parfum. Der mir bekannte Geruch zieht sich bis in Richtung der Küche.

Als ich um die Ecke biege, sehe ich Kate in Henrys Shirt, und zwar nur in seinem Shirt, auf dem Küchentresen sitzen. Ihre nackten Beine baumeln über den Boden.

Ihre weichen Kurven zeichnen sich unter dem T-Shirt ab.

Ihr helles Lachen hallt in meinen Ohren. Henry steht am Herd und wendet etwas in der Pfanne, was aussieht wie Pfannkuchen.

Ich räuspere mich, um auf mich aufmerksam zu machen.

Sie blickt erschreckt in meine Richtung, nur um direkt danach den Blick abzuwenden und auf den blank polierten Boden unter ihr zu starren.

>>Willst du mit uns essen?<< Fragend schaut mich Henry an. Kurz schaut Kate hoch und es sieht so aus, als würde sie es nicht für gut heißen, dass er mich einlädt.
>>Gerne Bruderherz.<< Mit einem frechen Grinsen komme ich näher und setze mich neben meine kleine KittyKat.
Heilige Scheiße, was hat sie da im Gesicht?
Unauffällig mustere ich aus dem Augenwinkel die Wunde in ihrem Gesicht. Ihre Wange ist rot, geschwollen und an einer Stelle ist ihre perfekte Haut aufgeplatzt.
Ich schnappe mir einen der bereits fertigen Pfannkuchen neben mir und beiße genüsslich ab.

>>Was ist passiert?<<, schmatzend zeige ich auf ihr Gesicht. Mit einem beinahe vorwurfsvollen Blick dreht sich Henry um und gibt mir stumm zu verstehen, dass ich die Klappen halten soll. Fragend wende ich mich wieder Kate zu.
Ihr Blick senkt sich und die Stille erfüllt die Küche. Nur noch das leise Brutzeln der Pfanne ist zu hören.
Nach einer Gefühlten Minute bricht Kate das Schweigen. Sie lacht.
>>Ach das ist nichts, ich bin einfach ein Tollpatsch. Ich bin heute Morgen ausgerutscht und einfach blöd gefallen. <<
Ihre Lippen sagen etwas anderes als ihre Augen. Das Glitzern, welches sonst ihre Augen erfüllt, ist weg.
Ihr Ausdruck ist einfach leer und stumpf. Sie lügt so was von.

>>Achso, na dann. Besser du passt das nächste Mal besser auf. Hast zwei linke Füße und du willst Tänzerin sein? Anscheinend keine gute.<< Während ich das sage, beiße ich nochmal ab.

>>Hey, ich bin eine tolle Tänzerin. Nur weil du keine Ahnung hast, was gut ist.<< Leise höre ich Henry lachen.

>>Hast du mir was zu sagen?<<, pampe ich ihn von der Seite an.
Mit dem Pfannenwender in der Hand kommt er auf mich zu.
>>Sie hat recht, du hast keine Ahnung, was Tanz angeht. Oder
Frauen.<<
Hmpf. Da redet der Richtige, weil er endlich mal eine abbekommen
hat, denkt er, dass er der Frauenkenner schlechthin ist. Der kleine
Wichser.

Schweigend beginnt Kate den Küchentisch zu decken.
>>Wo habt ihr Gläser?<<
>>Im Schrank oben rechts.<< Mein Bruder deutet in die Richtung
und sie macht sich auf den Weg an der Kücheninsel vorbei zu den
Schränken.
Mit einem Grinsen beobachte ich, wie sie sich streckt, um an die
Gläser zu kommen. Das Shirt rutscht immer weiter in die Höhe und
ich kann schon beinahe ihren prallen Hintern sehen.
Henry der Arsch sieht das und eilt ihr zur Hilfe, da sie gefühlt die
Größe eines Grundschülers hat, und verdeckt somit die Sicht auf
ihren Körper.

In meinem inneren Auge sehe ich wieder, wie er sie von hinten
fickt. Mein Inneres brennt vor Wut und ich hätte ihm am liebsten in
die Visage geboxt. Sein freches Grinsen provoziert mich nur noch
mehr.

Mason

Es ist bereits beinahe abends und Kate ist dabei aufzubrechen. Ich stehe oben am Treppenabsatz und beobachte, wie sie sich von Henry verabschiedet. Leise höre ich sie flüstern.
Auf den Zehenspitzen stehend gibt sie ihm einen sanften Kuss. Die Tür schließt sich und sie ist weg.
Kaum ist er die Treppe hoch, versperre ich ihm den Weg. Beinahe Nase an Nase bleibt er vor mir stehen und sieht mich fragend an.

>>Wohin so schnell Brüderchen?<<, während ich das ausspreche, mache ich mich breiter, um ihm den Weg weiterhin zu versperren. Genervt verdreht er die Augen und schubst mich leicht zur Seite.
>>Hast du nichts besseres Zutun als mir auf den Sack zu gehen?<<
>>Nein, ehrlich gesagt nicht <<, frech grinse ich ihm ins Gesicht.
>>Was ist mit deiner kleinen Freundin passiert?<< Während ich das frage, zeige ich symbolisch auf meine Wange.

Kurz überlegt er. Ehe er seinen Blick abwendet.

>>Das hat sie dir doch bereits gesagt? Oder hast du nicht zugehört? << An seiner Mimik merke ich, dass das Bullshit ist. Sie hat mich angelogen und nun lügt er mich an.
>>Ich habe ihr schon zugehört, ich glaube ihr das nur nicht. Also? << Ich merke, wie er wieder überlegt.

>>Ich kann es dir nicht sagen, wenn sie gewollt hätte, dass du es weißt, hätte sie es dir auch erzählt.<<

Er macht es mir nicht gerade einfach. Gespieltes Mitgefühl wird mir hier wohl auch nicht weiterhelfen. Ach er weiß sowieso, dass ich so etwas wie Mitgefühl nicht einmal empfinden kann.

>>Bist du ein guter Freund.<<, sage ich spöttisch, verziehe das Gesicht und Klopfe ihm auf die Schulter. Der Sarkasmus in meiner Stimme ist nicht zu überhören.

Henry verdreht wieder die Augen und drückt sich an mir vorbei in Richtung seines Zimmers.

>>Wohnt Kate nicht mit ihrer Mutter zusammen?<<, rufe ich ihm hinterher.

Er dreht sich zu mir um. Stumm nickt er.

Mhm. Interessant. Sein Gesichtsausdruck verrät viel. Mehr muss ich nicht wissen. Er hat mir soeben alles gesagt.

6 Jahre Später....

Gegenwart...

Kapitel 14
Alec

Wieder einmal stehe ich auf dem Dach des Gebäudekomplexes und beobachte das Penthouse mir gegenüber.

Mit einer Kippe im Mundwinkel und mit einem Fernglas bewaffnet, beobachte ich, wie sie in ihrem Wohnzimmer liest.

Eine kühle Herbst Brise weht mir durch die Haare. Es riecht nach Winter, obwohl der Herbst erst begonnen hat.

Die Bäume der Stadt sind bereits gelb und braun und die Blätter kurz vor dem abfallen.

Der Herbst war schon immer meine liebste Jahreszeit. Ich mag die Farben des Herbstes, das kühle Nass und den Regen.

Meine liebsten Kindheitserinnerungen sind die, wie die anderen Waisenkinder und ich, in den Laubhaufen Verstecken gespielt haben.

Wir hatten nicht viel, aber wir hatten uns und unsere Fantasie. Für uns war das genug, jedoch wussten wir es nicht besser. Wir waren das Produkt von gescheiterten Existenzen.

Unsere Eltern wollten uns nicht oder konnten sich nicht um uns kümmern.

Viele der Kinder wurden den Eltern weggenommen, da diese Drogenabhängige Junkies waren oder diese ihre Kinder misshandelten. Emotional und körperlich.

Ich habe mein ganzes Leben in einem Heim verbracht, niemand ist jemals gekommen, um mich mitzunehmen und zu adoptieren.

Warum ich dort gelandet bin? Ich wusste es lange nicht. Jedoch, kurz bevor ich in die Army eintrat, habe ich es erfahren. Es war zwei Tage vor meinem achtzehnten Geburtstag. An meinem Geburtstag würde ich ausziehen und einrücken.

Ich würde dieses Rattenloch für immer hinter mir lassen und ein neues Leben beginnen.

An diesem Tag hat mich die Heimleiterin in ihr Büro geholt. Sie hat mir meine Geschichte erzählt, die Geschichte, von welcher ich nichts wusste.
Sie erzählte mir von meinen Eltern.
Meine Mutter war damals erst sechzehn Jahre alt gewesen. Es war anfangs wie eine Liebesgeschichte. Sie lernte einen jungen Mann kennen, er war etwas älter als sie.
Mit seinen zweiundzwanzig Jahren stand er bereits voll im Leben, während meine Mutter noch die High-School besuchte.
Sie lernten sich in einem Diner kennen, in dem sie neben der Schule arbeitete. Meine Mutter lebte zu der Zeit bei ihrer Großmutter, da ihre Eltern bei einem Autounfall zwei Jahre zuvor starben.

Mein Vater sprach sie eines Abends an, jedoch zeigte sie kein Interesse an ihm. Am nächsten Tag kam er wieder und am Tag darauf wieder.
Das ging ein paar Wochen so, bis meine Mutter sich auf ein Date mit ihm einließ.
Nach diesem einen Date war sie Hals über Kopf in ihn verliebt.
Kurze Zeit später wurde sie bereits schwanger und sie zog zu ihm in sein kleines Apartment in Queens.

Kurz vor meiner Geburt fing er an, sich zu verändern. Er trank und wurde immer aggressiver. Meine Mutter hatte die Hoffnung, er würde wieder zu seinem alten selbst finden und er würde wieder zu dem Mann werden, in den sie sich damals verliebt hatte.

Beinahe täglich schlug er sie mittlerweile. Sie konnte ihre erste Liebe jedoch noch nicht gehen lassen und blieb bei ihm.
Als ich dann ein Jahr alt wurde, hatte seine Aggression den Höhepunkt erreicht. Eines Nachts eskalierte es und er zog seine Fünfundvierziger Pistole.

Er schoss ihr in den Hinterkopf. Nur ein Schuss. Sie war sofort tot. Er ergriff die Flucht und ließ mich zurück. Alleine mit der Leiche meiner Mutter.

Die Nachbarn riefen aufgrund der Schüsse die Polizei und als sie eintrafen, saß ich weinend in ihrer Blutlache.

Da meine Urgroßmutter zu alt war, um mich aufzunehmen, kam ich ins Heim. So kam ich in diese Hölle von verlassenen und kaputten Kindern.

Die meisten die hier aufwuchsen sind früher oder später im Knast gelandet oder sind tot. Dahingerafft von Drogen oder sie sind in Bandenkriege geraten und wurden getötet.

Mein Vater wurde nie gefunden. Er wurde nie für den Mord an meiner Mutter zur Rechenschaft gezogen. Er konnte einfach ein neues Leben beginnen, so als wäre nichts gewesen.

Bis vor einem Jahr.

Kurz nachdem ich anfing für Mason Ashwood zu arbeiten, habe ich meine Zeit genutzt, um diesen Bastard zu finden. Er hat mir geholfen, nachdem er meine Geschichte erfahren hatte.

Dank seiner Hilfe und seiner Connections konnte ich ihn in einem der vielen Abrisshäuser der Stadt finden.

Den Mörder meiner Mutter. Der Mann, der ein Kleinkind mit seiner toten Mutter zurückgelassen hatte.

Er starb an diesem Tag wie sie. Mit einem sauberen Kopfschuss in den Hinterkopf. Er wurde hingerichtet wie Vieh. Denn mehr war er nicht.

Mason half mir, meine Spuren zu verwischen und wir haben nie wieder darüber gesprochen. Aber seit diesem Tag bin ich ihm ein Leben lang verpflichtet. Nicht weil ich muss, nein. Ich will es.

Kate

Mitten in der Nacht weckt mich ein Geräusch.
Ein kaum hörbares Klopfen, als würde jemand vor meiner Türe
stehen.
Mit leisen Schritten schleiche ich zu der Schlafzimmertüre und
lausche. Stille. Reine Stille.
Ich hatte es mir wohl eingebildet. Erleichtert gehe ich Richtung
Badezimmer und wasche mir mit kaltem Wasser das Gesicht. Mein
Gehirn spielt mir wohl streiche.

Als ich zurück zu meinem Bett gehe, sehe ich einen blassen
Lichtstrahl unter der Türe durchscheinen. Es wirkt so, als würde
jemand mit einer Taschenlampe durch die Räume gehen. Als würde
jemand etwas suchen. Oder mich suchen?
Auf Zehenspitzen schleiche ich in den Begehbaren Kleiderschrank
neben dem Badezimmer. In der Dunkelheit der Nacht taste ich mich
vor zu dem Schrank, in dem sich eine Tür verbirgt.
Schnell gebe ich den Zahlencode ein, das Schloss klickt und die
schwere Türe öffnet sich. Lautlos schlüpfte ich hinein und schließe
die Türe hinter mir. Ein weiteres Klicken ist zu hören und das
Schloss rastet ein.
Bemüht keinen Ton zu machen, halte ich mir den Mund zu und
warte auf ein Zeichen, dass die Personen in meiner Wohnung
verschwunden sind.
Rechts von mir befindet sich ein Bildschirm worauf ich die
Eindringlinge beobachten kann. Sie stehen komplett in schwarz
gekleidet vor dem Schlafzimmer, in dem ich bis vor kurzem noch
geschlafen hatte.

Ich kann nur zwei schwarze Gestalten erkennen. Einer der beiden betritt mein Schlafzimmer.

Bedacht darauf, keinen Lärm zu machen, bewegen sich beide beinahe schwebend fort. Der zweite Maskierte gibt ein Handzeichen und zeigt in Richtung meines Ankleidezimmers.

Ob sie von diesem Raum hier wissen?

Hier drinnen ist es stickig und ich bekomme kaum Luft. Die grauen Wände kommen immer näher und ich habe das Gefühl, nie wieder hier rauszukommen. Die wenigen Minuten fühlen sich bereits an wie eine Ewigkeit.

Auf dem Bildschirm kann ich sehen das die Männer bereits in dem Ankleidezimmer standen, in welchem ich mich befinde Es vergehen einige Minuten und die Männer bewegen sich keinen Zentimeter. Es sieht so aus, als würden sie lauschen.

Es muss wohl sein. Ich gehe in den hinteren Teil des kleinen Raumes zum Safe an der Wand. Ich hole die Waffe darin heraus samt Munition und lade einmal durch.

Diese Wichser machen mir keine Angst.

Als sich beide Männer wieder Richtung Schlafzimmer abwandten, krieche ich nach vorne und öffne die schwere Türe leise einen Spalt.

Innerhalb weniger Sekunden stand ich hinter einem der Männer. Zielsicher richte ich meine Waffe auf den schwarz gekleideten Typen vor mir. Seine Statur war breit und sportlich.

Das hat er wohl nicht kommen sehen.

Mit einem Lächeln lege ich meinen Finger auf den Abzug. Kaum wollte ich abdrücken, spüre ich einen warmen Atem in meinem Nacken. Gänsehaut bildet sich auf meinem ganzen Körper und ich erstarre innerlich. Fuck.

Eine raue Stimme flüstert mir kaum hörbar ins Ohr.

>>Gefunden.<<

Von hinten wird mir ein feuchtes Tuch auf Nase und Mund gedrückt.

Mein Blick wird verschwommen und ich sehe, dass die andere
Gestalt mit der schwarzen Maske auf mich zukommt.
Schwärze umhüllt mich. Leise Stimmen im Hintergrund
verschwimmen mit der Dunkelheit um mich herum.
Mein Körper sinkt schwer zu Boden und ich fühle den kalten,
harten Boden unter mir.

Mason

Sie sieht so unschuldig und friedlich aus, wie sie schläft. Meine kleine Kate.

Friedlich hebt und senkt sich ihr Brustkorb. Warum hat sie mir auch nicht zuhören wollen?

Das alles hätte nicht sein müssen.

Ich sitze an der Bettkante und beobachte sie. Ihre wunderschönen schwarzen Haare glänzen und ihre weichen Gesichtszüge lassen sie beinahe elfenhaft aussehen.

Zärtlich streichle ich ihr weiches Haar.

Die Tür öffnet sich und Alec steht plötzlich neben mir. Er legt seine Hand auf meine Schulter.

>>Gute Arbeit. Wann wird sie aufwachen?<< Während ich das sage, sehe ich zu ihm hoch.

Seine Miene wirkt wie versteinert. Er überlegt kurz, ehe er mir antwortet.

>>Sie sollte in etwa zwei Stunden aufwachen. Sie hätte beinahe Luis abgeknallt. Der hat sich fast eingepisst.<<

Er lacht dunkel und schlägt mir scherzhaft auf die Schulter.

Ich schnaube verächtlich. >>Luis ist ein richtiger Stümper. Ich sollte ihn echt feuern. Beinahe hätte er den Auftrag versaut.<<

>>Mhm, können wir ihm vertrauen? Also, dass er nichts sagt, wenn er gefeuert wird?<<

Alec hat da einen Punkt getroffen, wer weiß ob er dann nicht sauer ist und uns auffliegen lässt.

Ich kann es echt nicht gebrauchen, dass er den guten Ruf der Familie zerstört.

>>Ich kümmere mich um ihn.<<, gebe ich Alec zu verstehen. Er nickt stumm und zieht sich zurück.

Er verschwindet so leise wie er auch aufgetaucht ist. Ich frage mich, wie so ein großer Kerl wie er so unauffällig sein kann. Er ist wie eine Katze, leise, landet immer auf den Beinen und hat neun Leben.

* * * * *

Ich denke oft an den Tag zurück, an dem ich sie das erste Mal gesehen habe. Es war der erste Schultag des letzten High- School- Jahres. Es fühlt sich an, als wäre es erst gestern gewesen.

Sie war neu an der Schule. Ihre langen schwarzen Haare haben meine Aufmerksamkeit auf sich gezogen.

Ihre weiche, beinahe weiße Haut war ebenmäßig und makellos. Makellos wie der Rest an ihr. Sie war bereits damals perfekt und anbetungswürdig.

Als sich unsere Blicke das erste Mal trafen, wusste ich es. Sie würde mir gehören, koste es was es wolle.

Nachdem sie nach dem Schulabschluss verschwunden war, habe ich all ihre Schritte verfolgt und sie nie aus den Augen gelassen.

Sie konnte keinen einzigen Schritt machen, ohne dass ich es erfahren habe.

All die Jahre hat sich mein Körper und mein Geist nach ihr verzerrt. *Es war immer nur sie.*

Kate

Mein Körper schmerzt wie die Hölle, als ich aufwache, mein Blick ist trüb und verschwommen.
Mein Kopf dröhnt, als hätte ich tagelang durchgemacht. Unter mir fühle ich eine weiche und angenehme Matratze.

War alles nur ein Traum gewesen und eigentlich liege ich in meinem warmen Bett in meiner Wohnung? Ich wünschte es wäre so, aber nein.
Vorsichtig blinzle ich und die Dunkelheit heißt mich Willkommen. Der Raum ist Fensterlos und erst als sich meine Augen an die Dunkelheit gewöhnen, erkenne ich ein paar Möbel um mich herum. Wo zum Teufel bin ich hier? Und noch wichtiger, warum bin ich hier?
Ich versuche mich aufzurichten, um besser sehen zu können, jedoch werde ich zurückgezogen. Mit einem meiner Handgelenke wurde ich mit Handschellen an das Bett gekettet. Nun etwas vorsichtiger rutsche ich im Bett zurück bis an die Rückenlehne, um mich aufsetzen zu können.
Der Raum ist Totenstill. Es wäre sogar möglich eine Stecknadel fallen zu hören, so still ist es. Nur mein Atmen ist zu hören in diesem Gefängnis.

* * * *

Erschrocken schnappe ich nach Atem und versuche hochzufahren,
doch die Handschelle hindert mich erneut daran mich aufzurichten.
Ich muss wohl eingenickt sein.
Ein Klacken des Schlosses einer Türe hat mich aufgeweckt.
Beinahe lautlos bewegt sich eine dunkle Silhouette durch den
Raum. Neben dem Bett bleibt sie stehen.
Wortlos drückt er einen Schalter an der Wand und Licht geht an.
Die plötzliche Flut der Helligkeit blendet mich und ich kann
kurzzeitig nichts erkennen. Nur ein grelles Weiß welches mich
erblinden lässt.
Ich fühle eine Hand auf meiner Schulter und blicke hoch. Eine
schwarze Maske blickt mir entgegen. Ich kann nur emotionslose
blaue Augen dahinter erkennen.
Sonst nichts.
Stumm legt der Mann ein Kleid auf den hölzernen Nachttisch vor
sich und gibt mir zu verstehen, dass ich mich umziehen soll.
Erst jetzt bemerke ich dass ich noch immer mein Nachtkleid trage.
Ich greife zu dem Kleid und ziehe es an mich heran.

>>Kannst du dich bitte umdrehen?<<
Stille. Weiterhin schweigend mustert er mich von oben bis unten.
Langsam, beinahe in Zeitlupe, dreht sich der Mann um.
Nun kann ich sehen, dass er seitlich eine Waffe trägt. Er hat sie in
seinen Hosenbund gesteckt, sodass ich sie gerade noch sehen kann.
Ohne meinen Blick von ihm abzuwenden, versuche ich mich zu
entkleiden, jedoch beeinträchtigen mich die Handschellen so, dass
ich die Träger nur über eine Schulter bekommen würde.

Ich räuspere mich, um auf mich aufmerksam zu machen. Ganz
leicht dreht er seinen Kopf in meine Richtung. Fragend nickt er mir
zu.
>>Die Handschellen. Ich kann mich so nicht umziehen. Kannst du
sie bitte abmachen?<<, frage ich ihn schon beinahe nuschelnd.
Er zieht einen kleinen Schlüssel aus seiner Cargohose und tritt
näher an mich heran.

Seine schweren Springerstiefel bewegen sich in Richtung der anderen Bettseite und jeder Schritt fühlt sich an wie ein kleines Beben.

Als er sich vorbeugt, bemerke ich den Duft von Parfum und Zigarettenrauch.

Er kniet halb vor mir, um besser an das Schloss zu gelangen. Die Handschellen klicken und das Metall löst sich von meinem schmerzendem Handgelenk.

Langsam stehe ich von dem Bett auf und strecke meine Beine. Diese fühlen sich an wie Blei nach dieser langen Zeit.

Ich ziehe mir das Nachtkleid über den Kopf, nun stehe ich nur noch mit einem Slip bekleidet vor ihm.

Der maskierte Mann hält mir das rote Kleidungsstück entgegen. Ich greife danach und unsere Finger berühren sich für Millisekunde. Beinahe ruckartig zieht er seine Hand zurück.

Schnell ziehe ich mir das Kleid über den Kopf und der weiche Stoff schmiegt sich an meinen Körper.

>>Warum bin ich hier? Geht es um Lösegeld?<<

Wieder Stille. Mittlerweile genervt trete ich näher. Er verschränkt seine Arme vor der Brust und schweigt mich weiterhin an.

Das bringt wohl nichts, er wird nicht mit mir reden.

Ich schaue mich in dem Raum, in dem ich gefangen bin, um. Das Zimmer hat bis auf Bett, Nachtschränkchen, einen Kleiderschrank und einen gepolsterten Stuhl in der Ecke nicht viele Möbel. Es befinden sich zwei Türen in diesem Raum.

Eine rechts von mir und eine gegenüber dem Bett. Wohin diese wohl führen?

Meine nackten Füße streichen über den warmen Parkettboden, während ich Kreise ziehe, um den Raum zu erkunden.

Der Typ mit der Maske steht weiterhin wie versteinert in der Mitte des Raumes, mit verschränkten Armen, und beobachtet mich bei jeder meiner Bewegungen.

Er ist groß und schon beinahe furchteinflößend mit seiner sportlichen Statur.
Als ich an ihm vorbeigehe, erhasche ich noch einen Blick auf seine Waffe. Es wäre ein Leichtes, ihm diese abzunehmen.

>>Aua mein Knöchel.<< Etwas theatralisch lasse ich mich zu Boden sinken. Erschrocken kommt er auf mich zu und beugt sich über mich, um mir aufzuhelfen.
Unsere Blicke treffen sich und seine blauen Augen bleiben an meinen Lippen hängen.

In diesem unachtsamen Moment seinerseits, greife ich nach vorne und schnappe mir die Waffe des Typen, entsicherte sie und halte sie ihm an die Schläfe.

Kapitel 15

Mason

Oh, Sie ist wirklich schnell und geschickt. Ob sie ihn wirklich erschießen wird?
Ich will es lieber nicht herausfinden, immerhin hänge ich gewissermaßen an Alec. Er ist mir ans Herz gewachsen.
Er ist mittlerweile wie ein Bruder für mich, nur weniger scheiße als mein Tatsächlicher Bruder.
Gelassen trete ich durch die Türe und gehe Zielgerade auf die beiden zu.
Kate sieht mich aus den Augenwinkeln.

>>Lass mich frei oder ich verteile sein Gehirn über den ganzen Raum.<<
Sie atmet schnell und unregelmäßig.
>>Erschieß doch lieber mich, das würde dir doch viel mehr Befriedigung geben oder nicht? Zu sehen, wie ich zu Boden sinke, blutend und leide bis ich ausblute und mein letzter Atemzug getan ist.<<
Lächelnd dreht sie sich in meine Richtung. In diesem Moment ist es mir unmöglich, ihre Gedanken zu erraten.

>>Wie wäre es, wenn ich einfach euch beide erschieße? Das erscheint mir die beste Option. Ihn zuerst.<<
Sie deutet mit der Waffe auf Alec, der weiterhin vor ihr kniet.
>>Und danach bist du dran.<<
Er scheint nicht sichtbares Lächeln umspielt seine Lippen. Gehässig lacht sie mir ins
Gesicht.

So nicht KittyKat. Das hier ist mein Spiel, ich mache die Regeln.

Ich hebe meine Hände. >>Gut, er zuerst.<<
Mit zusammen gekniffen Augen beäugt mich Kate misstrauisch.
Langsam gehe ich Schritt für Schritt auf sie zu. Sichtlich nervös
geht sie einen Schritt zurück, um wieder etwas Abstand zwischen
uns zu gewinnen.
Sie kämpft sichtlich mit sich selbst. Soll sie die Waffe auf mich
oder auf Alec richten. Sie weiß es nicht.
Je näher ich ihr komme, desto angespannter wird ihr Körper und ihr
Gesichtsausdruck. Mit der Waffe in der Hand und dem roten Kleid
sieht sie echt heiß aus.

>>Worauf wartest du? Er erschießt sich nicht von selbst? Aber ich
hoffe dir ist klar, sobald du abdrückst, musst du schnell sein. Denn
wenn du ihn tötest, wirst du es bereuen, mich nicht auch sofort
getötet zu haben.<<
Ich sehe, wie sich feine Schweißperlen auf ihrer Stirn bilden. Nur
noch wenige Zentimeter trennen mich von ihrem Gesicht. Mein
Atem prallt an ihrer Haut ab. Ihre dunklen Augen funkeln mir
entgegen.
Unauffällig gebe ich Alec ein Zeichen und er greift in einen seiner
Stiefel und zieht ein Jagdmesser hervor.
sonderlich viel Angst zu haben. Schnell richtet er sich auf und
packt Kate mit einer Hand fest an der Taille und mit der anderen
Hand hält er ihr das Messer an die Kehle.
Erschrocken lässt sie die Waffe fallen und ich kicke sie außer
Reichweite.

>>Kümmere dich um sie.<<, befehle ich Alec und verlasse den
Raum, nachdem ich die Waffe aufgehoben habe.
Ihre Schreie sind noch bis Ende des Flures zu hören. Innerlich
zufrieden gehe ich in mein Arbeitszimmer und schalte die Kameras
an.

Ich kann Alec sehen wie er sie wieder ans Bett Kettet während sie wild um sich strampelt und versucht in zu treten wie eine wildgewordene Furie.

Ihr kleiner, zarter Körper ist kräftiger, als man glauben würde.

Sie wird sich mir schon noch beugen. Alle knicken irgendwann ein. Es ist alles nur eine Frage der Zeit.

Kate

Keine Ahnung, wie viele Stunden ich hier nun schon angekettet bin. Meine Arme schmerzen und ich bekomme kein Auge zu. Meine Augen brennen vor Müdigkeit und mein Körper wird merkbar immer schwächer.
Meine Gedanken kreisen um das Warum. Warum bin ich hier? Warum hat Mason mich entführt?

Die letzten fünf Jahre habe ich damit verbracht, ihn zu vergessen. Meine Vergangenheit mit ihm zu vergessen.
Er hat damals mein Leben zerstört, er war der Grund warum ich ins Ausland gegangen bin um zu studieren.
Jahrelang haben mich seine teuflischen Augen bis in meine Träume verfolgt. Ebenso seine Blicke, Berührungen und sein Atmen auf meiner Haut. Seine Lippen auf meinen.
Wenn ich meine Augen schließe, sehe ich ihn vor mir.
Wie er auf mich herabblickt und mich verächtlich mustert, so als wäre er etwas Besseres als ich. Nein, etwas Besseres als der Rest dieser kaputten Welt.
Seit Stunden bin ich alleine mit meinen Gedanken. Die Stimmen in meinem Kopf werden immer lauter und düsterer. Meine Gedanken werden überschattet. Dunkle Gedanken fluten meinen Kopf. Ich muss hier raus.

>>Hey.<<, lauthals rufe ich in der Hoffnung, jemand könnte mich hören. Stille.
>>Hallo? Kann mich jemand hören?<<
Noch etwas lauter schreie ich hinterher. Meine Stimme hallt durch das beinahe leere Zimmer.

Ich hatte schon fast die Hoffnung aufgegeben, da öffnet sich die Zimmertüre und der Typ mit der Maske tritt ein.
Mit schweren Schritten kommt er auf mich zu.
Noch immer spricht er kein einziges Wort mit mir, was mich noch rasender macht.
Einige Sekunden bleibt er vor mir stehen, ehe er mir eine der Handschellen abnimmt. An meinem Handgelenk sind rote Abdrücke zu erkennen, die höllisch brennen. Das Metall hat sich beinahe in mein Fleisch geschnitten.

Der Maskierte führt seine Finger zu seinem Mund und zieht sich einen seiner schwarzen Lederhandschuhe aus und greift nach meinem Handgelenk.
Reflexartig ziehe ich meine Hand zurück, doch er ist schneller. Er umfasst meinen Unterarm und inspiziert die geschundenen Stellen an meinem Handgelenk.
Seine Finger streichen über meine Haut und hinterlassen ein warmes und angenehmes, beinahe vertrautes Gefühl.

Ich erkenne ein Tattoo auf seinem Handrücken. Bei näherer Betrachtung kommt mir das Motiv bekannt vor. Ich drehe den Kopf etwas, um besser sehen zu können, ein Engel lächelt mir entgegen.
Erschrocken schnappe ich lautstark nach Luft.
>>Caleb?<<
Ich entziehe ihm nun meinem Arm und mit meiner nun befreiten Hand bekomme ich seine Maske zufassen und ziehe sie ihm ruckartig über den Kopf.
Ein brauner Haarschopf kommt mir entgegen. Der Geruch von dem mir vertrauten Shampoo, Parfum und Rauch kommt mir entgegen.
Seine blauen Augen starren mir entgegen und hinterlassen mich sprachlos.
Schnell, bevor ich noch etwas sagen kann, legt er seine Hand auf meinen Mund.

>>Pssssscht. Mason soll nicht wissen, dass wir uns kennen. Ich weiß du hast viele Fragen und diese werden dir bald beantwortet werden. Er wird dir nichts tun, versprochen. Es wäre am besten, wenn du mir einfach nur zuhörst. Ist das in Ordnung? Wirst du mir zuhören? <<

Besorgt mustert er meinen Gesichtsausdruck, während er noch immer seine Hand auf meinem Mund ruhen lässt.

Ich nicke. In meiner derzeitigen Situation habe ich sowieso nichts zu verlieren. Da kann ich ihm auch zuhören.
Langsam zieht er seine Hand zurück. Seine blauen Augen mustern mich weiterhin besorgt und erschrocken zugleich. Viele Gedanken blitzen mir durch den Kopf und ich wünsche mir, es wäre alles nur ein Traum.

>>Warum bin ich hier?<< Das ist die einzige und wichtigste Frage, welche mir unter den Fingern brennt.
>>Mason und dein Vater, die beiden machen seit Jahren Geschäfte. Mason kauft von deinem Vater Waffen aus Korea und lässt diese importieren. Diese verkauft er weiter, meist an andere Kleinkriminelle und teils aber auch an Mafia Familien und Clans.<<
Er holt tief Luft, eher er fortfährt.

>>Bei einem ihrer Geschäfte, etwa vier Monate zuvor, hat dein Vater Scheiße gebaut. Er hat bei der Lieferung zu wenig Waffen verschifft. Absichtlich. Naja, aus dieser Sache hat sich daraus ergeben, dass der Kunde, eben einer der Mafiosi, sauer war und deinem Vater mit dem Tod drohte.<<
Meine Gedanken überschlagen sich. All diese Informationen, ich weiß nicht, was das Ganze mit mir Zutun haben soll.

>>Aber was habe ich mit der ganzen Sache zu tun?<<, frage ich aufgeregt.

>>Mason ist mit dem Mafioso Massimo sehr gut befreundet, dein Vater wusste das, er hat ihn angebettelt, ihn zu überzeugen, ihn zu verschonen. Natürlich hatte dies seinen Preis. << Fragend blinzle ich ihm entgegen.
>>Du. Du warst der Preis.<<

Geschockt trifft nicht einmal annähernd mein Empfinden in diesem Augenblick. Caleb sieht mir meinen Schock an, hockt sich vor mich und hält meine Hand.
Er hebt den Kopf und blickt mir entgegen. Sein Blick verankert sich mit meinem.
>>Was passiert nun mit mir?<<, frage ich ihn mit gesenktem Blick.
Diese Worte sind beinahe nur noch ein Murmeln meinerseits.
Er schweigt für einen Moment. >>Die Antwort wird dir nicht gefallen.<<

4 Monate zuvor...

Kapitel 16

Kate

Heute ist der Tag der Beerdigung meiner Mutter. Sie wurde verbrannt und ist nun nur noch ein Häufchen Asche in einer Goldenen Urne.

Mein Vater ließ sie nach ihrem Tod nach Korea einfliegen, um sie dort bei sich zu haben. Er wollte seine geliebte Ehefrau an seiner Seite wissen.

Gedanklich bin ich weit weg, als wir den Raum betreten, in dem die Zeremonie in wenigen Minuten stattfindet.

Es sind viele Leute erschienen, unter anderem auch einige Verwandte meiner Mutter aus Amerika. Leises Flüstern erfüllt den Raum.

Meine Großeltern stehen vor dem Bild meiner verstorbenen Mutter und halten sich in den Armen. Sie weinen und trauern um ihr einziges Kind.

In meinem Kopf spielt sich immer wieder das Gespräch mit den Polizisten ab. Die Befragung über den Vorfall. Den Mord meiner Mutter.

Sie wurde in einem Waldstück am Stadtrand gefunden. Ihr wurde einmal von vorne in den Kopf geschossen. *Ob sie um ihr Leben gebettelt hat?*

Laut den Polizisten wirkt der Tatort wie eine Hinrichtung. Ihre Hände waren auf den Rücken gefesselt. Sie musste vermutlich ihrem Mörder mitten ins Gesicht sehen, bevor er abgedrückt und ihr Leben beendet hat.

Den Bildern zu urteilen, welche uns von der Polizei gezeigt wurden, war sie kaum noch wiederzuerkennen. Durch die Wucht des Aufpralls der Kugel wurde ihr Gesicht fürchterlich entstellt und war kaum noch als solches zu erkennen.

Sie konnte vor Ort nur durch ihren Ausweis identifiziert werden und später in der Gerichtsmedizin durch Zahnmedizinische Unterlagen.

Einige meiner Verwandten standen bei meinem Vater, um ihm ihre Anteilnahme mitzuteilen. Schluchzen hängt wie eine Wolke über den Menschen, die sich heute hier eingefunden haben.

Es hängt über diesem Meer aus schwarz.

>>Katherine, setzt dich. Es geht los.<< Mein Vater legt seine Hand auf meine Schulter und dirigiert mich zu unseren Plätzen ganz vorne vor dem Altar.

Er sieht müde und angeschlagen aus. Tiefe Furchen ziehen sich über sein Gesicht. Seine schwarzen Haare zieren mittlerweile einige graue Strähnen, welche er nach hinten gekämmt hat.

Das Bild meiner Mutter schien mich zu verhöhnen. Sie lächelt mich mit ihren perlweißen Zähnen an und verhöhnt mich.

Genauso wie sie es zu Lebzeiten getan hatte.

* * * *

Die Zeremonie war vorbei und ich sitze immer noch auf meinem Platz. Um mich herum sind bereits alle Plätze leer. Die Gäste sind nach draußen gegangen und ich bin alleine zurückgeblieben. Alleine mit der Urne.

Ein kalter Schauer überkommt mich und es fühlt sich beinahe so an, als würde ich beobachtet werden.

Schon immer habe ich mich gefragt, was mit unseren Seelen nach dem Tod passiert. Sind wir dazu verdammt auf ewig Körperlos auf Erden zu wandeln, gegeißelt von unseren Taten zu Lebzeiten? Oder wird unsere Seele erlöst und wir verschwinden gänzlich von dieser Welt? Schweben in die Dunkelheit und verpuffen in der Atmosphäre. Werden eins mit dem Universum.

Oder weder noch? Ist dann alles vorbei und ein schwarzes Loch saugt uns ein. Alles um uns herum wird schwarz und irgendwann fühlen wir nichts mehr.

Wir sind nichts mehr.

Schon beinahe apathisch stehe ich auf und gehe in Richtung Ausgang.

Ich trete durch das große Tor, welches mich in einen mit Kies bedeckten Hof führt.

Eine warme Brise streicht durch mein Haar. Die Blüten auf den Kirschblütenbäumen fallen sachte, schon beinahe in Zeitlupe, auf mich herab.

Ich atme tief ein und lasse es auf mich wirken.

Die rosa Blüten erstrahlen im warmen Sonnenlicht des Tages. Der Frühling ist gekommen.

Mason

Es ist soweit, heute ist die Verabschiedung dieser Schlampe. Viele Leute haben sich versammelt, um ihr die letzte Ehre zu erweisen.

Zu ihren Lebzeiten war sie einfach nur ein grässlicher, egoistischer und verbitterter Mensch. Sie war es nicht wert, auch noch nur einen Tag mehr auf dieser Erde zu weilen.

All diese Menschen, die hier trauern, sind für mich nur Heuchler. Ich kann mir nicht vorstellen, dass nur eine einzige dieser Personen wirklich ernsthaft um sie trauert.

Zugegeben, sie starb wegen eines schiefgelaufenen Deals, aber sie hatte den Tod sowieso verdient. Ich musste es tun, um ein Exempel zu statuieren.

Sie war sozusagen ein Kollateralschaden.

Ihr Gesichtsausdruck, während sie mir in mein Gesicht schaute und bettelte, war amüsant und erfüllte mich mit Genugtuung. Ihre Augen waren gerötet und ihr kam Rotz aus der Nase. Sie sah einfach nur erbärmlich aus.

Sie bettelte mich darum, ihr Leben zu verschonen. Als ob es irgendetwas wert wäre.

Eigentlich bevorzuge ich Handfeuerwaffen oder auch Messer, aber ein Gewehr war etwas Neues für mich.

Not macht eben Erfinderisch.

Mit einem Schuss habe ich sie hingerichtet. Ein gezielter Schuss zwischen die Augen.

Es hat beinahe ihren ganzen Kopf zerfetzt, was für verdammte eine Sauerei.

Dieser Anblick verfolgt mich, bin in meine tiefsten Träume und ich liebe es.
Der Anblick des Blutes und des halb zersprengten Schädels.
An Tagen wie diesen liebe ich meinen Job wirklich.

Soweit ich weiß konnte sie nur noch anhand von Ärztlichen Unterlagen identifiziert werden.
Ich wusste schon immer, dass ich eine Blutrünstige Ader in mir habe, aber mit jedem Mord, jeder Verstümmelung wird mein Trieb verstärkt.
Psychologen haben mich als einen Psychopathen diagnostiziert, aber was soll ich sagen. Es ist wahr.

Ich schäme mich keineswegs für meine Neigungen, Gelüste und Fantasien. Im Gegenteil, ich lebe sie sehr gerne aus und sehe liebend gerne zu wie aus Menschen das Leben schwindet und nur noch die leblose Hülle übrig bleibt.

* * * * *

Die meisten Leute sind bereits gegangen, nur noch sie ist hier. Kate ist in den Hof getreten und beobachtet die fallenden Kirschblütenblätter.
Ihre schwarzen Haare glänzen in der Sonne. Sanft fallen die Blätter nieder auf ihr Haupt.
Ich kann ihr Gesicht kaum sehen, aber sie sieht nicht gerade traurig aus. Sie sieht sogar erleichtert aus.

Zum ersten Mal überhaupt sieht sie entspannt und schon beinahe ruhig aus.
In ihrem schwarzen Kleid wirkt ihr zarter kleiner Körper schon beinahe gebrechlich und durchsichtig.

Kurz erhasche ich einen besseren Ausblick auf ihr Gesicht. Sie weint, jedoch sieht es aus, als wären es Tränen der Erleichterung.

* * * *

Meine Rolex ist am Ticken und die Zeiger bewegen sich unaufhörlich.

Mr. Park ist zu spät. Seit 10 Minuten warte ich bereits hier in seinem Büro in diesem scheiß unbequemen Stuhl. Seine Gorillas stehen hinter mir und ich spüre, wie sie ihre Blicke in meinen Rücken bohren.

Entspannt zünde ich mir eine Zigarette an. Der Rauch füllt meine Lunge, ehe ich ihn entspannt wieder auspuste.

>>Wie lange sollen wir noch warten?<< Alec wippt mit seinem Bein im Stuhl neben mir. Auch er hat sich nun eine Zigarette angezündet.

>>Wir haben doch Zeit oder nicht? Ich bin zu gespannt, warum wir hier sind. Was Mr. Park mir zu sagen hat. Es schien sehr wichtig zu sein.<<

Alec zuckt mit den Achseln und winkt ab.

>>Okay Boss, der Jet wartet sowieso. Ist deiner.<< Er zwinkert mir zu und nimmt einen weiteren Zug.

Im Hintergrund höre ich die Männer tuscheln. Zu schade das ich kein Koreanisch spreche. Von einem Moment auf den Anderen herrscht Stille und die hölzerne, mit Drachen verzierte, Türe schwingt auf.

Mr. Park tritt ein. Er trägt immer noch denselben schwarzen Anzug von der Beerdigung seiner Frau.

Falten ziehen sich über sein Gesicht. Ehe er sich setzt, gibt er seinen Bodyguards ein Zeichen und diese verschwinden durch die Türe aus dem Raum.

>>Mr. Ashwood.<< Ich reiche ihm die Hand, die er mit einem festen Händedruck schüttelt.

>>Sie fragen sich wahrscheinlich warum ich Sie eingeladen habe...<<

Bevor er fertig gesprochen hat, unterbreche ich ihn. >>Und das obwohl ich Ihre geliebte Frau ermordet habe, das zeugt nicht gerade von Rückgrat.<<

Er schnaubt, ehe er nickt. Verloren sieht er sich in seinem Büro, ehe sein Blick auf Alec und dann auf mich fällt.

Beinahe schwerfällig hievt er sich aus seinem Stuhl. In aller Ruhe öffnet er eine Bar in einem der Schränke und holt drei Gläser und eine Flasche Bourbon Whisky hervor.

Er hält uns die Gläser entgegen und wir stoßen an.

>>Ach ja, meine Frau. Ich habe sie damals mit Anfang zwanzig an der Uni kennengelernt. Wir waren beide in Yale. Ich war damals Auslandsstudent in den USA. Sie war so wunderschön. Es war für mich Liebe auf den ersten Blick.

Jahre später haben wir geheiratet und unsere Katherine bekommen. Sie kommt so sehr nach ihrer Mutter, auch wenn sie es selbst nie zugeben würde. Doch mit der Zeit haben wir uns auseinander gelebt. Ich war hier wegen des Familiengeschäftes und sie blieb in den USA mit Kate. Sie wollte ihr Land nicht aufgeben, ihre Identität und ihre Freiheit. Hier hätte sie nie so leben können wie in Amerika. Es wäre zu unsicher gewesen. Dort konnte sie ein freies Leben führen.

Keine Bodyguards, welche ihr Schritt für Schritt folgen müssen.<<

Er schwenkt sein Glas und betrachtet die honigfarbene Flüssigkeit darin.

>>Das ist ja alles schön und gut, aber warum erzählen Sie uns das? Ich will ja nicht unhöflich sein, aber das ist mir scheiß egal.<<

Etwas verärgert nippe ich an meinem Glas. Der Alkohol brennt an meinen Lippen und das flüssige Gold gleitet meinen Rachen hinunter in Richtung Magen.

>>Ich schwelge nur in Erinnerungen Mr. Ashwood. Aber weshalb ich Sie eigentlich herbestellt habe. <<
Nervös stellt Mr. Park sein Glas auf den Tisch neben sich.
>>Ich wollte Sie darum bitten, die Venturis von mir fernzuhalten. Ist es für Sie möglich, Massimo zu beschwichtigen?<<

Ich überlege kurz, ehe ich antworte. >>Naja, er will Blut sehen für die Aktion, die Sie gebracht haben, es wird schwierig werden. Aber ich kenne Massimo recht gut, wir sind gute Freunde. Ich schätze, da lässt sich etwas einrichten, aber es hat seinen Preis. Alles im Leben hat seinen Preis.<<
Er lässt sich zurück in seinen Stuhl sinken und fährt sich durch sein leicht ergrautes Haar. >>Was schwebt Ihnen vor? <<

>>Sagen Sie es mir, was können Sie mir bieten, Mr. Park? Bei einem guten Angebot kommen wir eventuell ins Geschäft.<< Mein Grinsen wird immer breiter.
Die Furche zwischen seinen Augen wird immer tiefer, während er überlegt.
Neben mir nippt Alec von seinem Glas. Tief entspannt lässt er seinen Blick über den Raum schweifen.
Er folgt seinem Blick, der an einem gerahmten Bild an der Wand hängen bleibt. Es ist ein Familienportrait von ihm, seiner Frau und Kate.

>>Mr. Ashwood, wenn ich mich recht erinnere, waren Sie mit meiner Kathrine auf der High-School. Habe ich recht?

Soweit ich weiß, haben Sie schon damals ein Auge auf sie geworfen. Sie ist ja auch eine bildhübsche junge Frau.<<

>>Reden sie weiter <<, fordere ich ihn mit einer Handbewegung auf.

>>Ich kann Ihnen meine Tochter bieten. Für ein Jahr gehört sie Ihnen. Wenn Sie mir helfen.<<

Alec fällt beinahe die Kinnlade hinunter.

Mein dunkles Lachen hallt durch den Raum. >>Scheiße echt jetzt? Und ich dachte, ich bin schon ein skrupelloser Wichser. Sie verkaufen Ihre Tochter nur, um nicht als Fischfutter zu enden? Sie werden wohl nie Vater des Jahres. Was für eine abgefuckte scheiße.<<

Park steht nun auf.

Zielsicher geht er auf mich zu, Schritt für Schritt.

>>Haben wir einen Deal?<< Er hält mir seine Hand entgegen. Angespannt wartet er auf meine Antwort.

Ich schlage ein und schüttle seine Hand. >>Scheiße ja, wir haben einen Deal.<<

Vorgebeugt flüstere ich ihm in sein Ohr. >>Bald werde ich mir Ihre Tochter holen. Sie wird um Gnade winseln, während ich sie hart von hinten ficke. Vergiss das nicht, alter Mann.<<

Sein Gesicht wird bleich und er weicht einen Schritt von mir zurück.

Nun schaltet sich Alec ein. >>Also wenn wir hier fertig sind, würden wir gerne gehen. Danke für den Whisky.<<

Er zwinkert ihm zu, während er das sagt.

Wortlos kommen die Bodyguards wieder rein und bringen uns durch die vielen dunklen Gänge nach draußen.

Es ist mittlerweile Nacht und die Kälte ist eisig. Mein Fahrer wartet bereits vor dem Wagen und öffnet uns die Türen der schwarzen Mercedes Limousine.

Zufrieden steige ich ein und kann mein Grinsen kaum unterdrücken. Wie es aussieht werde ich mir bald mein Eigentum zurückholen.

Gegenwart...

Kapitel 17

Alec

>>Wann hast du vor mit ihr zu reden?<<, frage ich Mason ehrlich interessiert.

Mit einem verschmitzten Lächeln schüttelt er kaum merklich den Kopf.

>>Sie soll ruhig noch etwas schmoren. Sie sollte sich mal in Geduld üben, darin hatte sie schon immer Probleme.<<

Mit verschränkten Armen sitzt er mir gegenüber an seinem Schreibtisch und schreibt etwas auf das Blatt Papier vor sich.

Seine Handschrift ist sehr elegant und klar. >>Hier. Bring ihr das.<<

Der Stimmlage zu Urteilen nach war dies ein klarer Befehl seinerseits.

Ich erhebe mich schwerfällig aus dem Stuhl und nehme das Stück Papier an mich. Mit meiner Rechten mache ich eine Geste, als würde ich salutieren und begebe mich in Richtung Ausgang.

Mit dem Blatt Papier in der Hand mache ich mich auf den Weg zu Kate. Durch die vielen Flure des ersten Stockwerkes, hoch in den zweiten Stock bis zum Ende des Westflügels, in welchem sie sich befindet.

In aller Ruhe öffne ich die zwei Schlösser der Sicherheitstüre und trete durch die Schwelle in den großen Flur.

Kate sitzt in dem einzigen Stuhl des Schlafzimmers.

Sie wirkt abwesend und starrt einfach nur gegen die weiße kalte Wand vor sich.

Ich mache einen Schritt auf sie zu, erstarre jedoch, als sie sich ruckartig zu mir dreht und mich beobachtet.

>>Ist dein Name wirklich Caleb?<<

Ihre dunkelbraunen Augen fixieren mich, während sie mich das fragt. Ich gehe noch einen weiteren Schritt auf sie zu.

>>Nein.<< Ich atme tief durch. >>Ich heiße Alec.<<

>>Ich verstehe. War eigentlich alles gelogen? Das Ganze zwischen uns?<< Ihre Augen funkeln wütend in meine Richtung.

Ich seufze. >>Ich hoffe, du weißt, wie sehr ich es bedauere und bereue dich angelogen zu haben. Aber ich habe nur über meinen Beruf und meinen Namen gelogen. Alles andere war, nein, ist echt. Meine Gefühle für dich sind echt und ich hoffe du glaubst mir das.<<

Stumm nickt sie. Sie nickt einfach nur, ohne ein weiteres Wort zu verlieren.

Nach ein paar Sekunden der Stille stemmt sie sich aus dem Stuhl, in dem sie gerade eben noch gesessen hatte, und kommt mir entgegen. Sie pirscht sich an mich heran wie eine Gazelle an ein Reh.

Geschmeidig tritt sie an mich heran, bis sie nun direkt vor mir stehen bleibt. Beinahe zart nimmt sie meine Hand und führt mich in Richtung Bett.

Mit einem kleinen Schubser lande ich darauf. Die Matratze lässt unter mir nach und das Bett knarzt unter meinem Gewicht.

Sie steht vor mir in ihrem roten Kleid und schaut auf mich herunter. Ihre vollen Lippen sind ein kleines bisschen geöffnet.

In diesem Moment kann ich nur daran denken, ihr meinen harten Schwanz zwischen die Lippen zu schieben.

Wie sie daran saugt und ich ihr meine Länge immer tiefer rein ramme.

Ihre Blicke wandern langsam immer tiefer und sie sieht meine Erregung, welche nicht mehr zu übersehen ist.

Ohne darüber nachzudenken, lege ich meine Hand an ihren Po und ziehe sie näher an mich heran.

Wie selbstverständlich setzt sie sich auf meinen Schoß. Ich fühle durch den Stoff meiner Hose die Wärme zwischen ihren Beinen.

Sie beginnt sich immer schneller an meinem Schritt zu reiben. Mein Schwanz fühlt sich an, als würde er gleich explodieren.

Heftig zuckend ziehe ich sie hoch, ehe ich kommen kann. Meine Hand wandert an ihrem Körper entlang, zwischen ihre Beine und verweilt an ihrer goldenen Mitte.

Sie trägt kein Höschen und ich fühle wie verdammt nass sie ist. Vorsichtig gleite ich zuerst mit einem Finger in sie und dann mit einem zweiten.

>>Mhmm.<<, stöhnend legt sie ihren Kopf in den Nacken. Mit einer Hand befriedige ich sie und mit der anderen packe ich sie an den Haaren.

Ihr Stöhnen wird immer lauter und heftiger. Es fehlt nicht viel und sie wird kommen wie noch nie zuvor in ihrem Leben.

Ich richte mich auf und knabbere zärtlich an ihrem Ohrläppchen, was sie nur noch wilder macht.

>>Alec, ich will, dass du mich nimmst. Ich will dich reiten und durch dich kommen.<<, stöhnt sie mir ins Ohr.

Gerne komme ich ihrem Wunsch nach.

Während sie ihr Becken anhebt, öffne ich meinen Gürtel und streife meine Hose, soweit es mir möglich ist, ab.

Kaum ist die Hose unten, setzt sie sich auf meinen Schwanz und beginnt ihn zu reiten. In meinem Innern wütet ein Feuer und mein ganzer Körper kribbelt.

Ihr leichter Duft steigt mir in die Nase und ich sauge ihren Geruch tief in mich auf.

Mit geschlossenen Augen genießt sie, während ich anfange ihr entgegenzukommen und ebenfalls beginne sie vor zu stoßen.

Ihr Atem wird immer schneller und schneller. Der Brustkorb hebt und senkt sich schon beinahe sekündlich.

Ich fühle, wie sie kommt und sich ihr Körper verkrampft und zittert. Mit einem Schrei bricht es komplett aus ihr heraus.

Ich selbst kann es nicht mehr halten und hebe sie mit beiden Händen am Po hoch und lege sie auf den Rücken.

Immer schneller ficke ich sie. Ihre Finger kratzen über meinen Rücken und der Schmerz wird zu einem süßen Orgasmus.

Schnell ziehe ich mich aus ihr zurück und verteile meine Landung auf ihrem Bauch.

Kate

Soeben hatte ich Sex mit meinem Entführer. Mit meinem Entführer.

Das klingt so falsch.

Es fühlt sich so an, als wäre er noch immer derselbe Caleb. Nur lautet sein Name anders. Aber er ist immer noch derselbe Mensch, für welchen ich Gefühle hege.

Wir liegen nebeneinander auf dem Bett und schweigen uns an. Er drückt meine Hand und ich erwidere es.

Ich wälze mich auf die Seite und schaue ihn an. Seine braunen, welligen Haare fallen ihm etwas ins Gesicht.

Meine Blicke wandern zu seinem Hals. Ich bleibe an seinem Tattoo hängen, langsam streiche ich mit den Fingern darüber und male die Linien nach.

>>Das sind meine Engelsflügel.<<

>>Wie bitte?<<, frage ich verwirrt. Er dreht seinen Kopf zu mir und lächelt.

>>Ich bin in einem Kinderheim in New Jersey aufgewachsen. Viele meiner Freunde von dort kamen als Jugendliche ins Gefängnis und nie wieder raus. So wie ich, nur der Unterschied ist, ich habe es raus geschafft. Am Tag nach meiner Entlassung habe ich mir dieses Tattoo stechen lassen. Sie symbolisieren meinen Schutzengel. Welcher mich damals vor dem Erwachsenenvollzug gerettet hat. Und sie beschützen mich vor weiteren Blödheiten.<<

>>Naja du hast mich entführt, ist das denn keine Blödheit? << Meine Augenbrauen ziehen sich ein Stück weit zusammen bei der Frage.

>>Ich arbeite noch an mir. Aber man könnte auch sagen, dass es eben nun mal mein Job ist.<<

Bei dem letzten Satz muss ich schmunzeln.

Nachdenklich streiche ich durch sein weiches Haar. >>Was hast du gemacht? Warum warst du im Gefängnis?<<

Seine Miene verdunkelt sich und ein Schatten legt sich über sein Gesicht.

>>Es war wegen Körperverletzung an einem anderen Mitglied einer Gang, der ich damals angehörig war. Es war Selbstverteidigung. Nur das Interessierte das Gericht jedoch nicht. Sie sahen in mir nur einen jugendlichen Straftäter. Ein Straftäter, der es wieder tun würde. Sie sahen in mir eine potenzielle Gefahr für andere Mitmenschen.<<

Mit einem Ruck richte ich mich auf. Alec erhebt sich ebenfalls und schaut mich verwirrt an. Seine Worte drangen durch mich hindurch und ich hatte ein Gefühl von Fassungslosigkeit.

>>Alec.<<, setzte ich an.

>>Auch, wenn du mich entführt hast, glaube ich, nein, ich weiß es, dass du ein guter Mensch bist. Ich weiß ehrlich gesagt nicht, was mit mir hier passieren wird, aber was es auch sei, ich bin froh dich an meiner Seite zu haben.<<

Ruckartig nimmt er mich in seine Arme und drückt mich fest an seine Brust.

Er gibt mir einen Kuss auf die Stirn und mein beinahe kaltes Herz beginnt immer mehr aufzutauen.

>>Ach das hätte ich beinahe vergessen.<< Alec fischt ein Stück Papier aus seiner Hosentasche und hält es mir entgegen.

Gespannt nehme ich es an mich und beginne zu lesen.

Hallo KittyKat,

Ich gebe dir ab sofort 24 Stunden, in denen du dich entscheiden musst. Entweder du bleibst ein Jahr an meiner Seite oder dein Vater ist der nächste auf meiner Todesliste. Gerne kannst du dann demnächst auch seiner Beerdigung beiwohnen.
Du kannst mir jederzeit deine Entscheidung mitteilen.

Mit zitternden Händen lege ich das Blatt Papier nieder.
>>Was hat das zu bedeuten? Was will er von mir?<<
Wütend zerreiße ich das Papier neben mir.
Mit gesenkten Blick murmelt Alec vor sich hin.

>>Er will dich. Er ist seit eurer ersten Begegnung von dir besessen. Er will dich besitzen. Er hofft, in diesem einen Jahr eine Abhängigkeit von ihm zu schaffen und du nach der Zeit freiwillig bei ihm bleiben wirst.<<
Was sagt er da? Mason will mich besitzen? Ich wusste schon immer, er hat eine ungesunde Besessenheit von mir, aber mich hier einzusperren ist krank. Würde er mich überhaupt nach diesem Jahr gehen lassen?
Oder würde er mich überhaupt gehen lassen, falls ich mich dagegen entscheiden würde?
Ich muss meine Entscheidung überdenken. Soll mein Vater sterben wegen mir? Oder soll ich hier als Sklave von diesem Kranken Psychopathen bleiben? Was wird er mit mir machen, wenn ich hierbleibe?
Schmerzlich wird mir klar, dass ich innerlich bereits eine Entscheidung getroffen habe.

>>Ich muss zurück, nicht dass er noch Verdacht schöpft. Ich komme bald wieder. Versprochen.<<

Alec hebt seine Hand wie bei einem Schwur und verlässt den Raum.

Die Tür fällt ins Schloss und ich bin wieder alleine in dieser düsteren Atmosphäre.

Nervös blicke ich mich im Raum um und entdecke etwas, das ich zuvor nicht gesehen hatte. Eine Kamera in der Ecke des Raumes und daneben einen Lautsprecher.

Ob er uns die ganze Zeit beobachtet hat?

Mason

Wie sie sich wohl entscheiden wird? Ob sie noch ein Familienmitglied beerdigen will oder ob sie es doch eher vorzieht, dies erstmal nicht zu tun. So oder so.

In spätestens 24 Stunden werde ich es erfahren.

Ich habe die beiden durch die Kamera beobachtet. Wie Alec in das Zimmer kam, ihre Blicke und dann, wie sie ihn zu ihrem Bett gebracht hat. Ich habe alles gesehen.

Von dem ersten Kuss bis hin zu dem Moment wo er sie gefickt hat.

Eigentlich sollte ich wütend auf ihn sein, aber ich weiß etwas, was die beiden nicht wissen.

Ich weiß das es nicht das erste Mal war.

Ich weiß dass sie sich das erste Mal in der Bar getroffen haben. Er hatte nur den Auftrag sie zu beobachten, aber er ging viel weiter und hat sich ihr angenähert.

Ich kann ihm keinen Vorwurf machen. Sie ist etwas Besonderes.

Mit ihm kann ich teilen, aber ihm muss klar sein, am Ende wird sie sich für mich entscheiden. Am Ende wird sie mich darum anbetteln sie zu ficken und nicht ihn.

Gedankenversunken zünde ich mir eine Zigarette an und nehme einen tiefen Zug.

In meinen Stuhl zurückgelehnt, beobachte ich weiterhin die Kameras.

Ein Grinsen huscht mir über die Mundwinkel. Alec kommt in Richtung meines Büros.

Mal sehen, was er mir zu erzählen hat.

Meine Bürotür öffnet sich und er tritt ein. Ich muss nicht einmal sein Gesicht sehen, um zu wissen, dass er sich schuldig fühlt.

Ich kenne ihn bereits zu gut. Besser als er zu wissen glaubt.

>>Alles erledigt.<<

Er sinkt zurück in den Lederstuhl mir gegenüber und zündet sich ebenfalls eine Zigarette an.

Der Rauch steigt hoch und bleibt an der Hohen Decke des Raumes hängen.

Lässig streicht er sich seine braunen Haare aus dem Gesicht.

Mit einem leisen Quietschen drehe ich meinen Stuhl in Richtung Schreibtisch und wende mich ihm zu.

Stillschweigend beuge ich mich vor zu ihm.

>>Wie war es?<<

>>Wie war was?<<, fragt mich Alec sichtlich verwirrt

Ich schnaube. >>Sie zu ficken natürlich.<<

Schockiert lässt er seine Kippe fallen. Schnell fängt er sie auf bevor sie auf den Teppich fällt und ein Loch einbrennt.

Teuflisch grinse ich und stehe auf.

Mit ein paar Schritten stehe ich hinter ihm und beuge mich vor. Auge um Auge.

Er riecht ein wenig nach Kate.

>>Ich habe euch durch die Kamera beobachtet. Die hast du wohl vergessen. Tzzztzzz.<<

Meine Zunge schnalzt garstig, was ihn zusammenzucken lässt.

Seine Pupillen weiten sich und sein ganzer Körper versteift sich. Ich kann seine Angst förmlich riechen und ich genieße es.

Locker lege ich meine Hand auf seine Schulter und drücke diese etwas zu fest.

Jegliche Farbe ist aus seinem Gesicht gewichen.

\>>Ich weiß auch, dass es nicht das erste Mal war. Aber hey, ich kann teilen. Nur eines muss dir klar sein. Es wird der Tag kommen an dem sie sich für mich entscheiden wird. Bis dahin kannst du gerne deinen Spaß mit ihr haben.<<
Ich nehme ihm gegenüber Platz und zwinkere ihm zu.
\>>Whisky?<<

Kapitel 18

Alec

Die Zeit ist nun beinahe abgelaufen und von Kate kam noch immer keine Entscheidung.

Müde, noch im Halbschlaf stehe ich am Kai und warte. Ich warte auf die nächste Lieferung für die Venturis.

Seine beiden Gorillas stehen, mit ein paar Metern Abstand, hinter mir und beobachten das Geschehen.

Ich höre sie hinter mir auf Italienisch labern. Am liebsten würde ich ihnen sagen, dass sie ihr verdammtes Maul halten sollen.

Für so einen Scheiß ist es definitiv noch zu früh und ich habe zu wenig geschlafen.

Die Sonne geht langsam hinter dem Horizont auf und immer mehr Arbeiter der Docks strömen zu den Schiffen, um ihrer täglichen Beschäftigung nachzugehen.

Die meisten Gesichter hier kenne ich bereits von meinen wöchentlichen Besuchen. Die meisten kennen mich ebenfalls bereits und grüßen freundlich, wenn sie mich sehen.

Der erste Container steht bereit zur Kontrolle und ich mache mich auf den Weg in Richtung der Anlegestelle.

Der Zollmitarbeiter steht bereit und wartet auf mich in seiner orange-leuchtenden Weste.

>>Hey Alec, alles klar bei dir? Siehst heute ganz schön fertig aus. Schon wieder eine Woche vorbei hä? Wie die Zeit verfliegt.<<

Gut gelaunt wie immer fängt Tom mit seinem nervigen Smalltalk an.

Mit einem falschen Lächeln komme ich ihm entgegen.

>>Ach das Übliche. Du weißt ja, es ist immer dasselbe. Viel tut sich nicht.<<

Eifrig nickt er und holt ein Klemmbrett hervor.

Aus dem Augenwinkel kann ich einen Blick darauf erhaschen.

50 Kisten Tafelbesteck. Aha.

Er bemerkt meinen Blick und wirft mir ein Zwinkern zu.

>>Man für ein Restaurant benötigt man wohl viel Besteck.<<

Unauffällig stecke ich ihm ein Bündel Geld zu und nicke. Dankbar nickt er zurück und zieht seine Kappe tiefer ins Gesicht, ehe er einen Schritt zur Seite macht, um uns Platz zu machen.

>>Jungs, ihr könnt verladen.<<, rufe ich den Gorillas zu, welche sich unverzüglich in Bewegungen setzen und anfangen Kisten zu schleppen.

>>Ich mache mich dann wieder auf den Weg. Bis nächste Woche.<<

Meine Stimme hallt über den Platz, während ich mich dem schwarzen Audi nähere.

>>Richte Mason meine Grüße aus <<, ruft mir Tom entgegen und winkt mir noch kurz zu, ehe er sich abwandte und ebenfalls seinen Weg geht.

Der Motor brummt und ich mache mich auf den Weg zurück in die Stadt. Die ganze Fahrt über denke ich über Masons Worte nach.

Es wird der Tag kommen an dem sie sich für mich entscheiden wird. Bis dahin kannst du gerne deinen Spaß mit ihr haben.

Er hat danach kein Wort mehr über die Sache verloren und sein Verhalten mir gegenüber ist wie immer. Manchmal ist er schwer zu verstehen.

So sehr wollte er Kate finden und besitzen. Aber scheinbar hat er kein Problem, sie mit mir zu teilen.

Im Gegenteil, es scheint so, als würde es ihn amüsieren. Ob das irgendeines seiner Spiele ist?

Seine dunklen, beinahe schwarzen Augen hatten einen teuflischen Blick. Immer wieder denke ich darüber nach, was passieren sollte, falls sie sich wirklich für ihn entscheidet.

Würde ich damit klarkommen?

Mein Verstand sagt ja, aber mein Herz sagt nein.

Kate

Ich habe nur noch wenige Stunden, um meine Entscheidung zu fällen. Was wohl passiert, wenn ich ihm keine mitteile? Wird er dann dennoch meinen Vater töten und mich behalten? Wird er mich dann für immer hier einsperren? Werde ich mein restliches Leben hier in diesem kleinen Raum gefangen sein und vor mich hinvegetieren?

Unruhig tigere ich durch den Raum von A nach B. Ich ziehe meine Kreise und überdenke mein Handeln.
Mein Vater hat mich verkauft. Soll ich ihn wirklich retten, in dem ich zustimme bei Mason zu bleiben? Ihm war mein Wohlergehen genauso egal.
Vielleicht sollte ich einfach seinen Tod und meine Freiheit wählen.
Mein Blick wandert immer wieder zur Kamera. *Ob er mich in diesem Moment beobachtet?*
Nervös knabbere ich an meinen Fingernägeln.
Scheiß drauf. Ich richte meinen Blick wieder auf die Kamera in der Ecke des Raumes.

>>Ich habe mich entschieden.<<
Ein Buzzer Geräusch ertönt und die Türe geht einen Spalt auf. Neugierig trete ich an die Türe heran und stoße sie einen Spalt weiter auf.
Vorsichtig gleite ich durch Tür und Rahmen und schaue mich in den Flur, um in welchen ich nun stehe.
Die grellen Lichter der Deckenlampen erhellen den dunklen Flur. Unzählige Bilder zieren die Wände um mich herum.

An einem Ende ist eine Sackgasse mit Fenster und auf der anderen Seite befindet sich eine schwarze Stahltüre.

Barfuß gehe ich in Richtung des Fensters, um einen Blick nach draußen zu werfen und mich umzuschauen.

Scheinbar befinde ich mich im zweiten Stock. Ich sehe die Sonne aufgehen, während sich der Himmel orange und lila färbt.

Am Horizont sehe ich einen Wald, über dem die Sonne aufgeht. Hohe Bäume am Horizont.

>>Du hast dich also entschieden?<<

Beinahe zu Tode erschreckt, zucke ich zusammen und fahre herum. Eine große, mächtige Gestalt steht vor mir und sieht auf mich herab.

Dunkle Augen starren mir entgegen. Ich nicke selbstbewusst.

>>Ich bleibe. Ich will nicht mit dem Gewissen leben müssen, dass mein Vater wegen mir stirbt <<, entgegne ich ihm selbstbewusst..

Er lehnt sich mit seinem ganzen Körper vor. Seine Körperwärme kommt mir entgegen und lässt mich beinahe verbrennen.

>>Gute Entscheidung, KittyKat <<, flüstert er mir in mein Ohr, ehe er meine Hand nimmt und mich zurück ins Zimmer führt, aus dem ich eben gekommen bin.

Kate

Schon als Kind habe ich mich sehr oft gefragt, wie es wohl wäre, wenn ich in eine andere Familie geboren wäre.

Wäre mein Leben dann besser oder einfach nur auf eine andere Art und Weise beschissen?

Meine Mutter hat mich von Anfang an gehasst, genauso mein Vater.

Er wollte immer einen Jungen, somit war meine Geburt eine herbe Enttäuschung für ihn.

Meine Eltern haben noch lange nach meiner Geburt versucht, noch einmal schwanger zu werden, jedoch ohne Erfolg. Ich blieb ein Einzelkind.

Mit der Zeit fühlte ich mich immer mehr wie eine Last für die beiden. Ich war eine Last für ihre Beziehung.

Das haben sie mir immer wieder deutlich zu verstehen gegeben.

Körperliche und psychische Gewalt war kein Einzelfall in meinem Leben, es hat eher mein Leben bestimmt. Genauso wie Angst und Selbstzweifel.

In der Öffentlichkeit wurde ich von beiden wie eine Prinzessin behandelt und in den Himmel gelobt, jedoch hinter verschlossenen Türen war ich für sie nur ein Stück Vieh, was sie zur Schau stellen konnten.

Um zu inszenieren, wie perfekt wir nicht sind.

Wäre ich nicht in diese Familie geboren, würde ich jetzt nicht vor einem Typen, welcher mich entführen lassen hat, knien um ihm einen zu blasen.

Mit einer Hand öffnet Mason seinen Gürtel und mit der anderen Hand hält er meinen Kopf fest in seinem Griff. Sein steifer Schwanz springt mir entgegen.

>>Du weißt, was du Zutun hast.<<
Zögerlich nehme ich seine Spitze in den Mund und schmecke die bitteren Lusttropfen auf meiner Zunge.
Ungeduldig drückt er sich mir entgegen und schiebt mir seinen Schwanz tief zwischen die Lippen.
Scheiße ist der groß.
Mit einem leichten Würgen beginne ich ihm einen zu blasen.
Meine Zunge umspielt seine Eichel, abwechselnd nehme ich ihn tiefer und dann wieder weniger tief in den Mund.
Ein dunkles Stöhnen verlässt seine Lippen und er wirft seinen Kopf in den Nacken. Währenddessen hält er meinen Kopf immer noch fest in seinem Griff.
Ich fühle das Pulsieren in meinem Rachen. Er ist kurz vor dem kommen.

>>So einfach mache ich es dir nicht <<, ertönt seine tiefe Stimme.
Seine dunklen Augen funkeln mir entgegen und er entzieht sich mir.
Mit einem Arm zieht er mich hoch und trägt mich zum Bett an der Wand.
Er setzt mich ab und dreht mich um. Ruckartig zieht er mich am Becken hoch, so dass ich vor ihm Knie.
Seine Finger gleiten über meine Körpermitte und halten an meiner Klitoris. Seine Finger hinterlassen ein brennendes Kribbeln auf meiner Haut.
Sanft massiert er mich und mir entkommt ein Stöhnen, welches mich selbst erstaunt.

Ich wage einen Blick nach hinten und sehe, dass Mason unbemerkt sein schwarzes Hemd ausgezogen hat.

Sein Oberkörper schimmert im sanften Licht der Stehlampe. Ich sollte es hassen, aber sein Anblick und seine Berührungen lassen mich nach mehr verlangen.

Wie hypnotisiert betrachtet er seine Finger, an denen meine Feuchtigkeit klebrig glänzt.

Mit einem Grinsen leckt er sich die Finger eher, er ansetzt, um in mich einzudringen.

Mein Unterleib kribbelt vor Lust, während er quälend langsam in mich eindringt.

>>Wie ich sehe gefällt es dir.<< Seine Stimme durchbricht die Stille zwischen uns.

Meine Nackenhaare stellen sich auf und eine Gänsehaut überzieht meinen kompletten Körper.

Seine Stöße sind rhythmisch und mein Körper reagiert darauf.

>>Ich hasse dich.<< Gebe ich ihn mit zusammengekniffenen Kiefer zu verstehen.

Und ich hasse es noch mehr, dass es mir gefällt.

>>Vielleicht fühlt es sich deshalb so verdammt gut an. Hass ist auch eine Emotion und Emotionen gehören nun mal zu Sex.

Weißt du noch? Dieses eine Mal? Der Tag, an dem du deiner Lust freien Lauf bei mir gelassen hast? Hat es sich damals genauso gut angefühlt? Sag es mir.<<

Seine Worte reißen alte Wunden in mir auf. Mit jedem Stoß wird er stärker und härter.

>>Du hast mich damals unter Drogen gesetzt. Wegen dir hat Henry mich verlassen. Das werde ich dir nie verzeihen.<< Als ich seinen Bruder erwähne fängt er an mich immer härter zu ficken.

Sein Bruder war schon immer sein wunder Punkt.

>>Das beantwortet nicht meine Frage <<, wispert er mir ins Ohr während er sich neben mir abstützt.

>>Ich kann mich kaum daran erinnern. Es war wohl nicht so berauschend.<< *Das ist gelogen.*

>>Du lügst.<<

Mit einem Handgriff dreht er mich auf den Rücken. Seine Augen gleiten über meinen Körper.

Sanft streicht er das Kleid nach oben und legt meine Brüste frei.

Mit einer Hand knetet er meine Brust und mit der anderen reibt er sich seinen Schwanz.

Ich wende meinen Blick ab. In mir wütet ein Kampf.

Ich hasse das alles hier so sehr, aber gleichzeitig liebe ich es. Ich hasse es, dass ich es liebe. Und dafür hasse ich mich selbst umso mehr.

>>Sieh hin.<< Sein Ton ist hart und befehlend. Weiterhin weigere ich mich und schließe die Augen.

>>Ich werde es nicht noch einmal sagen. Sieh verdammt nochmal hin.<<

Widerwillig öffne ich die Augen. Seine Mundwinkel ziehen sich nach oben und er grinst mich an.

>>Gut so.<< Seine Stimme ist nur noch ein dunkles Raunen.

Kniend platziert er sich zwischen meine Beine und dringt mit einem Stoß komplett in mich ein.

Er füllt mich mit seiner Länge komplett aus. Mein Körper fühlt sich an, als würde er mich in zwei reißen.

Stoß für Stoß steigt eine Hitze in mir auf. Mein Körper kribbelt und ich fühle mich, als hätte ich Fieber.

Auf seinem Oberkörper bilden sich kleine Schweißperlen und sein Atem wird deutlich lauter und schneller.

Seine Wangen und Ohren werden rot und sein Blick verhangen.

Mason beugt sich nach vorne und flüstert mir schon beinahe in mein Ohr. >>Komm für mich.<<

Als hätte ich nur sein Wort gebraucht, explodiere ich und eine starke Orgasmus Welle kommt über mich.
Kurz danach fühle ich wie Masons Schwanz in mir pulsiert und er ebenfalls kommt.

Kapitel 19

Mason

Seit einer Woche habe ich Kate nun bei mir. Seit ihrer
Entscheidung hatten wir keinen Sex mehr. Ich will, dass sie
mich darum anbettelt.
Sie soll mich darum anbetteln sie endlich wieder zu ficken. Ich
will, dass sie mich mehr begehrt als alles andere auf der Welt.
Die meiste Zeit beobachte ich sie durch die Kameras. Das
ganze zweite Stockwerk steht ihr zur Verfügung, in welchem
sie sich frei bewegen kann.

Sie verbringt die Zeit meistens mit Lesen und manchmal schaut
sie Filme oder Serien.
Sie schaut diese Art von Liebesfilmen, in denen der gute Typ
am Ende die Frau bekommt und die beiden dann bis zum Ende
ihres Lebens glücklich miteinander verheiratet sind.
Zum kotzen. Weit ab von der Realität. Da könnte sie sich auch
direkt Fantasyfilme ansehen. Denn etwas Anderes ist es nicht.
Fantasie.
Es gibt kein und sie lebten glücklich bis zum Ende ihres
Lebens. Es gibt nur Leid, Schmerz und Lust.
Es ist bereits weit nach zwanzig Uhr und es wird Zeit für mich,
Feierabend zu machen.
Ich klappe meinen Laptop zu und verstaue meine Papiere in
den Schubladen eines Aktenschrankes.

>>Sag Ben, er soll den Wagen holen.<<
Alec nickt und macht sich auf den Weg Richtung Ausgang.

Seine große Gestalt verschwindet durch die Große Glastür und ich sehe seine Silhouette langsam verschwinden.
Kurze Zeit später verlasse ich ebenfalls das Büro und begebe mich in Richtung Aufzug.
Zufrieden richte ich meine Krawatte in der spiegelnden Aufzugstüre.

* * * *

Ich trete durch die Eingangstüre des Hauses und eine angenehme Stille umgibt mich. Die Wärme des Kamins aus dem Wohnzimmer kommt mir entgegen und ich höre das beruhigende Knistern des Feuers.
Zielstrebig gehe ich hoch in den zweiten Stock.

Die Türe ist mit einem Zahlencode und einer Alarmanlage versehen, um sicherzugehen, dass keiner unbemerkt rein oder rauskommt.

Ich schlendere durch den Flur in Richtung Schlafzimmer.
Kate sitzt mit einem Buch auf dem Bett. Sie bemerkt mich erst, als ich schon beinahe vor ihr stehe.
Sie zieht eine Augenbraue hoch und mustert mich von oben bis unten.
Wortlos halte ich ihr meine Hand entgegen. Zögerlich nimmt sie diese an und ich ziehe sie aus dem Bett.

>>Wohin gehen wir?<<, fragt sie mich verunsichert.
Ihre zarte Hand verschwindet in meiner, während ich sie mit mir ziehe.
Am Ende des Flures bleibe ich stehen. Ich stecke einen Schlüssel in das Türschloss und mit einem Kopfnicken gebe ich ihr zu verstehen, die Tür zu öffnen.

Zögerlich dreht sie den Schlüssel und drückt die Klinke nach unten.

Eine Dunkelheit umgibt uns, ehe ich den Lichtschalter zu meiner Rechten betätige.

Die Helligkeit lässt Kate blinzeln, ehe sie erkennt, was sie hier vor sich hat. Sprachlos geht sie ein paar Schritte in das Innere des Raumes und sieht sich um.

Der Boden knarzt leicht unter ihr, während sie sich dreht, um sich den Raum genauer anzusehen.

Plötzlich dreht sie sich ruckartig zu mir um. >>Für dich.<<

Ihre Kinnlade klappt beinahe nach unten und ich sehe, dass sie sprachlos ist.

Meine schweren Schritte komme ich immer näher. Sie bleibt wie angewurzelt stehen und schaut mir tief in die Augen. Ihre Augen blicken hoch zu mir und ich habe das Gefühl, mich wieder einmal in ihnen zu verlieren.

>>Ich habe das Tanzstudio für dich bauen lassen, bevor du zu mir gekommen bist. Damit du tanzen kannst und dich nicht langweilst. Ich weiß wie viel dir das Tanzen immer bedeutet hat und noch immer bedeutet.<<

Ich nicke in Richtung des Schrankes zu meiner linken. >>Dort findest du Kleidung und Trainingsgeräte, falls du welche benötigst.<<

Kaum hat sie sich wieder gefangen, kommt sie auf mich zu. >>Soll ich dir nun dankbar sein? Denkst du, alles ist gut nur, weil du mir ein Studio bauen lassen hast? Du hast mich fucking entführt und mich vor die Wahl gestellt hierzubleiben oder dich meinen Vater ermorden zu lassen. Also tut mir leid, wenn ich jetzt nicht sonderlich dankbar bin.<<

Wütend zeigt sie mir den Mittelfinger.

Schneller als sie schauen kann, habe ich meine Hand an ihrem Hals und drücke ihr leicht die Luft ab.

>>Du kannst froh sein, dass du überhaupt etwas bekommst bei deiner Attitüde. Eigentlich sollte ich dich hierfür in deinem Zimmer einsperren lassen und hungern lassen.<<
Sie zischt wütend, als ich sie loslasse und sie ein paar Schritte nach hinten stolpert.

>>Ich weiß von dir und Alec. Glaub mir, ich bin nicht so wie ich heute bin wegen irgendeiner tragischen Geschichte in meiner Kindheit oder Jugend. Ich bin nicht misshandelt worden, gemobbt oder sonst was. Ich bin so wie ich bin, weil ich einfach ein Wichser bin. Ich liebe es, meine sadistische Seite auszuleben.<<
Meine Worte lassen sie aufhören. Ihre Augen weiten sich und sie tritt einen Schritt zurück, um Platz zwischen uns zu schaffen.

>>Weißt du, wie deine Mutter gestorben ist?<<, frage ich Kate mit einem dumpfen Lachen.
Sie schüttelt den Kopf und starrt mich mit ihren dunklen Augen an.
Langsam gehe ich auf sie zu. Schritt für Schritt. Jeder meiner schweren Schritte lassen sie ein wenig zusammenzucken.
>>Sie hat um ihr Leben gebettelt, als ich ihr meine Waffe an die Stirn gehalten habe. Sie hat mich darum gebettelt, sie zu verschonen. Und weißt du was noch?<<

Während ich das sage, lehne ich mich ein Stück vor und schaue ihr direkt in die Augen.
>>Sie hat gesagt: Nimm Katherine statt mich. Töte sie.<<
Ihr Körper versteift sich bei diesen Worten. >>Dann habe ich abgedrückt. Die Schlampe hat es verdient.<<

Zu meiner Verwunderung sehe ich keine einzige Träne oder einen Anflug von Trauer in ihrem Gesicht.
Emotionslose Augen starren mich an.

>>Niemand hat es verdient so zu sterben. Nicht einmal meine Mutter <<, entgegnet Kate mit brüchiger Stimme.
>>Niemand? Wirklich niemand? Was ist mit den ganzen Monstern auf dieser Welt?<<
Wütend gestikuliere ich mit meinen Händen.
Eine Stille zieht sich durch den Raum, ehe sie wieder ihre Stimme gefunden hat.

>>Das ist nicht dasselbe.<< Verächtlich schnaube ich.
>>Was ist mit all den Kinderschändern, Mördern und Vergewaltigern? Haben die es auch verdient zu leben?<<
Neugierig hebe ich eine Augenbraue an.
Sie lächelt mich an. >>Was unterscheidet diese von dir? Also, was unterscheidet dich von anderen Mördern und Vergewaltigern?<<

Da will es aber jemand wissen. Sie steht kerzengerade vor mir und sieht zu mir hoch. Ihre Lippen sind fest aufeinander gepresst.
>>Hast du vergessen? Ich hatte deine Zustimmung, und das auf Video. Noch mehr als das. Man sieht darin das du mich anbettelst dich endlich zu ficken.<<
Diabolisch grinsend mache ich noch einen Schritt auf sie zu. Ihre Brust berührt nun meine.

>>Und das mit dem Morden. Das ist meine Natur, ich jage und erlege.<<
Ohne ein weiteres Wort zu verlieren, trete ich einen Schritt zurück und verlasse den zweiten Stock. Ich lasse sie alleine mit meinen Worten. Meiner Offenbarung.

Alec

Es ist kurz nach Mitternacht und ich liege in meinem Bett.
Meine kleine Wohnung droht mich zu ersticken.
Die Wände kommen immer näher und ich bekomme kaum
noch Luft.
Seit einigen Tagen quälen mich Albträume, welche mich nicht
schlafen lassen.
Denn sobald ich meine Augen schließe, sehe ich nur noch
Blut.

Ich sehe mich selbst von außen, wie ich meinen Vater
erschieße. Wie das Blut und die Gehirnmasse sich über die
Wand verteilen.
Es ist nicht so, dass ich es bereue, aber in meinem Inneren hätte
ich es mir anders gewünscht.
Einen etwas weniger blutigen Tod.
Sein flehender Blick gab mir die Genugtuung, nach welcher ich
lange gesucht hatte. Mit dieser Tat hat sich all meine über Jahre
aufgestaute Wut in Luft aufgelöst.

Brrrrr. Brrrr.
Mason. Sein Name erscheint auf dem Display. Etwas genervt
drücke ich ihn weg.
Brrrr. Brrrr. Er gibt einfach nicht auf. Am liebsten würde ich
mein Smartphone gegen die schmutzige Wand vor mir werfen.
>>Du weißt schon, wie spät es ist, oder?<<, frage ich ihn etwas
genervt von dem Schlafmangel.

>>Jaaaa, ich weiß ja-<< Er scheint bereits ein paar Probleme zu
haben, normal zu sprechen.

Er hat eindeutig getrunken.

Ich höre, wie im Hintergrund Glas zerspringt.
>>Mason? Alles gut? Was ist passiert?<<
Er stöhnt gelangweilt in den Hörer. >>Alleine zu trinken macht keinen Spaß.<<
In meinem inneren Auge male ich mir alles Mögliche aus, was er in seinem Zustand mit Kate machen könnte.
Wenn er trinkt, ist er noch unberechenbarer und sehr leicht reizbar.

>>Ich komme vorbei.<<, sage ich knapp und lege auf. *Scheiße. Scheiße. Scheiße.*

* * * * *

Schnell bin ich angezogen und mache mich auf den Weg in Richtung Auto. An diesem Abend habe ich so viele rote Ampeln überfahren wie noch nie in meinem ganzen Leben zuvor.
Innerhalb kürzester Zeit trete über seine Türschwelle in die leere Eingangshalle des Hauses.
Diese ist schon beinahe klinisch sauber und leer bis auf einen weißen Teppich und ein Bild an der Wand.
Laute Musik dröhnt durch die Boxen durch die Flure. Ich kann den Ursprung der Musik in Masons Schlafzimmer lokalisieren.

Er steht am Fenster und zieht, wie es aussieht, Koks von der Fensterbank, während er mit der anderen Hand ein volles Glas in der Hand hält.

Ich werfe meine Jacke auf den Stuhl in der Ecke und nähere mich Mason. Als er mich hört, drehte er sich ruckartig zu mir um.
Seine Pupillen sind enorm riesig und seine Hände zittern etwas von seinem übermäßigen Konsum.

Er hebt seine Arme und umarmt mich. >>Hey, was machst du denn hier? <<, fragt er mich freudig.
>>Alter, du hast mich angerufen. Schon vergessen?<<
Er legt den Kopf in den Nacken und scheint zu überlegen.

Ich habe ihn noch nie so gesehen. Er war kein Mensch, der die Kontrolle verlor und sich so irrational benahm.
Das sieht ihm überhaupt gar nicht ähnlich.
Schwer lässt er sich auf sein Bett fallen und starrt an die Decke.

>>Vor einer Woche hatte ich Sex mit Kate. Da hat sie...sie hat etwas erwähnt.<<
Ich warte, aber er spricht nicht weiter. Aber will ich es überhaupt wissen?
Widerwillig gebe ich nach und frage nach.
>>Was hat sie denn erwähnt?<<
.
Neugierig beobachte ich Mason, wie er sich langsam aufrichtet und mich anstarrt.
Er erstarrt für einen Moment.
Seine Augen werden immer größer und er wirkt wütend.
Plötzlich wirft er sein volles Glas gegen die Wand.
Die Flüssigkeit tropft von der Wand und Scherben sammeln sich am Boden.
>>Wieso hat sie damals meinen Bruder gewählt und nicht mich? Er ist so ein Wichser. Ich meine, warum? Wir sehen genau gleich aus. Wir sind eineiige Zwillinge.
Wir sind quasi dieselbe Person. Nur bin ich die bessere Wahl.
Ich habe ihn schon immer gehasst. Er ist ein Schwächling...und

dennoch hat sie ihn mir vorgezogen. Vielleicht sollte ich ihn auch einfach töten.<<

Er hält inne. >>Auch dieses Mal. Ich habe sie gefickt, aber was macht sie? Sie erwähnt Henry wieder.<<
Fuck. Er ist gerade richtig am Arsch. Vorsichtig nähere ich mich ihm und setze mich neben ihn auf das Bett.

>>Deinen Bruder zu ermorden wird es nicht besser machen. Damit gibst du ihr nur noch mehr Grund, dich zu hassen.<< Er überlegt.
>>Du hast recht. Scheiß drauf. Nun ist es eh egal. Sie gehört nun nur mir.<<

Kate

Seit Stunden dröhnt laute Musik durch das Haus.
Scheinbar hat Mason unten seinen Spaß und ich sitze hier im
Dunkeln meine Stunden ab.
Die Bässe lassen mich nicht schlafen, unruhig drehe ich mich
von links nach rechts und von rechts nach links.
Meine Gedanken kreisen um Mason. Trotz seiner
unausstehlichen Art und seinen psychopathischen Zügen hat er
etwas Nettes getan.
Er hat für mich ein Tanzstudio eingerichtet.

Aber andererseits wäre ich ohne ihn gar nicht hier. Meine
Gedanken verschwimmen ineinander und es wird immer
schwieriger, ihn einzuordnen.
Ob er nun einfach ein Wichser und Psychopath ist oder ob er
nicht doch etwas Menschliches an sich hat.
Aber kein Mensch kann doch einfach nur böse sein, oder?
Jeder hat eine gute Seite, nur ist diese nicht immer erkennbar
auf den ersten Blick.
Als ich seinen Bruder erwähnt habe, konnte ich eine Regung in
seiner sonst so kalten Miene erkennen. Es war Wut und noch
etwas. So was wie Enttäuschung, wenn ich mich nicht irre.
Ich kann mich selbst kaum denken hören bei diesem Lärm.

Als hätte er meine Gebete erhört, verstummt die Musik und es
kehrt endlich Stille ein. Meine Augenlider werden plötzlich
ganz schwer und meine Augen fallen zu.
Ich erlebe jede einzelne Begegnung mit Mason und Henry
wieder. Jede Berührung, jedes Wort und jeder Blick fühlen sich
so echt an. Als wäre es nicht nur ein Traum.

In meinem Traum verschwimmen die beiden zu einer Person und es ist so, als würde ich mich nie entscheiden müssen. Plötzlich bin ich an dem Abend, an dem alles den Bach runter ging. Ich träume von dieser Partynacht kurz vor dem Schulabschluss. Ich hatte bereits etwas getrunken und Mason kam auf mich zu.
Er setzte sich neben mich auf die kleine Holzbank im Garten.

Er lächelte mich an und hielt mir einen dieser roten Plastikbecher mit Cola entgegen. Ich nahm den Becher dankend an und trank davon.
In diesem Moment hatte ich die Hoffnung, er würde mich endlich als die Freundin seines Bruders akzeptieren und nicht mehr. Das er endlich aufgeben würde.
Auch wenn eine Anziehung meinerseits da war, wusste ich, dass ich Henry liebte und dass er es ist, den ich will. Nur ein kleiner Funken in mir wollte wissen, wie es ist, Mason zu berühren, ihn zu küssen und ihn zu fühlen.
Diese kleine Spannung war immer spürbar, eine Spannung von beiden Seiten.
Seine dunklen Augen zogen mich in seinen Bann und ich konnte meinen Blick nicht von ihm wenden.
Er redete mit mir, jedoch hatte ich nur ein paar Wort fetzen mitbekommen.
Er sprach über die Party und über was weiß ich noch alles.
Mein Blick blieb an seinen Lippen hängen.
Vor meinen Augen verschwamm alles, nur ihn konnte ich noch klarsehen.

>>Ist alles in Ordnung?<<,
Ich nickte,aber ich sank langsam nach vorne. Die Stimmen um mich herum verstummten. Eine nach der anderen.
Ich kann mich nur noch daran erinnern, dass ich in seinem Bett aufgewacht bin.
Wie ich dorthin kam, keine Ahnung.

Mason saß neben mir auf dem Bett und strich mir eine Strähne aus dem Gesicht. Seine Fingerspitzen strichen sanft über meine Stirn.

In diesem Moment fühlte ich mich das erste Mal in seiner Gegenwart unbekümmert und wohl.

Sein Körper strahlte eine wohlige Wärme aus, die auf mich überging.

Berauscht von all den Endorphinen genoss ich jede seiner Berührungen.

In meinem Organismus strömten irgendwelche Drogen, welche er mir durch die Cola verabreicht hatte.

Seine Lippen trafen auf meine. Unsere Zungen verschmolzen miteinander und wir wurden eins.

Ich konnte seine Hände überall auf meinem Körper spüren. Jede seiner Berührungen hinterließ ein Prickeln auf meiner Haut.

In diesem Moment konnte ich Einbildung von der Realität nicht mehr unterscheiden. Ich habe mich meiner Lust hingegeben und ihm gewähren lassen.

Meine Finger gruben sich in sein dichtes schwarzes Haar, als er in mich eindrang.

Er erstickte mein Stöhnen mit einem leidenschaftlichen Kuss. Gänsehaut überzog unsere Körper.

Fuck. Ich fahre erschrocken hoch. *Es war nur ein Traum.* Ich vergrabe mein Gesicht in den Händen. In mir tobt ein Gefühlschaos. Wie ein Tornado fegt es über mich hinweg und lässt mich zerstört zurück.

Warum kann ich es nicht einfach vergessen und ihn einfach nur hassen?

Nicht ganz 5 Jahre zuvor...

Kapitel 20

Mason

Es war ein Leichtes, ihr während der Party unbeobachtete Drogen unterzuschieben.

Manche würden sagen, dass sowas sehr verwerflich ist, aber es war ja nichts hartes.

Es war nur etwas, um sie etwas empfänglicher zu machen.

Dieses Pulver hat nur bewirkt, dass sie ihren Gelüsten und Fantasien nachgelassen hatte.

Sich fallen ließ.

Ich spüre noch immer ihre Körperwärme und ihren Geschmack auf meiner Zunge.

Man war sie sauer, nachdem sie in meinem Bett aufgewacht war.

Dachte sie kratzt mir nun die Augen aus. Musste ihr schwören, meinem Bruder nichts davon zu erzählen.

Aber das ist auch nicht nötig, ich habe etwas viel besseres als Worte.

Zufrieden schaue ich mir das Video an. Das Video von mir und Kate.

Mit einem Klick versende ich die Datei an Henry.

Grinsend lege ich mein Handy zur Seite und warte darauf, was passieren wird.

Ich lehne mich zurück und schalte den Fernseher an. Zappe durch die vielen Kanäle.

Durch Langeweile getrieben bleibe ich bei einer Serie stehen.

Es dauert nicht lange und meine Zimmertür fliegt mit einem Knall auf. Die Klinke knallt gegen die Wand und weißer Putz bröckelt ab.

Der Staub sammelt sich auf dem sauberen Boden
Henry stürmt wütend herein und zeigt auf mich.
>>Du bist ein toter Mann.<<
>>Auch dir einen guten Morgen<<, grüße ich ihn
heuchlerisch.
Sein Gesicht läuft dunkelrot an.
>>Ich habe dir gesagt, du sollst dich von MEINER Freundin
fernhalten. Was soll die Scheiße?<<

Nun stehe ich auf und komme einen Schritt näher.
>>Deine Freundin scheint nicht sonderlich loyal zu sein oder
sehe ich das anders?<<
Sein Gesicht verhärtet sich und ich mache mich schon bereit,
dass er mir eine verpasst.
Wütend ballt er seine Faust. Doch statt auch mich loszugehen,
sagt er nur folgendes.
>>Du hast recht. Sie ist nicht loyal und du auch nicht.<<

Wüsste er, dass sie unter Drogen stand, würde er vielleicht
anders denken. Aber es ist besser so, wenn er sie vergisst.

Kate

Mit dieser einen Nacht lag mein Leben in Scherben. Mason hat
alles auf Video aufgenommen und es natürlich Henry gezeigt.
Es ist der letzte Tag der Highschool angebrochen.
Nach der Abschlusszeremonie ist alles vorbei. Wir werden für
immer getrennte Wege gehen.
Seit er es erfahren hat, hat er kein einziges Wort mit mir
gewechselt.
Keine meiner Anrufe oder Nachrichten beantwortet. Komplette
Funkstille.
Aber um ehrlich zu sein kann ich es ihm auch nicht verübeln.
Ich würde wahrscheinlich genauso handeln wie er.
In den Schulfluren hat er stets meine Blicke gemieden und ging
mir so gut wie es ihm möglich war aus dem Weg.
Kein Einziges mal hat er mich wahrgenommen oder
angesehen.

Jeden Tag brach mein Herz ein Stück weit mehr auseinander.
Mir war es nicht möglich mit ihm zu sprechen.
Ich wollte ihm alles erklären, ihm sagen das ich mich selbst
hasste.
Und was ich ihn angetan hatte.
Ich wollte das er mich wahrnahm und Gefühle für mich hatte.
Auch wenn es nur das Gefühl von Hass war.
Alles war besser als ihm gleichgültig zu werden.

* * * * *

Eine Woche nach Beginn der Sommerferien lag ich weiterhin mitleidig in meinem Bett und bewegte mich nur, um auf die Toilette zu gehen.
Die ganze Woche ging das bereits so.
Meine Mutter war wieder in Seoul und daher konnte ich mich komplett gehen lassen.
Meine Augen sind von den ganzen Tränen verquollen und rot.
Wehmütig schaue ich mir ein Bild von Henry und mir an.
Meine Tränen wollen einfach nicht aufhören und die Schmerzen in der Brust werden immer stärker.
Es muss endlich enden.

Entschlossen stehe ich endlich auf und gehe nach Tagen duschen.

* * * * *

Eine Stunde später stehe ich vor dem riesigen Gebäude in welchem die Ashwood leben.
Ich atme einmal tief durch und betrete die Lobby. Zielsicher gehe ich auf den Portier zu.

>>Guten Tag, ich möchte zu Henry Ashwood. Würden Sie ihn bitte anrufen?<<
Der ältere Herr wählt die Nummer und nimmt den Hörer in die Hand.
Nach ein paar Sekunden wird scheinbar abgehoben und er führt ein kurzes Gespräch mit der Person an der anderen Leitung.

Nachdem er aufgelegt hat, lächelt er mir mild zu.
>>Mr. Ashwood ist auf den Weg in die Lobby. Sie können gerne hier vorne warten <<, sagt er und zeigt in Richtung der Sitzgruppe inmitten der Lobby.

Ich nicke ihm dankbar zu und nehme Platz.
Nach quälenden Minuten öffnet sich der Aufzug und eine
Person kommt auf mich zu.
Ich blicke hoch und sehe Mason mit einem selbstgefälligen
Grinsen im Gesicht.
Ich würdige ihn kaum eines Blickes und stehe auf.
>>Ich wollte mit Henry sprechen. Nicht mit dir.<<
Er fährt sich durch die Haare und sieht auf mich herab.

>>Tja, der ist nicht hier. Er ist einen Tag nach Abschluss
abgereist und er wird auch nicht mehr wieder kommen. Also
musst du mit mir vorliebnehmen<<, säuselt er schon beinahe
zufrieden.
Meine Gesichtszüge entgleisen mir kurzfristig und ich fühle
mein Herz heftig schlagen.
Tränen rollen über meine Wangen.
Geschockt lasse ich mich wieder auf dem Sofa nieder und sinke
zusammen wie ein nasser Sack.

Mason lässt sich neben mir nieder.
>>Pscht, alles gut. Du hast ja immer noch mich.<< Seine
dunklen Augen leuchten mich spöttisch an.
Dieser Satz trifft mich wie ein Blitz. Meine Augen funkeln
wütend und ich erhebe meine Stimme.
>>Was ist nur falsch mit dir? Wegen dir ist dein Bruder
abgehauen. Du hast ihn zerstört <<, wütende werfe ich ihm
diese Worte an den Kopf. >>Wir haben ihn zerstört.<<
Er lacht. Er lacht einfach nur.
>>Ich konnte ihn sowieso noch nie leiden.<<
Geschockt starre ich ihm entgegen. *Hat er das gerade wirklich
gesagt?*

Er spricht unbeirrt weiter. >>Hat es dir nicht gefallen? Ich
denke, das hat es. Wie du dich unter mir gewunden hast vor
Lust.<<

Seine Worte sind beinahe nicht mehr als ein schelmisches Flüstern.

>>Das hätte niemals passieren dürfen. Ich weiß nicht warum es Überhaupt soweit kam.<<

Verzweifelt fange ich wieder an zu weinen.

>>Ganz einfach, ich habe da ein bisschen nachgeholfen. Also das du dich mal entspannst und du deinen Gefühlen und Gelüsten freien Lauf lässt.<<

Irritiert denke ich nach. Versucht er mir gerade zu sagen, dass er mich unter Drogen gesetzt hat?

Ich lasse den Abend nochmal Revue passieren. *Die Cola.*

Er beobachtet mich von der Seite aus und schlägt die Beine übereinander.

Mason weiß genau worüber ich nachdenke und er genießt es sichtlich.

>>Es war in der Cola nicht wahr?<<

Als Antwort lächelt er bösartig. In diesem Moment drehen bei mir alle Sicherungen durch und ich erhebe meine Hand gegenüber Mason Ashwood.

Ein Klatschen hallt durch die Lobby. Ich nehme meine Tasche und verschwinde, ohne mich noch einmal umzudrehen.

Gegenwart...

Kapitel 21

Alec

So sehr ich es versuche, ich kann meine Gefühle nicht verbergen.

Ich weiß warum Kate hier ist und dass sie, seitdem sie amerikanischen Boden berührt hat, Masons Eigentum ist.

Unruhig gehe ich auf und ab, unsicher, ob ich durch diese Türe gehen soll oder nicht.

Seitdem er mich auf unsere Beziehung angesprochen hat, habe ich versucht, einen Bogen um sie zu machen. Unsicher ob ich es damit nicht nur noch schlimmer mache.

Mein Herz und mein Körper ziehen mich zu Kate, aber mein Verstand sagt mir, ich sollte lieber Abstand nehmen.

Abstand von ihr und Abstand von meinem starken Drang, sie berühren zu wollen.

Ach Verdammt, was Solls. Ich kann das nicht mehr. Ich muss sie sehen.

Ich trete also durch die mit dem Pin Code verschlossene Türe und betrete den zweiten Stock.

Der lange Flur ist nur leicht erleuchtet durch die vereinzelten Deckenlampen.

Ich höre klassische Musik durch die Türen des Studios dröhnen. Eine sanfte Melodie drängt sich durch die Wände.

Leise öffne ich die schwere Holztür und erblicke sie. Sie vor dem Spiegel an der Stange, wie sie sich dehnt.

Ihre Bewegungen sind grazil und geschmeidig. Ihre Haltung ist makellos, genauso wie sie selbst.

Sie bemerkte mich erst, als ich neben ihr im Spiegel zu sehen war. Unbeirrt macht sie weiter.
Sie würdigt mich keines Blickes. Es ist beinahe so, als wäre ich nur Luft für sie.
Innerlich schmerzt mein Herz bei ihrem Verhalten. Ihr Schweigen sagt mehr als tausend Worte.
Die Stille zwischen uns ist laut und intensiv. Die Spannung ist beinahe greifbar.

>>Es tut mir leid.<< Mit gesenktem Blick gehe ich noch einen Schritt auf Kate zu.
Keine Regung ihrerseits. Ihr Blick zeigt starr nach vorne, während sie im Spiegel ihre Bewegungen analysiert. >>Kate? Kannst du bitte aufhören, mich zu ignorieren?<<
Meine Bitte klingt schon beinahe verzweifelt. Sie richtet einen kurzen Blick auf mich, ehe sie ansetzt.
>>Wo warst du? Ich habe dich nun schon fast zwei Wochen nicht mehr gesehen.<<

Sie mustert mich durch den Spiegel.
>>Ich habe versucht, etwas Abstand zu nehmen. Ich musste nachdenken.<<
Sie öffnet den Mund, doch ehe sie etwas sagen kann, fahre ich fort.
>>Mason weiß das von uns und ich bin mir nicht sicher, ob ich seinen Worten Glauben schenken kann. Er sagt, es sei kein Problem für ihn, aber ich kenne ihn besser als er glaubt. Er ist ein sehr besitzergreifender Mensch. Ich will dich vor seiner Wut schützen, die er tief in sich trägt. Ich kann mir nicht vorstellen, dass er nichts unternimmt, wenn es zwischen uns weitergeht. Und dann ist die Frage, wie soll das ganze hier weitergehen?<<
Sie runzelt ihre Stirn, während sie sich schon beinahe in Zeitlupe auf den Holzboden setzt.

Die Beine zu einem Schneidersitz verschränkt, sitzt sie vor mir und überlegt.

Ihre weichen Gesichtszüge entspannen sich und sie deutet mir mich neben sie zu setzen.

Ich folge ihrer Bitte und setzte mich neben sie auf den harten Boden.

>>Du musst mich nicht beschützen, dafür ist es wohl sowieso zu spät. Ich kann vieles aushalten, ich bin einiges gewöhnt. Aber ich kann es nicht aushalten, wenn du einfach ohne ein Wort verschwindest und mich hier alleine lässt.<<

Sanft lege ich meine Hand auf ihre. Mit einem milden Lächeln drückt sie meine Hand.

>>Bitte versprich mir, dass du nie wieder verschwindest.<<

Lächelnd nicke ich und sie lächelte warm zurück.

>>Keine Sorge, KittyKat, er wird nirgendwo hingehen. Genauso wenig wie du.<<

Masons tiefe Stimme dröhnt in meinen Ohren.

Im Augenwinkel kann ich sehen, dass Kate die Augen verdreht.

Mit schnellen Schritten steht er vor ihr und packt sie am Hals.

>>Du weißt, ich kann diese respektlose Art nicht leiden.<<, raunt er ihr ins Ohr.

Sein dunkler Schatten liegt auf ihr. Leise röchelt sie nach Luft.

Der große schwarze Schatten scheint sie zu verschlingen und nicht wieder freigeben zu wollen.

Mason

Seit einiger Zeit hat sich Alec kaum mehr hier blicken lassen.
Er hat auch kaum Zeit mit mir verbracht.
Er kam immer nur kurz vorbei und war genauso schnell wieder
weg wie er auch gekommen war.
Nach dem Gespräch, über ihn und Kate, schien er mich
weitgehend zu meiden.
Er wirkte verunsichert und schon beinahe gestresst, wenn ich
ihn mal zu sehen bekam. In seinen Augen konnte ich ablesen,
dass er an meinen Worten zweifelte.
Ganz so unrecht hat er nicht, ich teile mein Eigentum nicht
gerne. Aber ich mache mal eine Ausnahme für ihn.

Um ehrlich zu sein, fand ich den Anblick über die
Sicherheitskamera, wie er sie gefickt hat, eigentlich ganz geil.
Es wäre gelogen, wenn ich sagen würde, es hätte nicht etwas in
mir ausgelöst. Insgeheim würde ich es wünschenswert finden,
wenn mir dieser Anblick nochmals geboten werden würde.
Die beinahe zwei Wochen, in denen er kaum da war, habe ich
Kate zappeln lassen.
Arbeitsbedingt hatte ich kaum Zeit und so musste sie sich
alleine beschäftigen. Jeden Tag hat sie darauf gewartet, dass
etwas passiert. Egal was. Aber jeder Tag war wie der davor. Sie
weiß nicht, was ihr noch bevorsteht. *Richtiger Mindfuck.* Kate
und Alec wissen es noch nicht, aber sie sind Teil meines Plans.
Die Entwicklung zwischen den beiden spielt mir in die Karten.

* * * *

Ich blicke auf sie herab, während sie Japsend nach Luft ringt.

>>Du weißt, ich kann diese respektlose Art nicht leiden <<,
raune ich ihr ins Ohr.

Ich fühle das Blut durch ihre Venen rasen. Ihr Puls steigt und
ihre Atmung wird immer schneller, schon beinahe hektisch.
Sie versucht einen Satz zu bilden, meine Hand drückt jedoch zu
fest ihren Hals. Ihre Lippen sind leicht geöffnet und ihr warmer
Atem streift mein Gesicht.

>>Ja? Hast du mir etwas zu sagen?<<
Ihre Augenlider werden schwer und sie nickt einmal. Ich
lockere den Griff und sie atmet tief ein und hustet.
Alec steht auf und stützt sie, während sie etwas schwankt und
ihre Knien drohen, einzuknicken. Unsere Blicke treffen sich
und er wirkt beinahe geschockt.
Er hatte schon Schlimmeres gesehen, daher wundert mich sein
schockierter Blick.
>>Halt sie fest.<<, befehle ich Alec. Es wird Zeit, seine
Loyalität zu testen. Denn in letzter Zeit zweifle ich etwas daran.
Ohne zu zögern, verdreht er ihre Arme nach hinten und hält
diese fest umschlossen. Zufrieden lege ich den Kopf in den
Nacken und lächle. >>Auf die Knie.<<
Diese Worte sind an Kate gerichtet. Keine Regung. >>Jetzt.<<

Wieder keine Regung von ihr. Ein verstohlenes Lächeln huscht
ihr über die Lippen.
>>Ha, denkst du, das bringt etwas? Denkst du deine Rebellion
beeindruckt mich?<<
Ich gebe Alec ein Zeichen und er drückt sie nach unten auf die
Knie.
Schmerzerfüllt schreit Kate auf. >>Fick dich Mason.<<

>>Sag das nochmal.<<, provoziere ich sie mit einem
spöttischen Unterton.

>>Fick. Dich.<<

>>Gut.<< Ich hocke mich vor sie und lehne mich zu ihr vor.

>>Wenn es das ist, was du willst. Alec, du kannst gehen.<<
Mit einer schnellen Handbewegung deutete ich in Richtung
Türe.

>>Ja, Boss.<< Ohne Widerworte verlässt er den Raum. Leise
zieht er die Tür hinter sich zu und wir sind alleine. Eine
erdrückende Stille umgibt uns.

Ihre Augen schauen mich wild an. Die Wimperntusche ist
verschmiert und verläuft.

Ich streiche ihr die Haarsträhne, welche sich aus ihrem Dutt
gelöst hat, aus dem Gesicht.

Einen Moment lang verliere ich mich in ihrer Schönheit. Die
dunkelbraunen Rehaugen, das Ebenholz Schwarze Haar und
ihre seidige und perfekte Haut.

>>Sag mir Kate, fickt er dich besser als ich?<<, ich spiele mit
ihrer Haarsträhne, während ich sie frage.

Stur schaut sie zur Seite und würdigt mich keines Blickes.

>>Ist das ein nein?<<

>>Das ist ein fick dich.<< Wütend schlägt sie meine Hand
weg.

Bevor sie sich wehren kann, hole ich aus und gebe ihr eine
Ohrfeige. Ich treffe sie mit meinem Handrücken fest in ihrem
Gesicht.

Doch sie schluckt den Schmerz herunter. So wie sie es immer
schon getan hat.

Die Schelle hallt durch den Raum. >>Er ist so viel besser als
du. In jeglicher Hinsicht. Er ist einfach besser darin, es mir zu
besorgen und ist nicht so kaputt wie du. Er kann seine Gefühle
zeigen und kontrollieren. Du bist einfach nur ein Soziopath.<<

Ha, nun wird sie mutig. Die Wehnen an ihrem Hals treten
hervor, während sie mich böse anstarrt.

>>Vergiss nicht, du bist nun mein Eigentum. Ich kann mit dir machen, was ich will. Also, führe dich bitte nicht so auf. Und noch was, ich glaube du meintest Psychopath.<<
>>Was?<<, fragt sie mich verwirrt.
>>Ich bin klinisch gesehen ein Psychopath. Denke das Wort hast du gesucht, Psychopath. Das ist es, was ich bin.<<

Ich schaue sie mit einem schiefen Lächeln an und streiche über ihre weiche Haut, welche ich soeben getroffen habe.
Sie schaut mich mit weit geöffneten Augen an. >>Soziopathen haben Gefühle, sie haben ihr Verhalten erlernt. Ich jedoch...ich fühle nichts. So etwas wie Gefühle kenne ich nicht.<<
Sie überlegt kurz. Sie tippe mit ihren Fingern auf dem Boden vor sich herum, während sie überlegt.
>>Warum ich?<<

Diese Frage hat mich ebenfalls lange beschäftigt. Warum sie?
>>Weil du es eben bist. Seitdem ich dich das erste Mal gesehen habe, wollte ich dich besitzen. Und nun habe ich endlich mein Ziel erreicht.<<

Alec

Ungeduldig laufe ich auf und ab.
Eine Zigarette nach der anderen habe ich mir die letzte halbe
Stunde angezündet. War es falsch, seine Befehle ohne
Widerworte auszuführen?
Einerseits fühle ich mich, als hätte ich Kate verraten, aber
andererseits ist Mason mein Boss und mein Freund. Ich habe ihm
meine Loyalität geschworen und ich breche nie mein Wort.

Insgeheim warte ich darauf, dass ich Schüsse höre oder Mason
blutig zurückkommt. Warum musste sie ihn auch reizen?
Sie weiß wie er ist. Also warum hat sie das nur getan?
In meinen inneren Augen spielen sich Horrorszenarien ab. Wie
er ihr eine Kugel durch den Kopf jagt oder ihr die Kehle von Ohr
zu Ohr aufschlitzt.
Wäre ja immerhin nicht das erste und bestimmt nicht das letzte
Mal, dass er so etwas macht.
Angespannt nehme ich noch einen Zug. Ach scheiß drauf. Ich
drücke meine Zigarette aus und mache mich auf den Weg in den
zweiten Stock.
Beinahe laufend gehe ich die Treppen hoch und verschaffe mir
Zugang.

* * * *

Ich trete durch die Türe und eine unangenehme Stille umgibt mich. Unsicher ob ich die richtige Entscheidung getroffen habe, wandere ich durch den Flur und steuere auf das Studio zu.
Die Türe ist nur angelegt und der dahinter liegende Raum ist leer. Die Lichter brennen jedoch noch.
Irritiert gehe ich in Richtung des Schlafzimmers. Ebenfalls leer. Ein leises, kaum hörbares Geräusch kommt aus der Bibliothek. Vorsichtig pirsche ich mich an und öffne die Türe einen Spalt.

Ein Stöhnen dringt mir in die Ohren. Am Ende des Raumes sehe ich Mason auf dem Ledersofa sitzen. Kate reitet ihn mit dem Rücken zur Türe.
Ihr Stöhnen ist unvergleichlich. Ihre zarte Stimme dröhnt in meinen Ohren und in meinem inneren Auge sehe ich ihr Gesicht, welches sie macht, wenn sie kommt.
Das Stöhnen wird immer schneller und Mason beginnt mit den Hüften zu stoßen und ihre Stimme wird immer lauter.
Trotz dieses grotesken Anblicks merke ich, wie es in meiner Hose immer enger wird. Mein Schwanz ist eindeutig hart.

Mit einem klein wenig schlechtem Gewissen und irritiert von dieser ganzen Situation, öffne ich den Reißverschluss meiner Hose. Ich stelle mir vor, wie Kate meinen Schwanz in die Hand nimmt und mir einen runterholt, während sie Mason reitet.
Es ist so, als würde ich ihre Hände an mir spüren. Ihre feinen leichten Bewegungen und dann der feste Griff, welcher meinen Schaft umgreift.
Ich schließe meine Augen und lasse es geschehen.
Mit langsamen Bewegungen hole ich mir einen runter und lausche ihrer Stimme.
Angestrengt versuche ich, keinen Ton von mir zu geben. Ich presse meine Lippen fest aufeinander, während ich immer schneller werde und mein Höhepunkt immer greifbarer wird.

Kates Stimme verstummt und eine Erkenntnis trifft mich wie ein Schlag. Sie haben mich bemerkt.

>>Alec? Willst du uns nicht Gesellschaft leisten?<<

Masons Stimme lässt mich zusammenzucken und ich trete zögernd und zutiefst beschämt hinter der Türe hervor. Er sieht mich grinsend an. Mit Kate auf seinem Schwanz sitzend. Ihre Körperhaltung ist angespannt und ihr Kopf gesenkt. Sein Blick wandert auf meine offene Hose und bleibt dort hängen.

>>Es hat dir wohl gefallen, was du gesehen hast. Willst du weitermachen? Ich weiß doch, wie gerne du sie fickst. Komm.<< Er hebt Kate von seinem Schoß und steht auf.

>>Nimm Platz.<<

Meine Handflächen schwitzen und ich stehe wie angewurzelt mitten im Raum. Schleichend kommt Mason näher. Kurz vor mir macht er halt.

Seine dunklen Augen bleiben an mir hängen. Mit jeder verstrichenen Stunde werden seine Augen dunkler und sein Blick finsterer.

>>Auf was wartest du? Mach schon. Ich weiß du willst es. Ist nicht so, als hättest du eine Wahl.<<

Er flüstert mir diese Worte schon beinahe zu.

Wie aus dem Nichts zieht er eine Waffe und hält sie Kate an den Kopf. Regungslos bleibt sie stehen. Ihr ganzer Körper verspannt sich sichtlich.

>>Wäre doch schade, wenn sich ihr Hirn über die Wände verteilen würde. Oder nicht?<<, seine raue Stimme fühlt sich an wie Schnitte in meiner Haut.

Wortlos setzte ich mich und lasse es geschehen.

Noch immer mit der Waffe am Kopf kommt sie näher und lächelt mir zu. >>Es ist ok.<<

Ihr makelloser Körper zieht mich in den Bann und ich begehre ihre Nähe so sehr wie noch nie zuvor.

In diesem Moment fühlt es sich alles andere an als okay. Hinter ihr steht die riesige Gestalt von Mason. Er ist wie ein dunkler Schatten des Übels hinter ihr.
Wie ein Teufel, der ihr innerlich zuspricht und ihr Befehle erteilt. Nur er ist nicht nur ein Schatten. Er ist der Teufel in Person.
Er spielt mit ihr und lenkt sie, als wäre sie seine Marionette.

Mit einem milden Lächeln setzt sie sich auf meinen noch immer harten Schwanz und beginnt mich zu reiten. Trotz der grotesken Situation genieße ich jede ihrer Bewegungen und ihre Berührungen.
Ihr Stöhnen dröhnt in meinen Ohren und spornt mich an, mehr zu geben.
Im Hintergrund nehme ich Mason wahr, wie er sich auf den Stuhl neben uns setzt. Die Waffe immer noch auf sie gerichtet. Gänsehaut ziert ihren ganzen Körper und ihre Wangen beginnen zu glühen.
Sie drückt mich zur Seite, damit ich mich hinlege. Das kühle Leder ist angenehm auf meiner erhitzten Haut.

Gierig sauge ich an ihren Nippeln, was sie nur noch lauter werden lässt.
Ich schließe meine Augen, um den Moment genießen zu können. Das Klatschen von Haut auf Haut hallt durch die große Bibliothek.
In diesem Moment fühlt es sich so an, als wären wir alleine. Als würden wir uns so lieben wie zuvor.

>>Ich will, dass du mich mehr berührst, ich will dich fühlen <<, fordert mich Kate auf, bevor sie mir einen innigen Zungenkuss gab, der mir beinahe den Atem raubte.
Ich vernehme ein dunkles Knurren und öffne meine Augen. Der Schatten des Teufels ist wieder da.
Seine Augen verdunkeln sich und während er hinter Kate steht und ihren Kopf an den Haaren nach hinten zieht.

Mit einer Hand fest die Haare haltend und mit der anderen ihr Gesicht küsst er sie innig.

Ein Stöhnen verlässt ihren Mund, während sie ihn küsst und mich reitet. Ich würde lügen, wenn mich der Anblick nicht geil machen würde.

Seine Finger lockern ihren Griff und seine Hände wandern ihren Körper entlang zu ihren Hüften und stoppen an ihrem perfekten Hintern.

Mit einem verhangenen Blick lehnt sie sich mit ihrem Rücken an seine Brust, während er an ihrem Ohrläppchen knabbert.

>>I-Ich will mehr <<, beinahe flehend spricht sie diese Worte aus. Ein Grinsen wandert über Masons Gesicht.

>>Sag mir was du willst KittyKat.<< Fordert er sie mit rauer Stimme auf.

Seine Finger wandern zu ihrem Kitzler und streicheln sie mit sanftem Druck. Sie stöhnt auf und ihr Brustkorb hebt und senkt sich immer heftiger.

Ich fühle, wie sie immer feuchter wird und sich ihre Wände leicht zusammenziehen.

Es fühlt sich einfach unglaublich an. Sie fühlt sich unglaublich an.

Kurz bevor sie kommt, hört er auf sie zu stimulieren. Enttäuscht schnalzt sie mit der Zunge und zieht einen Schmollmund.

>>Ich habe dir gesagt, du sollst mir sagen, was du willst. Wenn du es nicht tust, werde ich einfach aufhören. So wie gerade eben. Ich will deine dunklen Gelüste hören. Willst du, dass ich dich von hinten nehme? Während du Alec reitest? Würde dir das gefallen?<<

Er befeuchtet seine Finger und beginnt von hinten in sie einzudringen, um sie auf das, was ihr bevorsteht, vorzubereiten. Gierig greift sie nach hinten und beginnt Masons Gürtel zu öffnen. Dieser entzieht sich ihr jedoch. >>Sag es.<<

Mit einer geschickten Handbewegung zieht er seinen Gürtel aus den Schlaufen und setzt an ihrem Hintern an.

Eigene Sekunden der Stille verstreichen. Ein Zischen erfüllt den Raum und der Gürtel trifft sie. Einmal, zweimal.

Ihr Gesicht verzieht vor Schmerz und vor...vor Lust.

Ich fühle, dass sie noch wilder wird und ihre Hüften sich scheinbar von alleine bewegen. Noch einmal packt sie Mason am Hals und drückt ein klein wenig zu.

>>Ich will es.<< Ihre schwache Stimme ist kaum hörbar.

>>Was willst du? Ich konnte dich nicht hören.<< Schon beinahe Spöttisch lachte Mason ihr ins Gesicht. Dann wandert sein Blick zu mir.

Sein Blick zeigt pure Genugtuung. Genugtuung, dass sie ihn will, trotz der Tatsache, dass ich es bin, der sie gerade fickt.

>>Ich will, dass du mich gemeinsam mit Alec fickst.<<

>>Mhm, Wo bleibt denn da das Bitte?<<

Ihr Blick wirkt gequält. Sie will es so sehr. So sehr, dass sie alles sagen würde, nur um ihre Gelüste befriedigen zu können.

>>Bitte.<<

Kommentarlos lässt Mason seine Hose zu Boden fallen. Seine Erektion springt ihr entgegen. Gierig leckt sich Kate über die Lippen, während Mason sich an ihr reibt und sie weiterhin hinten dehnt.

Dieser Anblick ist genauso grotesk wie auch erregend. Ihr ganzer Körper ist mit Gänsehaut und einer dünnen Schweißschicht überzogen.

Ihre Augen sind geschlossen, während sie sich nach vorne lehnt, um ihm einen besseren Zugang zu gewähren.

Ich spüre, wie er quälend langsam in sie eindringt. Es wird enger und ich fühle seine vorsichtigen Bewegungen. Es ist ein ziemlich anregendes Reiben, welches das Ganze noch erregender macht.

Mit jeder seiner Bewegungen fühle ich, wie Kates Körper sich immer weiter entspannt.

Der Anblick ihrer völlig entfesselten Lust lässt meine Eichel kribbeln und ein Gefühl der Hitze überkommt mich.

Ohne Vorwarnung rollte ein Orgasmus über mich hinweg und ich entlade mich vollkommen in sie. Masons Blick liegt auf mir, während er weitermacht und immer härter zustößt. Ein kaum sichtbares Grinsen legt sich über seine Lippen.

>>Steh auf <<, befiehlt er Kate, ehe er sich ihr entzieht. Folgsam richtet sie sich auf und ich gleite aus ihr. Weiße Flüssigkeit tropft auf den hölzernen Boden unter ihr.

Mit einer Hand dirigiert er sie neben mich auf das Sofa und lässt sie sich über die Lehne beugen. Seine Hände wandern über ihren verschwitzten Rücken und bleiben an ihrem Hintern liegen.

Mit einem dunklen Grollen dringt er wieder in sie ein.

Ihre Erregung ist deutlich sichtbar, während er sie an den Haaren packt und ihren Kopf leicht nach hinten zieht.

Ihr wimmern geht unter, unter dem Geräusch von Haut an Haut.

>>Bitte Mason. Bitte lass mich kommen.<<

>>Du weißt, ich kann dir keinen Wunsch ausschlagen <<, raunt er ihr zu und beginnt ihren Kitzler zu stimulieren.

Beinahe gebannt beobachte ich das Treiben neben mir.

Nur wenige Minuten später erlöst ein süßer Orgasmus Kate und sie sinkt zufrieden nach vorne.

Kapitel 22

Mason

Befriedigt mache ich mich wortlos auf den Weg zurück in mein Schlafzimmer. Meine Schritte hallen durch die Flure und meine Gedanken sind leer.
Ich hatte mein Ziel erreicht, sie hat mich endlich darum angebettelt sie zu nehmen. Aber warum fühle ich mich dennoch so, als hätte ich verloren?
Es fühlt sich alles so surreal an. Ich hatte meine Kate mit Alec geteilt und es hat mir gefallen. Mir gefiel es, wie sie es genoss und wie er sich in sie rammte.
Es gefiel mir, wie sie es ebenfalls genossen hatte und ihr ganzer Körper zu einer erogenen Zone wurde.

Jedoch gefiel mir nicht deren Verbundenheit. Sie scheint ihn wirklich zu mögen und er sie. Ich verspürte Eifersucht gegenüber ihm. Sie hatte mich noch nie so angesehen wie Alec oder gar wie meinen Bruder.
Ihre Blicke versetzten mir einen Stich in das Herz, welches ich glaubte nicht zu besitzen.
In meinem inneren Auge sah ich ihre verliebten Blicke, Vertrauen und ihre Hingabe gegenüber Alec.
Wieder einmal schenkte sie ihr Herz einem anderen.

* * * * *

Unsicher laufe ich auf und ab. Meine noch nassen Haare fallen mir ins Gesicht und hinterlassen nasse Spuren auf meiner Haut. Alec war bereits vor einigen Stunden nach Hause gegangen und ich fühle mich einsamer denn je.

Meine Gedanken sind nur bei Kate, aber ich kann mich nicht überwinden, durch die Tür zu treten. In diesem Moment wollte ich einfach nur ihre Nähe spüren.

Fuck it. Entschlossen mache ich mich auch den Weg und trete durch die schwere Sicherheitstüre.

Eine wohlige Stille umgibt mich und ich pirschte mich vor zu dem Schlafzimmer, in welchem ich sie vermute.

Die Türe ist einen Spalt geöffnet und ich sehe sie in dem großen Stuhl, in der Ecke eingekuschelt.

Vorsichtig klopfe ich mit meinen Handknöcheln an, um mich anzukündigen, ehe ich die Tür öffne, um einzutreten.

>>Darf ich?<<

Erstaunt blickt Kate auf und nickt. >>Ist dein Haus. Du kannst machen was du willst <<, antwortet sie schnippisch.

Minder beeindruckt setzte ich mich auf das Bett. Ihr Blick wandert wieder zu ihrem Buch, das sie auf ihrem Schoß geöffnet hat. Eine Erdrückende Stille liegt über uns und ich weiß nicht, wie ich diese durchbrechen soll.

Etwas nervös sehe ich mich in dem Raum um und versuche sie nicht anzustarren.

>>Kennst du das Buch schon?<<Sie hält das Buch in ihrer Hand hoch, sodass ich den Rücken sehen kann.

>>Nein, ich lese nicht sonderlich viel. Ich war noch nie ein sonderlich großer Bücherwurm. Außerdem fehlt mir auch die Zeit. Ich habe ein Unternehmen zu führen.<<

Ein zartes Lächeln huscht über Kates Lippen. >>Bleibt wohl nicht viel Zeit, wenn man auch noch Leute entführen muss.<<

>>Für eine Geisel bist du ganz schön frech, nicht?<<

Sie legt ihren Kopf in den Nacken und überlegt scheinbar.

>>Zugegebenermaßen habe ich nicht sonderlich viel Angst vor dir, Mason. Zwar weiß ich, wozu du fähig bist, aber ich weiß

mittlerweile, dass ich nichts zu befürchten habe. Oder sehe ich das falsch?<<

>>Nein hast du nicht. Du bist meine einzige Schwäche <<, antworte ich Kate wahrheitsgemäß. >>Seitdem ich dich das erste Mal gesehen habe, damals am ersten Schultag, wusste ich es.<<

Fragend durchdringen mich ihre Blicke.

>>Was wusstest du?<<

Ich hole tief Luft. Noch nie habe ich diese Worte ausgesprochen. Bevor ich sie das erste Mal traf, wusste ich nicht, dass ich einen Menschen so sehr begehren könnte und nachdem ich sie verloren hatte, wusste ich nicht, dass ich jemals einen Menschen so sehr vermissen würde.

Und als ich sie wieder traf, spürte ich mein Herz wild schlagen. Es rief nach ihr. Es begehrte sie immer noch genauso wie früher. Mein Herz und mein Körper wollten sie und das schon immer.

>>Damals wusste ich, dass du etwas Besonderes bist. Ich habe dich am ersten Schultag gesehen. Du sahst so wunderschön aus in deiner Schuluniform. Deine schwarzen Haare haben in der Sonne geglänzt. Du hast mich, in der Sekunde in der ich dich sah, in deinen Bann gezogen. Und nie wieder losgelassen.<<

Alec

Scheiße was war das eben?
Erschöpft lasse ich mich auf mein Bett fallen und starre an die
schmutzige Decke meiner Wohnung.
Meine Gedanken kreisen um diesen verdammten Dreier.
Ich schließe meine Augen und sehe das ganze vor mir. Wie sich
Kate vor Ekstase windet und ihrer Lust freien Lauf lässt.

Ihr ganzer Körper bestand nur aus Gänsehaut und ihre Wangen
glühten vor Lust.
So ungern, wie ich es mir eingestehe, aber es gefiel mir. Ich
mochte das Gefühl, welches ich empfand, die Nähe zwischen uns
und wie Mason sie mit mir gemeinsam nahm.
Ich hatte beinahe fluchtartig das Haus verlassen, aus Unsicherheit
und Scham. In diesem Moment konnte ich weder Kate noch
Mason in die Augen schauen.
Meine Augen werden immer schwerer, je mehr ich darüber
nachdenke und ich versinke in einem unruhigen Schlaf.

* * * * *

>>Niemand liebt dich, nicht einmal deine Eltern wollten dich.<<
Eine Gruppe von Kindern steht um mich herum. Alle lachen und
zeigen auf mich.
>>Du bist nur ein kleiner Waisenjunge. Und wie du aussiehst.
Immer alte Klamotten und schmutzig.<<

Die Kinder lachen wieder. Einer der größeren Jungen kommt näher und spuckt mir ins Gesicht. Tränen laufen mir über die Wangen und verschleiern die Sicht.

Warum mögen sie mich nicht? Bin ich denn so anders?

Schritte kommen näher und ich höre eine jugendliche Stimme. Erschrocken laufen die Kinder weg. Und ich bleibe alleine zurück. In meinem Blickfeld tauchen ein paar schwarze Sneakers auf. Beinahe Panisch lasse ich meinen Blick gesenkt.

>>Es ist ok.<< Der unbekannte Junge hält mir seine Hand entgegen und ich nehme sie zögernd an.

Mit einem Ruck zieht er mich hoch. Der Junge ist einige Jahre älter als ich. Seine anfängliche Gesichtsbehaarung lässt ihn mich auf etwa sechzehn Jahre schätzen.

>>Hey, alles ok? Ärgern die anderen dich immer so?<<, fragt er mich, während er sich umsieht.

>>J-ja. Sie schubsen mich immer rum und lachen über mich, weil ich ein Waisenkind bin.<<

Verlegen starre ich auf den staubigen Boden vor mir.

>>Ich bin Kal.<< Er nickt in Richtung einer Gruppe von fünf Jugendlichen. >>Willst du mit uns abhängen?<<

* * * * *

Verschwitzt wache ich auf. Schon lange hatte ich nicht mehr von
Kal und den anderen Jungs geträumt. Damals mit 12 Jahren bin
ich ihm begegnet und von diesem Tag an wurde ich Teil der
Gruppe.
Ihnen habe ich viel zu verdanken, unter anderem meinen beinahe
Gefängnisaufenthalt.
Ehe ich mich versehen hatte, wurde ich von ihnen in einen Strom
von Drogen, Gewalt und Illegalen Machenschaften hineingezogen.
Nach meinem Ausstieg aus der Gruppe galt ich als Verräter und
Kal schwor mich eines Tages zu finden. Und was dann mit mir
passieren wird, will ich mir lieber nicht vorstellen.
Es sind zwar nur Kleinkriminelle, jedoch sind sie zu allem bereit.
Ich musste es bereits mit eigenen Augen sehen, sehen was mit
Aussteigern passiert. Was mit mir geschehen wird, falls er mich
jemals finden sollte.

Kate

Die folgenden Tage kam Mason immer wieder zu mir. Meistens spät abends.
Oftmals schwiegen wir uns einfach nur an, bis einer das Wort ergriff. Früher hat mich seine bloße Anwesenheit bereits nervös gemacht.
Ich hatte das Gefühl, mein Hals würde sich zu schnüren und ich würde ertrinken.
Jedoch scheint zwischen uns das Eis gebrochen zu sein. Seine Worte hallen mir immer noch durch meinen Kopf. Es wäre mir nie in den Sinn gekommen, dass er mich mit diesen Augen sieht.

In meinem Inneren hasse ich ihn immer noch, wegen dem, was er Henry und mir angetan hatte. Seinem eigenen Bruder.
Aber auch ein Teil von mir kann ich ein wenig verstehen. Er wollte es so sehr, mich so sehr, dass er zu dieser Tat fähig war.
Meine Gedanken kreisen immer wieder um die Geschehnisse von vor sechs Jahren. Jedes einzelne Szenario gehe ich in meinem Kopf durch.
Früher schien er mir einfach ein verrückter Psychopath zu sein. Ohne Gefühle oder gar Rücksicht gegenüber anderen.
Doch mit meinem jetzigen Wissen bewerte ich all diese Situationen neu.
Er hat mir eine neue Seite von sich gezeigt. Eine menschliche Seite, die ich noch nicht kannte. Eine Seite von ihm, welche ich sogar mochte.

Die letzten Tage, in denen er zu mir kam, erzählte er mir von seiner Studienzeit in Dartmouth, seinen Tag und manchmal sprach er sogar über seine Familie.

Ich hatte seine Eltern nur einmal kurz kennengelernt, jedoch hat sein Vater damals bereits das Blut in meinen Adern gefrieren lassen.

Mr. Ashwood hatte damals bereits leicht ergraute Haare. Er wirkte, ohne es zu versuchen, furchteinflößend und mächtig.

Masons Erzählungen zeigten mir nur einmal mehr, wie grausam er sein konnte zu seinen Mitmenschen und seiner eigenen Familie.

Er behandelte seine Ehefrau wie eine Leibeigene und betrog sie, wann auch immer sich eine Gelegenheit dazu ergab.

Sie wusste es, aber sie hatte nie den Mut, ihn zu verlassen. Auch er wusste es. Er wusste, was sie wusste und auch, dass sie ohne ihn ein Nichts ist und er somit nichts zu befürchten hatte.

Er hasste Henry, seinen eigenen Sohn. Er hatte ihn quasi verstoßen.

Ihm gefielen seine Ansichten nicht. Er war ihm zu schwach.

Henry war eher ein gutmütiger und netter Junge.

Er war immer freundlich und respektvoll gegenüber anderen. Dies hielt sein Vater für eine Schwäche.

Es verging kaum ein Tag, an welchem er ihn nicht demütigte und manchmal auch schlug. Sein Vater wollte ihm seine Nettigkeit austreiben. Mit Schlägen.

Mason offenbarte mir so viel, wovon ich nichts wusste. Ich hatte keine Ahnung, mit welcher Hölle Henry Tag für Tag durch seine Familie ging.

Einzig seine Mutter unterstützte ihn und gab ihm Zuspruch. Sein gutes Herz hatte er von ihr. Sie sah auch immer das Gute im Menschen. Sogar bei ihrem gewalttätigen Ehemann.

* * * * *

Nachdenklich sitze ich in meinem Stuhl. Meine Finger gleiten über die Lederlehne und ich blicke in die Leere.

Die Türe der Bibliothek öffnet sich und eine große Gestalt tritt
ein. Der schwarze Anzug springt mir direkt ins Auge.
Der dunkle edle Stoff schmiegt sich perfekt an Masons Figur. Er
kommt einen Schritt näher, eher er stehen bleibt.
Die Lampe an der Decke blendet mich, als ich hochsehe. Ich
blinzle und betrachte ihn. Jedes Mal wenn ich ihn sehe, habe ich
das Gefühl das er noch mächtiger aussieht als zuvor.
Seine dunklen Augen blicken auf mich herab und ein Lächeln
umspielt seine Mundwinkel.

>>Darf ich mich setzen?<<
Ehe ich Antworten kann, nimmt er auf dem Sofa mir gegenüber
Platz.
Das Sofa auf welchem wir Sex hatten. Verlegen, wegen des
Gedankens und der Vorstellungen in meinem Kopf, wende ich
meinen Blick ab und versuche mich auf eines der Bücherregale zu
fokussieren.

>>Ich werde morgen verreisen. Für ein paar Tage, aber ich werde
wahrscheinlich bis zum Wochenende zurück sein.<< Fährt er fort.
In Gedanken nicke ich, ohne dass das Gesagte an mich
herangedrungen war.
Sein Fragender Blick ruht auf mir, es wirkt beinahe so, als würde
er versuchen, meine Gedanken zu lesen.
Er rückt an den Rand des Sofas und beugt sich vor, um seine
Hand auf meine zu legen. Seine Wärme geht auf mich über und
ich fühle eine Art von Ruhe.
Ich hebe meinen Kopf und blinzle ihm entgegen. Kurz treffen sich
unsere Blicke und mein Herz macht einen kleinen Sprung. Diese
Erkenntnis trifft mich unerwartet, er hat es geschafft, den
anfänglichen Hass beinahe verpuffen zu lassen.

Schnell ziehe ich ruckartig meine Hand zurück, nur um diese in
meinem Schoß abzulegen. >>In Ordnung.<< Mehr bekomme ich
nicht über meine Lippen.

In meinem Inneren spüre ich etwas wie Kummer, Kummer, weil er weg sein wird. Und ich weiß ich werde ihn vermissen. Dies hätte ich mir niemals vorstellen können.

Kapitel 23

Mason

>>Mason, du weißt, wir sind Freunde. Also bitte nimm das nicht persönlich, aber ich lasse mich eben nicht gerne verarschen. Du hattest mir gesagt, es sei alles geregelt und es würde nicht wieder vorkommen. Aber was musste ich feststellen? Mit dieser Lieferung fehlt schon wieder Munition. Ich dachte, du hättest Mr. Park klargemacht, dass dies nicht wieder vorkommen darf?<<

Massimo ist sichtlich wütend. So wütend wie ich es noch nie zuvor erlebt hatte.
Er steht auf und wirft seinen Stuhl beinahe nach hinten.
Gestresst fährt er durch seinen Bart und scheint zu überlegen.
Och habe gelernt in solchen Momenten einfach die Schnauze zu halten. Jedes Wort kann ihn in diesem Zustand provozieren und dies würde mein Ende bedeuten.
Massimo ist ein toller Kerl, man kann mit ihm Spaß haben, um die Häuser ziehen, aber wehe man ihn verärgert.
Dann können die Cops am nächsten Tag deine Hirnmasse von der Straße kratzen.

>>Ich weiß was ich gesagt habe. Ich bringe das in Ordnung und das habe ich auch so gemeint.<<
>>Nein. Ich will nichts mehr davon hören. Ich habe es dir überlassen es zu regeln, aber
scheinbar hast du es nicht geschafft. Oder ist es doch so, dass du davon profitierst? Was hat er dir geboten?<<, er lehnt sich

weiter vor zu mir, während er das sagt. >>Sag es mir. Was hat
er dir geboten?<<
Ein ungutes Gefühl beschleicht mich, will er etwa sagen, dass
er denkt, ich arbeite mit Park zusammen? Seine Augenbrauen
ziehen sich verärgert zusammen und er ballt seine Fäuste.
Mit voller Kraft schlägt er mit seiner Faust auf den Hölzernen
Tisch und hinterlässt
gesplittertes Holz an der getroffenen Stelle.
Der Tisch ist nun wohl Schrott.
Hinter mir ertönen laute Schritte. Eine Gänsehaut jagt mir über
den Rücken und ich weiß was nun kommt. Ich habe es nur zu
oft erlebt.
Mir wird gleich der Schädel eingeschlagen.

* * * * *

Ein eiserner Geschmack macht sich breit und mein Mund füllt
sich mit Blut. Große Tropfen fallen zu Boden und färben
diesen dunkelrot.
Meine Rippen fühlen sich an, als wären sie gebrochen.
Schmerzen durchströmen meinen
ganzen Körper, es gibt keine Stelle, die nicht schmerzt.
Aldo kommt mit seiner silbernen Brechstange auf mich zu. Er
schleift sie über den Boden, während er näher kommt. Das
Geräusch von Metall auf Beton durchfährt mich bis ins Markt
und lässt mich an mein baldiges Ende glauben. Oder eher
schon beinahe hoffen.
Der glatzköpfige, etwas bullige Mann bleibt vor meinem
Gesicht stehen.

>>Hast du noch ein paar letzte Worte, Jungchen?<<, Aldo
klingt schon beinahe spöttisch.

Er kommt immer näher und jeder Schritt fühlt sich an, als würde ich näher an einen Herzinfarkt kommen.

Hinter ihm taucht ein Mann auf. Seine Straßenköter blonden Haare sind nach hinten gekämmt und er kommt zielstrebig auf uns zu.

Seine Rufe dringen durch die Halle und er dreht sich zu den anderen Typen um. >>Kal? Siehst du nicht, dass ich beschäftigt bin? Verdammte Scheiße. << Wütend wirft er ihm weitere Schimpfwörter gegen den Kopf.

>>Beruhige dich doch mal, alter Mann. Der Boss will dich sehen. Ich passe schon auf. <<

Der Typ, dessen Name wohl Kal zu sein scheint, nimmt Aldo die Brechstange ab und nickt in Richtung Ausgang.

Schnellen Schrittes verschwindet dieser aus meinem Blickfeld und ich seufze erleichtert auf.

Schwermütig drehe ich mich auf den Rücken, um besser Atem zu können.

Jeder Atemzug schmerzt wie tausend Nadelstiche in der Lunge.

In meinem inneren Auge sehe ich mich bereits innerlich Verbluten.

Meine Lungen würden sich mit Blut füllen und ich würde wortwörtlich an meinem eigenen Blut ertrinken.

Kate

>>Hörst du mir zu?<<
Gedankenverloren blättere ich in der Zeitschrift vor mir.
>>Kate?<<
Ich werde von Alec aus meinen Gedanken gerissen. An meinem
Blick sieht er, dass ich nicht zugehört habe.

>>Tut mir leid, was hattest du gesagt?<<, frage ich etwas reumütig
nach. Ein Lächeln umspielt seine Lippen. >>Ich habe dir erzählt,
dass Mason morgen wieder zurückkommt von seinem
Geschäftstermin.<<
Seine braunen Augen mustern mich, während ich einfach dasitze
und nicke.
Seit der Sache mit Alec und Mason fühlt sich alles anders an. Ich
fühle reue. Ich hatte meine Gelüste über die Vernunft gestellt und
mich zu dieser Sache verleiten lassen.
Ich frage mich, ob Alec mich nun nicht doch innerlich verachtet
und verurteilt.
Wir haben nie über das Geschehene gesprochen und mir wäre es
lieber, wenn es auch so bleiben würde.
Meine Gefühle für Alec haben sich nicht geändert, die für Mason
jedoch schon. Seit diesem einen Tag wurde er netter und beinahe
menschlich zu mir.
Er ist immer noch Mason, aber er wurde sanfter. Er kam öfters zu
mir, einfach um zu reden. Über die Zeit nach der Schule, wie es mir
erging und er schien sich ehrlich für meine Karriere und mich zu
interessieren.

Es ist nicht so, dass ich mich nun plötzlich in ihn verknallt habe, aber ich hasse ihn ein Stück weniger als die Tage, Wochen, Monate und Jahre zuvor.

>>Mhm, tatsächlich?<< Ich klang schon beinahe desinteressiert. Unruhig blättere ich weiter. Der Stuhl knarrt, als Alec aufsteht und auch mich zukommt. Seine schwarzen Springerstiefel erscheinen in meinem Blickfeld.
Die Matratze senkt sich neben mir, als er sich setzt und einen Arm um mich legt.
Sein Arm liegt schwer auf meiner Schulter und droht mich runterzuziehen.

>>Was ist los? Du bist seit ein paar Tagen seltsam drauf.<< Seine Stimme dringt in meine Ohren und ich bekomme Panik. Er will doch nicht über diese eine Sache sprechen, oder? Bitte nicht.
Ich setzte ein gespieltes Lachen auf.
>>Ach was, es ist alles gut. Ich denke du bildest es dir nur ein <<, antworte ich schon beinahe zu hastig.
Alec hebt eine Augenbraue, während er mich mustert. >>Ach ist das so?<<
Er glaubt mir kein Wort.
>>Ich denke, dir ist das ganze unangenehm. Der Dreier.<<, fährt er fort.
Er hat es gesagt, am liebsten würde ich mir die Ohren zuhalten.
>>Du weißt, ich will nicht darüber reden, oder?<< Meine Hoffnung, dass er es lässt, stirbt direkt wieder.
>>Ich will aber darüber reden.<<
Er nimmt meine Hand und umschließt sie fest.

Ich weiß selbst nicht, was ich ihm sagen soll, ich bin mir meiner Gefühle selbst nicht einmal sicher. In meinem Kopf schwirren zu viele Gedanken. Gedanken, welche teils abstrus und total abwegig sind.

Er beginnt wieder zu reden.

>>Du weißt, ich habe noch immer dieselben Gefühle für dich, oder? Es hat sich nichts für mich geändert. Ich hoffe für dich auch nicht.<<

Ich würde ihm zu gerne sagen, dass es so ist, aber das kann ich nicht. Es hat sich einiges geändert.

>>Alec, ich habe dich ebenso noch genauso gern wie zuvor. Aber diese ganze Sache ist einfach zu viel. Ich habe mich so lange gegen Mason gewehrt und ich würde dir wirklich gerne sagen , dass sich nichts geändert hat. Aber es würde nicht den Tatsachen entsprechen. Meine Gefühle für dich sind unverändert, aber ich fürchte, meine Gefühle gegenüber Mason sind es nicht.<<

Eine unangenehme Stille schwebt über unseren Köpfen.

>>Ich will dir damit nicht sagen, dass ich nun Gefühle für ihn habe, aber es ist eben Tatsache, dass ich ihn ein Stück weniger hasse als zuvor. Die Tage vor seiner Abreise kam er täglich zu mir und wollte einfach nur mit mir reden. Ich habe an ihm eine andere Seite kennengelernt.

Eine Seite, welche seinem Bruder sehr ähnlich ist. Eine Seite, von welcher ich nichts wusste.<< Ein Blick in sein Gesicht verriet mir, wie verletzt er in diesem Moment war. Seine Hand löste sich von meiner und er saß nur noch stumm da.

Die Sekunden fühlten sich an wie quälende Minuten. Aus dem Augenwinkel sah ich, wie er seine Fäuste ballte.

>>Ich muss nun los. Wir sehen uns morgen.<<

Und schon war er hinaus zur Türe. Seine schweren Schritte eilten durch den Flur. Ein klicken in das Schloss und ich war nun wieder alleine.

Alleine mit meinen Gedanken und meinen Schuldgefühlen.

Alec

Nervös wandere ich durch die Räume. Das Ticken der Standuhr im Hintergrund lässt mich nur noch nervöser werden. Meine schweren Stiefel hinterlassen dumpfe Geräusche auf dem Holzboden unter mir.

Schon seit gestern Abend hätte Mason zurück sein sollen. Die Tatsache, dass sein Telefon ausgeschaltet ist, lässt bei mir alle Alarmglocken schrillen. Es gab noch nie einen Moment, in welchem er nicht erreichbar war, geschweige denn einen ganzen Tag.

Natürlich war es eine schlechte Idee, ihn alleine gehen zu lassen, ich wusste es, jedoch beharrte er darauf, dass er alleine zu diesen verrückten Italienern gehen sollte. Diese Typen waren mir noch nie sonderlich geheuer.

Scheiße was soll ich machen? Ich habe keine sonderlich große Lust, mich freiwillig in die Höhle der Löwen zu begeben, aber was für eine Wahl habe ich?

Wahrscheinlich wenig bis gar keine. Es musste etwas passiert sein.

Mein Smartphone schrillt laut auf und erschreckt mich beinahe zu Tode.

Mason hat mir ein Video geschickt. Mit zitternden Fingern drücke ich auf Play.

Zu sehen ist eine große leere Lagerhalle. Im Hintergrund ein lautes Geräusch, wie wenn Eisen auf Eisen trifft. Sekunden passiert nichts und es sind nur die hallenden Geräusche zu hören, ehe die Kamera zur Seite schwenkt.

Ein blutendes Bündel liegt zusammengekauert am Boden und scheint sich nicht mehr zu bewegen.

Weitere Sekunden vergehen und die Kamera zoomt auf den Kopf. Mein Herz schlägt mir bis zum Hals und das Atmen fällt mir schwer.

Ich kann klar und deutlich Mason erkennen. Seine schwarzen Haare sind von Blut verklebt, aber sein Oberkörper hebt sich kaum sichtlich und flach. Er lebt. Noch.

Dann ist das Video vorbei. Eine weitere Nachricht ploppt auf. Es sind Koordinaten.

Ich lasse mich in den Stuhl vor mir fallen und atme einmal tief durch. Ich brauche Unterstützung.

Hastig rufe ich alle Männer von Mason durch und berufe einen Kriegsrat ein. Jetzt ist schnelles Handeln erforderlich.

* * * * *

Innerhalb kürzester Zeit haben sich fünfzehn Männer hier in der großen Lobby versammelt. Bereit bis zum Äußersten zu gehen, um den Boss zurückzuholen.

>>Was ist der Plan? Wie gehen wir vor?<< Die Stille wird durchbrochen und alle fangen an, durcheinander zu reden. Gemurmel erfüllt die Luft.

Jake meldet sich nun zu Wort und die anderen hören gespannt zu. >>Ich konnte sein Handy orten. Sie haben ihn in ein Lagerhaus in Boston gebracht. Zumindest ist sein Handy dort vor Ort.<<

>>Gut gemacht, und was ist mit den Koordinaten?<<, hake ich nach. Seine Miene verfinstert sich und ich ahne nichts gutes.

>>Naja, das ist jetzt nun weniger gut. Sie führen uns zu einer Scheinfirma von Massimo. Von dort aus betreibt er Geldwäsche. Es könnte eine Falle sein oder aber auch die

Ortung. So oder so müssen wir davon ausgehen, dass wir direkt in eine Falle laufen werden.

Die Frage ist nur, in welche.<<

Gemurmel geht durch den Raum. Besorgte Gesichter wandern durch die Menge und keiner weiß so recht, was er tun oder sagen soll.

>>Jetzt seid doch alle mal leise.<< Erhebe ich meine Stimme. >>Am besten teilen wir uns auf und suchen beide Orte ab.<< Ein wütender Schrei geht durch den Raum und Phil tritt nach vorne. Seine kräftige Statur bäumt sich auf und seine Augen funkeln wütend.

>>Warum sollten wir auf dich hören, Alec? Du bist am kürzesten von uns dabei, nur, weil du der kleine Schoßhund vom Boss bist? Davon abgesehen, warum sollten wir unser Leben für ihn riskieren? Wahrscheinlich lebt er nicht mal mehr solange, dass wir ihn retten könnten.<<

Zustimmend treten ebenfalls noch sechs weitere Männer nach vorne und nicken eifrig. Diese verdammten Heuchler.

>>Alec war jahrelang bei der Army. Das sollte reichen, um auf ihn zu hören. Er war oft genug im Einsatz, um es besser zu wissen als ihr Schwachköpfe.<<

Wütend fummelt Jake mit seinen Händen vor Phils Gesicht, der sichtlich geladen und kurz vor dem Explodieren ist.

Eine Faust fliegt durch die Luft und trifft Jake direkt im Gesicht. Ehe ich reagieren kann, hält dieser sein Klappmesser in den Händen und hält seine Klinge an Phils Hals.

Seine Augen verengen sich, während er seinen Blick über die Männer schweifen lässt.

>>Hat noch einer was von euch zu sagen?<< Betroffenes Schweigen. >>Dachte ich es mir. Alec, du hast das Wort.<<

Mit einem Schwung klappt er das Messer wieder ein und verstaut es in seinem Stiefel.

Phil hätte sich beinahe eingepisst.

Frech grinse ich ihm in sein Gesicht. >>Du und deine sechs Rebellen fahren zur Scheinfirma. Wir anderen fahren zum Lagerhaus.<<

Wahrscheinlich schicke ich gerade alle diese Männer in den Sicheren tot.

Kapitel 24

Kate

Seit gestern Nachmittag habe ich Alec nicht mehr gesehen.
Es ist nun mittlerweile beinahe morgens und ich höre weder
sehe ich etwas. Es liegt eine Totenstille in der Luft, welche
mich verunsichert. Es hat nichts Gutes zu bedeuten.
Ich schwinge meine müden Beine aus dem Bett und bewege
mich in Richtung Badezimmer.
Der warme Strahl der Dusche kommt mir entgegen und
hinterlässt ein angenehmes Gefühl auf meiner nackten Haut.
Gedanklich bin ich weit weg. Auch wenn mein Vater mich
"verkauft" hatte, frage ich mich dennoch, wie es ihm ergeht.

Wir hatten noch nie ein sonderlich enges Verhältnis, jedoch
ist er das letzte Bisschen Familie, was mir noch geblieben
ist.
Ich weiß der Tot von Mutter hat ihn schwer getroffen. Sie
hatten ihre Differenzen. Jedoch ging weder ein mit noch ein
ohne einander.
Er hat sie gebraucht wie Luft zum Atmen.
Nur in einem Handtuch bekleidet und mit noch tropfenden
Haaren gehe ich zurück ins Schlafzimmer.
Kaum trete ich durch die Badezimmertüre in das Zimmer,
bemerke ich aus dem Augenwinkel eine Person.

Mein Herz schlägt schneller und ich hoffe, Mason oder Alec
wiederzusehen.
Freudig drehe ich mich in die Richtung der Person.

Ruckartig versteinert sich meine Miene und ich kann kurzzeitig meinen Körper nicht mehr bewegen.
Ein Mann mit kurz gescherten Haaren steht mir mit dem Rücken zugedreht, in der Ecke des Zimmers und scheint mein Bücherregal zu betrachten.
Vorsichtig schleiche ich zu dem Esstisch rechts von mir und nehme mir die Gabel vor mir.
Leichtfüßig taste ich mich zu dem Fremden vor.
Nur noch ein paar kleine Schritte und ich habe ihn erreicht.

>>Das würde ich an deiner Stelle lieber nicht machen.<<
Seine Stimme klingt weich und angenehm. Das und seine beinahe Schlaksige Figur lassen ihn nicht gerade bedrohlich wirken.
>>Wer bist du?<<, frage ich den Eindringling. Dieser dreht sich mit einem breiten Grinsen um.
Noch immer mit der Gabel in der Hand zeige ich auf ihn.

Seine blauen Augen strahlen mir entgegen. >>Ich bin Jake. Dein Babysitter für heute.<<
Irritiert betrachte ich ihn von oben bis unten.
>>Wo ist Alec? << Frage ich ihn unverblümt.
Er zieht seine Stirn in Falten. >>Du musst dich heute mit mir zufriedengeben. Er ist unterwegs.<<
Ich schnalze mit der Zunge. Noch immer nur mit einem Handtuch bekleidet gehe ich einmal um ihn herum. Hier stimmt etwas nicht.
Mit einer Hand hält er mir ein paar Kleidungsstücke entgegen. Dankbar nehme ich sie ihm ab und verschwinde damit wieder im Badezimmer.

>>Wo ist er? Also Alec? Normalerweise lässt er keinen Aufpasser hier.<< Schreie ich nach draußen, während ich in die Kleidung schlüpfe, die mir Jake gegeben hat.

>>Mach dir keine Sorgen. Er kommt bald wieder.<<
Entgegnet er mir ruhig und gelassen.
Trotz seiner Gelassenheit, schwingt eine Spur von Sorge in
seiner Stimme mit.

Alec

Draußen ist es noch dunkel, stockdunkel.
Ich lehne an der Mauer der Lagerhalle und halte Blickkontakt
zu den anderen.
Von innen ist nichts zu hören. Komplette Stille. Diese Stille ist
erdrückend und doch beruhigend.
Nach ein paar Minuten gebe ich den anderen ein Handzeichen.
Einer nach dem anderen schleicht sich ins Innere durch die
metallene Türe. Schnell und lautlos.
Die Umrisse der Männer tanzen im Schatten des Gebäudes.
Die Sekunden vergehen, fühlen sich jedoch an wie Stunden.
Immer noch nichts zu hören aus dem Inneren.

Mein Telefon vibriert in der Hosentasche und mein Herz setzt
einen kurzen Moment aus, als ich Phils Namen aus dem
Bildschirm aufleuchten sehe.
>>Ja? << Meine Stimme klingt rau und belegt.
>>Wir sind eben bei der Firma gewesen. Alles Geschlossen.
Wir sind eingebrochen und haben uns umgesehen. Niemand
war da. Weder Mason noch sonst jemand. Das war wohl eine
falsche Spur. Wir sind nun auf dem Weg zu euch. << *Fuck.*

Was ist, wenn das hier die Falle ist? Ich raune nur ein alles
klar in das Handy und lege auf.
Schnell ziehe ich meine Waffe und trete durch den Eingang
vor mir in das alte Gebäude.
Leichtfüßig bewege ich mich durch die Halle, bemüht keine
Geräusche von mir zu geben.
Ich höre aus einer dunklen Ecke rechts von mir ein leises
Wimmern und Stöhnen.

Mit gezogener Waffe schleiche ich in Richtung der Geräusche. Kurz vor meinem Ziel halte ich die Luft an und lausche in die Dunkelheit vor mir.

Ich vernehme einen rasselnden Atem. Links von mir sehe ich Miles. Ebenfalls mit gezogener Waffe auf die Ecke zugehen.

Mit einem Nicken deute ich ihm die Waffe auf den Fleck vor mir zu halten und mir somit Rückendeckung zu geben, vor dem, was hier vor mir liegen könnte.

Vorsichtig stecke ich meine Waffe hinten in den Gürtel und begebe mich in die Dunkelheit vor mir. Nach ein paar Metern stoße ich gegen etwas Weiches. Ein Körper?

Schnell hole ich eine Taschenlampe hervor, um mir einen Überblick zu verschaffen.

Vor mir liegt ein zusammengekauertes Blutendes Bündel.

>>Miles. Komm rüber und hilf mir.<< Rufe ich nach hinten. Schnellen Schrittes steht er plötzlich neben mir. >>Fuck.<< Mehr bekam er in diesem Moment nicht über die Lippen.

Vor uns liegt Mason. Aufgrund der Menge des Blutes hatte ich ihn zuerst gar nicht erkannt. Eines seiner Augen war zugeschwollen und sein Arm war komisch verdreht.

Diese miesen Wichser.

Mit anhaltendem Atem gehe ich in die Hocke und Fühlte seinen Puls. Dieser ist schwach, aber immerhin noch vorhanden.

>>Wir holen dich hier raus. Versprochen.<< Meine Stimme ist belegt und mir fallen diese Worte nur schwer.

Sein Anblick lässt mich schon beinahe selbst an meinen Worten zweifeln.

Zusammen mit Miles ziehe ich ihn noch und wir tragen ihn in Richtung Ausgang. Er liegt auf unseren Schultern wie ein nasser Sack.

Meine Gedanken drehen sich im Kreis. Das Ganze war zu
einfach. Weder hier noch bei Phil gab es eine Falle. Wo ist der
Sinn hinter der ganzen Sache?
Mason haben sie ebenfalls am Leben gelassen. Was hat
Massimo davon? Das hier ist nicht gerade ein Exempel. Ich
bin von ihm anders gewohnt. Das Ganze hier war viel zu
einfach.

* * * * *

Auf dem schnellsten Wege, haben wir ihn in eines der besten
Krankenhäuser Bostons gebracht.
Einer seiner gebrochenen Rippen hat sich in seine Lunge
gebohrt und hat diese somit erheblich beschädigt.

Unruhig warte ich in dem stickigen Warteraum mit zwei
anderen Leuten. Seit Stunden warte ich nun hier, während er
notoperiert wird.
Mit einem schwarzen Kaffee in der Hand und dem Handy in
der anderen tigere ich durch die Flure, um die Zeit
totzuschlagen.
Wenn er das ganze Überleben sollte, werde ich einen auf ihn
trinken.
Mit jeder verstrichenen Minute werde ich nervöser. Was
dauert da so lange? Gibt es etwa Komplikationen?
Nach weiteren quälenden vierzig Minuten kommt einer der
Ärzte auf mich zu.
Der etwas ältere Mann wirkt kraftlos und müde. Geradewegs
steuert er auf mich zu.

>>Mr. Hawkins?<< Die Stimme des Arztes hallt durch den
Warteraum.

Schnell gehe ich auf ihn zu. >>Wie geht es ihm?<<

Sorgenfalten legen sich um seine Augen während er mich mustert.
Er zieht seine Mütze ab und bereits ergraute Haar kommen mir entgegen.

>>Mr. Ashwood hat die Operation gut überstanden, jedoch muss er noch einige Tage unter Beobachtung bleiben. Die inneren Blutungen waren relativ weit fortgeschritten. Er hatte wirkliches Glück, dass er noch rechtzeitig gefunden wurde.<< Dankbar schüttele ich dem Arzt die Hand.
>>Vielen Dank Doc.<<
Er nickt mir zu, ehe er sich wieder aufmacht in Richtung Krankenstation. Erleichtert Atme ich einmal tief aus und danke Gott.
Ich wähle die Nummer von Jake, um ihm dies mitzuteilen, da sehe ich eine große Gestalt am Ende des Flures.
Diese Person hat mir den Rücken zugedreht, während er mit einer der Krankenschwestern spricht, jedoch erkenne ich ihn sofort. Es ist Henry.

Kate

Eine starke Erschütterung erwischt mich und ich gerate ins Wanken.
Es fühlt sich an wie ein Erdbeben.
Ängstlich sehe ich rüber zu Jake, welcher sich ebenfalls geduckt hatte. Seine Augen sind vor Schreck geweitet.
>>Was war das? War das ein Erdbeben?<< Er zuckt mit den Achseln, während er sich im Raum umsieht. Vorsichtig richtet er sich wieder auf.

>>Ich glaube nicht. Es fühlte sich eher an wie eine kleine Explosion. Warte hier. Ich gehe mal nachsehen.<<
Ehe ich etwas erwidern konnte, war er zur Tür raus und ließ mich alleine zurück. Gespannt lauschte ich in die Stille hinein. Erst konnte ich nichts hören, dann Stimmen, welche näher kamen. Beim genaueren Hinhören wurde klar, dass es sich hierbei um italienisch handelt.
Ein wütender Schrei ertönt. Und dann ein Schuss. Wieder Stille.
Aus dem Nichts wird es dunkel. Die Lampen an der Decke gehen aus und ich befinde mich in Vollkommener Dunkelheit.

Mehrere Schritte kommen in meine Richtung. Panisch suche ich nach einem Versteck, jedoch habe ich hier keine Chance.
Ein leises Klopfen ertönt. Dann noch eines. Unsicher gehe ich ein paar Schritte zurück.
Nach ein paar Minuten, die sich wie Stunden anfühlen, wird die Tür aufgebrochen. Das Holz der Türe knackt laut und splittert in lauter Einzelteile.

Ich halte mir die Hände vor das Gesicht, um mich vor den Splittern zu schützen.

Eine Hand packt mich grob und zieht mich an sich. Mein Arm schmerzt unter dem Druck und ich schnappe nach Luft.
Wütend schlage ich um mich und versuche mich zu befreien, jedoch ist der Griff zu fest.
>>Hör auf dich zu wehren.<< Die tiefe Stimme des Mannes klingt bedrohlich.
Nicht gewillt aufzugeben, trete ich aus und treffe den Mann hinter mir, welcher mich festhält, am Schienbein.
Schmerzensschrei ertönen und eine Hand trifft mich im Gesicht und ich sinke benommen zu Boden.
Ich blinzle dem Licht entgegen, welches mich blendet. Eine Taschenlampe strahlt mir direkt ins Gesicht und lässt mich beinahe erblinden.
Nur schemenhaft kann ich die Person vor mir erkennen. Er hockt vor mir und sieht mir direkt ins Gesicht.

>>Ich verstehe, was Mason an dir findet. Du bist hübsch und eine echte Kämpfernatur. Nur schade, dass du für seine und Daddys Fehler gerade stehen musst.<<
Mit seinen Fingern gleitet er an meinem Gesicht entlang.
Beinahe sanft streicht er über meine Wange.
Heiße Tränen rollen mir über das Gesicht und brennen sich in meine Haut ein.

>>Wer bist du?<<, meine Stimme bebt mehr als mir lieb ist.
Der unbekannte Mann lächelt und erhebt sich. Er ist komplett in Schwarz gekleidet.
Aus seiner Jackentasche holt er schwarze Lederhandschuhe welcher er sich vorsichtig über die Finger zieht.
>>Wer ich bin? Was denkst du denn er ich bin?<< Beinahe amüsiert, grinst er vor sich hin und geht vor mir auf und ab.

Ich denke über die letzten Wochen nach. *Wer ist er?*
In meinem inneren Auge gehe ich alle Gespräche noch einmal
durch und denke nach.
Plötzlich fällt es mir ein. Das Gespräch zwischen mir und
Alec. Er hat mir gesagt, ich bin hier wegen eines
schiefgelaufenen Deals mit meinem Vater.
Wie nannte er ihn nochmal? >>Massimo.<<
Er bleibt vor mir stehen und richtet seinen Blick wieder auf
mich. Zufrieden klatscht er in die Hände. >>Bravissima.<<

Um uns herum stehen etwa zehn weitere Männer, welche uns
beobachten. Jeder einzelne von Ihnen hält seine Waffe auf
mich gerichtet.
Er zückt ein Messer und zeigt damit auf mich. Die scharfe
Klinge leuchtet im Licht der Taschenlampe bedrohlich.
Mit einer fließenden Handbewegung fährt er sich durch deine
dunklen Haare. >>Hast du noch ein paar letzte Worte?<<
Bei meinem Versuch, so viel Zeit wie möglich zu schinden,
tue ich so, als würde ich ernsthaft überlegen. Unauffällig
scanne ich den Raum ab und sehe mir jeden Einzelnen
genauer an, um die einzelnen Schwachstellen zu erkennen.

Ungeduldig spielt Massimo mit dem Messer in seiner Hand.
>>ES REICHT.<< Er brüllt diese Worte wütend durch den
Raum und alle Zucken ein wenig zusammen.
Ein paar Sekunden lang bleibt er ruhig stehen und scheint sich
zu beruhigen .

>>Nehmt sie mit. Ich denke, wir sollten sie lieber noch etwas
bei uns behalten.<<
Wortlos dreht er sich um und verlässt den Raum.
Ein Typ mit Glatze packt mich und wirft mich über die
Schulter. Geschwächt versuche ich, ihn mit meinen Fäusten

auf den Rücken zu schlagen, dies lässt ihn jedoch unbeeindruckt   und ich sinke entmutigt ein.

Auf dem Weg nach draußen sehe ich Jakes Blutverschmierten Körper zwischen den Trümmern der gesprengten Türe liegen. Vor meinen Augen wird alles schwarz und die Dunkelheit heißt mich Willkommen.